청평조
清平調詞

구름 닮은 옷차림 꽃파 같은 생김새

봄바람 난간을 스쳐 가고 이슬 맺힌 꽃 짙어만 가네

만약 군옥산 머리에서 만나지 않았다면

청녕 요대의 달빛 아래서 만날 수 있으리

雲想衣裳花想容
春風拂檻露華濃
若非群玉山頭見
會向瑤臺月下逢

Fantastic Oriental Heroes

요담 新무협 판타지 소설

귀령마안

귀령마안 2

요담 新무협 판타지 소설

초판 1쇄 찍은 날 § 2005년 6월 16일
초판 1쇄 펴낸 날 § 2005년 6월 27일

지은이 § 요담
펴낸이 § 서경석

편집장 § 문혜영
편집책임 § 김민정

펴낸곳 § 도서출판 청어람
등록번호 § 제1081-1-89호
등록일자 § 1999. 5. 31
어람번호 § 제2-0626호

주소 § 경기도 부천시 원미구 심곡1동 350-1 남성B/D 3F (우) 420-011
전화 § 032-656-4452   팩스 § 032-656-4453
http://www.chungeoram.com
E-mail § eoram99@chollian.net

ISBN 89-5831-592-X 04810
ISBN 89-5831-590-3 (SET)

Fantastic Oriental Heroes

요담 新무협 판타지 소설

귀령마안

2

요안, 성녀를 쫓다

도서출판 청어람

목차

제1장 초현(初現)   7

제2장 긴장된 만남   35

제3장 소녀, 그리고……   65

제4장 명륜지연(命輪之宴)   99

제5장 신고식   125

제6장 출동   161

제7장 실종   193

제8장 추격   225

제9장 한 잔의 술   259

제10장 홍안자, 그리고 혈면수라   293

◆ 第一章 ◆
초현(初現)

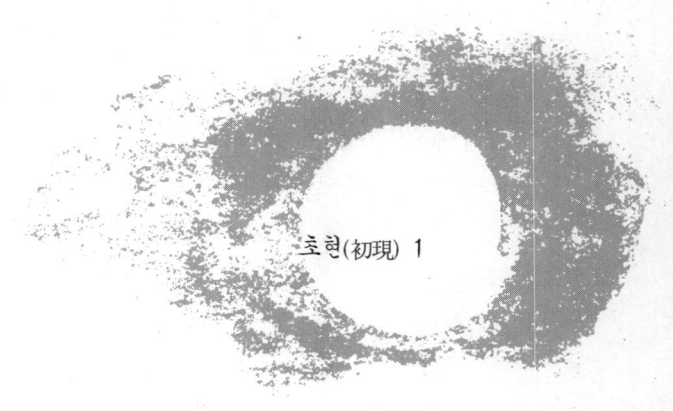

초현(初現) 1

소이보의 외침에 뛰쳐나온 사내는 경황이 없었다. 머리는 지저분하게 헝클어져 있었고, 눈엔 눈곱이 매달려 있었다.

소이보는 사내를 노려보다 말고 히죽 웃었다. 이번엔 버릇이 돼버린 웃음이 아니라 정말 우스워서였다.

사내의 침의(寢衣)는 알록달록했다. 분홍빛의 문양이 옷에 수놓아져 있었다. 낮에 사내의 독특한 차림새를 보지 못했다면 계집이랑 잠자리를 가지던 중 잘못해서 계집의 옷을 입고 나왔을 거라고 착각할 정도였다.

"거봐, 재밌지?"

커다란 종소리가 소이보 뒤에서 튀어나왔다.

"저어기……."

기어들어 가는 목소리가 종소리 뒤에 조그맣게 매달렸다.

"왜? 저놈 좀 봐. 재밌잖아. 너 같으면 저거 입고 잠이 오겠냐?"

쇠종 깨지는 소리가 한 뼘쯤 더 커진 듯했다.

소이보는 괜히 문을 걸어찬 것 같아 히죽 웃었다.

앞으로 소란을 피우는 일이라면 털보는 꼭 데리고 다녀야겠다는 생각이 들었다.

"우리 요선보에서 제일 정상은 삼팔구밖에 없어. 죄다 미친놈에 변태라니까!"

꾀꼬리가 종알거렸다.

소이보는 해죽 웃었다. 재미있었다. 이런 재미 때문에 자신이 어렸을 때 동네 건달들이 패거리를 이루어 자신을 괴롭혔는지도 모르겠단 생각이 들었다. 놀리는 소리와 함께 괴롭힘을 당할 땐 괴로웠던 것이 위치가 바뀌니 통쾌함과 짜릿한 쾌감마저 느낄 수 있었다.

"이익!"

요란스런 차림새에서 알록달록한 차림새로 돌아간 보주의 막내제자가 한 손으론 가슴을 부여 쥐며 알 수 없는 비명을 질렀다.

흡사 남편의 부정한 현장을 목격한 아낙네의 모습이었다.

"미친년!"

그 모습을 보고는 다시 종달새가 종알거렸다.

알록달록한 사내가 밤에 요선보에 들어와 행패를 부릴 때 여자에게 했던 말 그대로 돌려주고 있는 것이다.

사내의 무릎이 살짝 굽혀지는 듯하더니 곧 다른 쪽 발이 허공을 차올렸다.

거기까지가 소이보가 여유있게 볼 수 있는 동작이었다.

사내의 들려진 발이 땅을 힘차게 구르자 사내와 소이보의 간격이 급

속도로 좁혀졌다.

"흡."

소이보는 짧게 호흡을 들이켰다. 예상했던 행동이고 준비 역시 충분히 돼 있었다.

빠르게 다가온 사내는 더욱 빠른 속도로 가시를 내뻗기 시작했다.

다른 사람 눈엔 그저 사내의 손과 발이 재빠른 속도로 나왔다 굽어도는 걸로만 보였겠지만 소이보의 눈엔 전혀 다르게 보였다.

사내의 무공은 가시덩굴이 맹렬하게 엉켜드는 것처럼 보일 뿐이었다.

사실 소이보가 아는 초식은 하나도 없었다.

무예의 시작은 중심을 지키는 것이었다. 그 다음이 손발의 나뉨이고, 몸과 마음이 대강 통했다 싶을 때에야 검을 잡았다.

그렇다고 휘두를 수 있는 것도 아니다.

글자 그대로 검을 앞둔 마음과 검을 잡는 방법을 알려주는 것에만 반년 이상이 필요했다.

그러고 나서야 비로소 초식의 시작을 알려주는 것이 명문대파의 통례였다.

하지만 소이보가 배운 모든 무공은 갈래가 없었다.

어찌 보면 무지막지했고 또 달리 보면 다듬어지지 않은 채였다.

마음가는 대로, 뜻이 이는 대로, 느낌이 닿는 대로 손을 뻗었고 발을 옮겼으며 칼을 집어넣었을 뿐이다.

또한 검이 가는 방향 또한 머리 속에 담아두지 않았다.

그래서 소이보는 다른 점이 있었다.

다른 사람들은 입문 과정에서 스치듯 배우는 것, 그래서 초식을 배운 뒤 곧 잊어버리는, 바로 검을 대하는 자세와 마음이 소이보에게는 처음과 끝이었고 모든 것이었다.

군이 초식이랄 수도 없는 것이지만 소이보가 아는 유일한 초식은 검을 잡고 휘두른다는 단순한 것이었다.

초식을 배운 적도 없지만 또한 본 적도 없었다.

별림의 노인에게서 본 건 바로 자연이었고 흐름이었다.

그 흐름을 억지로 잘게 자른다면 초식이라 부를 수 있겠지만 이미 흐름 자체를 본 소이보에겐 왜 잘라야 하는지 이유를 알 수 없었다.

흐름을 잘라낸다면 수만 가지로 가를 수 있겠지만 이미 그건 흐름이 아니었다.

별림의 노인이 움직일 때는 항상 뜻이 있었고 느낌이 있었다.

발을 높이 띄우는 것은 키를 높이려는 불꽃을 닮으려 했던 것이고, 손바닥으로 정수리를 내리누르는 것은 태산이 몸을 가지런히 정돈하는 것과 같았다.

그 모든 것을 나누어 잘게 쪼갠다면 수백, 수천 개의 손발의 움직임이 되겠지만 이미 거기엔 더 이상 불꽃도 태산도 깃들어 있지 않았다.

소이보는 너무도 잘 알고 있는 사실이었다.

소이보는 단지 상대가 불이면 물을 들어 끄고, 상대가 키가 높은 나무라면 쇠로 잘라 넘어뜨리기 위해 노력했을 뿐이다.

상대가 부드러우면 굳건하게, 상대가 달빛이면 뜨거운 햇빛이 되려고 노력했다.

검이 치켜 올려질 땐 태양이 떠오름을, 맹렬히 휘두를 땐 작열하는 중천의 태양을, 그리고 사위에 휘돌다 고요히 멎을 때는 붉은 노을이 되었다.

그 모든 것이 태양이었고 그 모든 것이 흐름이었다.

소이보는 초식이란 걸 몰랐지만 만약 알았다 해도 이해할 수 없었을 것이다.

그래서 지금 사내의 움직임을 다른 사람이 보았다면 등초태산수(藤楚殆散手)로 불렀겠지만, 소이보의 눈엔 그저 화사한 들풀과 그 사이로 꿈틀거리며 휘감는 가시덩굴로만 다가올 뿐이었다.

소이보의 손가락이 기묘하게 움직였다.

들풀이 막 꽃을 맺으려 하면 손가락으로 가볍게 땄고, 가시덩굴이 온몸을 휘감으려 할 때는 그 밑둥부터 발로 밟아 뭉개 버렸다.

"킥!"

사내의 입에선 이상한 비명이 튀어나왔다.

사내의 손과 발은 점점 더 민활해지고 더욱더 정교해졌다.

하지만 소용이 없었다.

손을 오므리고 중지를 굽혀 상대의 명치를 노린 개괄천수(開括穿手)는 소이보의 둥글게 오므린 손바닥에 막혀 더 이상 나가지 못했다.

소이보의 손바닥은 더 나아가 사내의 팔을 타고 올라 팔꿈치를 부드럽게 감싸 안고 당겼다.

사내의 손이 순간 뻣뻣하게 굳으며 제어를 잃고 뒤틀렸다.

'이건……?'

사내는 알 수 없었다.

소이보의 처음 한 수는 무당의 면장(綿掌)과 비슷하면서도 또 달랐다. 변화는 모용세가의 탁랍수(擢蠟手)와 닮았으면서도 또 달랐다. 태행문(太行門)의 오행극라수(五行尅拏手)와 가는 길은 같았지만 정작 겉모습은 고묘파(古墓派)의 진권(軫拳)이었다. 비슷한 것은 많았지만 전혀 다른 한 가지였다.

사내는 곧 왼발을 앞으로 비스듬히 내디디며 오른손으로 소이보의 얼굴을 긁었다.

사이반조(似而反爪)! 나아감과 동시에 떨치고 치켜 올림과 동시에 내리눌렀다. 다른 것은 몰라도 이것 하나는 자신있었다.

자신있다기보다는 익숙한 조공(爪功)이었다. 심지어 자면서 잠꼬대 삼아 저도 모르게 긁어내린 적도 몇 번 있을 정도였다.

그러나 소이보는 그저 얼굴을 옆으로 살짝 옮기고는 손가락 하나를 펴 사내의 손바닥을 찌를 뿐이었다.

'일엽선(壹燁璇)? 아니, 전진파(全眞派)의 고지주(枯枝柱)? 태산파(泰山派) 사행선(蛇行線)?'

사내는 소이보의 한 수를 보자 곧 자신이 익히 알던 무공이란 걸 알아볼 수 있었다. 그러나 자신이 알던 무공과 닮아 있을 뿐 그 어느 것도 아니었다.

"이익!"

사내의 뾰족한 비명이 높아졌다.

찌르면 막았고 물러서면 당겼다. 내려치면 돌아 피하고 쏘아 올리면 감싸 안았다.

짧은 순간 수십 초가 번개처럼 오고 갔지만 언제나 가로막혔다.

마치 소이보는 사내가 이번엔 무슨 초식을 쓸 것인지 아는 것처럼 미처 초식의 형(形)을 잡기도 전에 무너뜨리곤 했다.

흥분한 사내의 행동은 점점 더 헝클어져 갔다.

곧 자신이 알고 있는 모든 기기묘묘한 수법이라도 쓰는 것처럼 손은 화려하게 허공을 휘돌았고 발은 정신없이 좌우, 앞뒤로 움직였다.

그러나 소이보의 눈엔 사내의 모습은 전혀 달랐다.

흐드러지게 들풀이 피었고, 곧 그렇게 일제히 시들고 있었다.

사내는 쏘아온 속도만큼 빠르게 뒤로 튕기듯 물러섰다.

'......?

소이보의 요안이 의외라는 듯 사내를 쳐다보았다.

사내의 얼굴은 싸늘하게 식어 있었다.

"실수할 뻔했군."

사내가 살짝 미소를 띠고 천천히 허리를 세우고는 크게 숨을 들이키
며 내뱉었다.

"큰일 날 뻔했어."

이제야 모든 준비가 끝났다는 듯 사내 목소리는 한결 여유있었다.

겉모습은 침의를 걸친 그대로였지만 사내는 조금 전과 다른 사람이
었다.

냉정한 모습은 어제 정원에서 처음 마주쳤을 때의 모습이었다.

길길이 미친 여자처럼 날뛰던 때와 지금 냉정한 표정의 사내는 마치
다른 사람처럼 보일 정도였다.

2

소이보의 요안이 반짝였다.

같은 얼굴의 두 사람. 그렇게 볼 수밖에 없었다.

성정 변화가 심해 극과 극을 오가는 사람은 위험했다.

각기 다른 사람을 상대한다고 생각해야 했다. 그저 '이 사람은 이 래' 하고 판단했다가는 결국 다른 한 사람에게 뒤통수를 얻어맞을지 몰랐다.

사내는 고개를 옆으로 돌려 손을 뻗었다.

"검을……."

어느덧 마당엔 또 다른 아홉이 나타나 있었다.

아마도 보주의 막내제자의 호수(護手)들인 듯 같은 옷차림에 멍해진 표정도 같았다.

이러지도 저러지도 못한 채 엉거주춤한 자세까지 같았다.

곧 그중 한 사람이 할 일이 생겼다는 듯 자신의 검을 끌러 사내에게 넘겼다.

어쩌면 그 일이라도 할 수 있게 되어 다행이라는 듯 나직이 한숨까지 내쉬었다.

그럴 수밖에 없었다.

한 사람은 자신이 지켜야 할 보주의 막내제자고 다른 한 사람은 다름 아닌 요안이었다.

요선보에 나타날 때부터 떠들썩하더니 곧 괴물 중 괴물들만 모인 삼 팔구에 들어갔다는 요안이 바로 저 사람이었다.

한눈에 알아볼 수 있었다.

저 파랗고도 잿빛인 눈동자를 지닌 사람이 요안이 아니라면 세상에 요안은 없을 게 분명했다. 둘 다 사람이 아닌 듯한 존재들이었고, 결코 가까이하고 싶지 않은 놈들이었다.

"공평하지 못해!"

뒤에서 지켜보던 털보가 다시 쇠종을 크게 울렸다.

보주의 제자가 털보를 힐끗 보더니 다시 호위무사를 쳐다보며 싱긋 웃었다.

"검을 내줘라."

보주 제자의 말이 떨어지기 무섭게 다른 한 사람이 얼른 자신의 검을 끌러 소이보 앞에 내밀었다.

이런 일이라면 언제든 할 수 있었다. 검을 서로 맞대고 싸우지 않는다면 언제든.

소이보는 자신 앞에 내밀어진 검을 묵묵히 쳐다보았다.

"검을 쓰지 않나 보군. 뭐든지 말만 해."

보주 제자는 소이보를 보며 웃었다.

만약 소이보가 원하는 게 창(槍)이면 창, 도(刀)면 도, 무엇이든 준비해 줄 수 있다는 태도였다.

"좀 짧지? 길쭉한 게 필요해?"

뒤에서 여자가 걱정스러운 듯 말을 꺼냈다.

소이보가 원했던 검이 어떤 형태인지 들어 알고 있었기 때문이다.

여자가 고개를 돌려 수염을 배꼽까지 기른 중년인을 쏘아보자 중년인은 절대 그럴 수 없다는 듯 장검을 더 품에 깊숙이 껴안았다.

"괜찮아."

소이보는 보지 않아도 뒤에서 어떤 상황이 벌어지는지 아는 것처럼 싱긋 웃고는 검을 뽑아 들었다.

검을 건네준 무사가 얼른 뒷걸음을 쳐 무리로 돌아갔다.

지금은 두려움이 더 컸지만 요안을 단 한 걸음 앞두고 지켜본 경험은 나중에 풍성한 이야깃거리가 될 것이 틀림없었다.

소이보는 검을 들고 위아래로 천천히 흔들었다.

"가볍군."

들어 올려 검끝을 보며.

"짧군."

그리고는 사내를 보고 씨익 웃었다.

"그래도 죽일 수만 있으면 돼."

사내와 소이보의 시선이 허공에서 맞닿았다.

그리고 이번에도 먼저 몸을 움직인 것은 사내였다.

보주 제자의 검은 매우 실전적이었다.

찌르고, 베고, 비틀고는 재빠르게 물러났다가 다시 찔러왔다.

군더더기없는 매끈한 검법이었다.

변화가 심하지 않은 대신 빠르고 정교하게 맞물려 돌아가고 있었다.

소이보는 허리를 비틀고 옆으로 물러서며 보주 제자의 공격을 비껴다.

차려입은 옷과 행동은 우습기 짝이 없었지만 그 옷 안에 든 몸이 지닌 무공은 절대로 만만한 것이 아니었다.

짧은 시간 동안에 검이 비스듬히 긁고 곧 비껴 올라가는 듯하더니 내리찍었다. 빠른 속도였다.

검이 지나간 이후에 공기를 찢을 듯한 파공성이 뒤늦게 뒤를 따랐다. 모든 힘을 다 쏟아 부었다는 증거였다.

소이보는 천천히 물러섰다. 낯설었다. 노인의 대련과는 다른 무엇이 있었다.

사내는 검을 종횡으로 몇 번 긁고는 다시 소이보의 무릎 위를 가를 듯 비틀어 내렸다.

다시 소이보가 몇 걸음 물러섰다.

노인과는 확실히 달랐다. 노인은 느리고 부드러운 데 반해 사내는 빠르고 강했다.

그렇다면 문제는 달랐다. 소이보의 파랗고 잿빛인 눈동자가 반짝였다.

노인의 부드러운 공격에 빠르고 강한 수법으로 상대해 간 것은 바로 자신이었다. 다른 것은 몰라도 빠르기와 힘은 자신있었다.

쩡!

처음으로 검이 부딪치는 소리가 요란하게 울려 퍼졌다.

'치잇!'

사내는 이를 악물었다. 호구가 찢어질 듯 아파왔다.

소이보가 간단하게 들어 올린 검에 자신의 검이 부르르 떨렸다.

그리고 그 떨림은 어깨까지 전해졌다.

아무래도 내력 면에선 자신이 요안에 비해 뒤떨어지는 게 틀림없었다.

'그렇다면?'

사내의 검이 곧 미묘한 변화를 일으켰다.

좌우에 두 개씩 검의 환영(幻影)을 남기고 곧 소이보의 미간으로 쏘아져 가다가 부드럽게 그 끝을 돌려 복부를 노렸다.

요지유검(搖枝柔劍). 원래는 전진파의 것이었지만 지금은 무당으로 흘러들어 태극검의 요체를 이끌어낸 검의(劍意)다.

싸우면서 닮아가듯 무당파와 티격태격하는 사이 막내제자가 비장의 한 수로 훔쳐 감춰둔 것이었다.

물론 정순한 내공으로 정말 검끝을 부드럽게 휘어들게 할 수는 없었지만 비슷하게 흉내는 낼 수 있었고, 그것만으로도 사내는 자신감을 가질 만했다.

강요맹이 키운 자라면 자신이 보주에게서 받은 무공을 잘 알고 있을 게 분명했고 권각에서 밀렸던 것도 그 때문이라 생각했다.

만약 처음 보는 부드러운 검법이라면 상대는 당황할 게 분명했고, 상대의 거친 검법에도 잘 들어맞았다.

그러나 그것은 사내의 착각이었다.

적어도 무당을 거친 검법이라면, 아니, 몸을 잠시 담갔던 검법이라면 그 검법이 어때야 하는지는 현재 무당 장문인보다 더 잘 아는 사람이 바로 소이보였다.

깡!

소이보의 아랫배를 노리던 사내의 검이 급히 치켜 올려져 상단을 막았다. 요란한 굉음과 함께 다시 팔이 부르르 떨렸다.

사내는 다시 억지로 검끝을 부드럽게 돌려 소이보의 가슴을 찌르려 했다.

깡!

하지만 사내의 검이 미처 뻗어 나오기도 전에 급히 다시 치켜 올려졌다.

깡!

벌써 세 번째였다. 소이보의 검은 단순하게 내리찍을 뿐이었다.

마치 사내의 머리를 두 쪽으로 갈라놓겠다는 듯 수직으로 빠르고 힘차게 오르내렸다.

무식한 도끼질도 이보다는 더 세련되게 보일 정도였다.

사내의 목구멍에서 비릿한 것이 올라왔다.

'제길!'

가슴이 격탕되어 이젠 요지유검이 아니라 요지유검의 할아비가 와도 변화를 구할 수가 없었다.

아니, 변화를 구할 틈도 없었다.

소이보의 검은 빠르게 물러섰다가 다시 강하게 내리꽂혔다.

깡!

"으윽……."

드디어 사내의 입술 사이를 비집고 작은 신음이 흘러나왔다.

그 순간 옆에서 지켜보던 호위무사 일곱 명이 동시에 검을 떨궈내었다. 아홉 명 중 검을 지닌 사람들은 모두 일곱. 그 일곱 개의 검이 소이보의 등으로 파고들었다.

소이보의 신형이 빙글 돌았다.

취리리릭!

곧 일곱 개의 검끝이 일 촌쯤 잘려져 나갔다.

빙글 돈 소이보의 몸이 사내를 향했을 때 사내의 검이 빠르게 옆구리를 파고들었다.

아랫입술을 꽉 베어 문 것으로 보아 사내는 모든 내공을 끌어 모아 검끝에 실은 게 분명했다.

쩡!

굉음과 함께 소이보와 사내의 검이 동시에 반 토막이 났다.

소이보의 검은 크게 원을 돌아 휘돈 것뿐이었다.

그사이 일곱 개의 검을 잘라내고 사내의 검을 부러뜨리는 것으로도 모자라 스스로 부러지고 만 것이다.

소이보가 지나치게 내력을 쏟아 부은 탓이었다.

고통으로 일그러진 사내의 얼굴을 향해 소이보는 주저없이 반 토막 난 검을 집어 던졌다.

사내가 철판교(鐵板橋)의 신법으로 얼른 뒤로 몸을 접었다.

검끝이 잘린 충격에 뒤로 물러섰던 호위무사들이 다시 검을 내쳐 왔다.

일곱 중에 둘은 위로, 셋은 중간, 나머지 둘은 하단을 노렸다.

소이보의 신형이 묘하게 흔들렸다. 손가락으로 머리를 공격해 오는 검신(劍身)을 때리고는 허리를 굽힌 채 제자리에서 뜀을 뛰듯 위로 솟구쳤다. 배와 가슴을 노리던 세 개의 검날이 아슬아슬하게 비켜 나가고, 하단을 노리던 검은 목표를 잃어버리고 애꿎은 허공만 긁었다.

팅!

소이보가 팅겨낸 두 개의 검이 주인의 손에서 빠져나와 커다란 궤적을 그리며 떨어졌다.

고양이처럼 몸을 말아 올린 소이보가 그중 하나를 잡아채고는 앞으로 쭉 내밀었다.

칭칭칭!

묘한 검법이었다. 일정한 궤적도 어떤 법칙도 없었다.

소이보의 검이 세 개의 검날을 팅기고 당겨 붙이며 둥글게 말아 올리는 법은 초식이라 말할 수도 없었다.

소이보의 검과 부딪친 세 명이 호구가 찢어질 듯한 고통과 함께 뒤로 물러섰다.

숨 한 번 고를 여유도 없었다. 소이보가 부딪쳐 오고 검을 허공에서 잡아챈 다음 세 명을 격퇴시키기까지 단 한 동작처럼 보일 정도였다.

가볍게 한 발을 내려 발끝으로 땅을 차고 옆으로 몸을 옮긴 소이보가 다시 앞사람의 몸을 차고 더 높이 신형을 뽑아 올렸다.

아찔했다. 소이보의 몸이 다시 허공에 떠오르자 일곱의 몸이 소이보의 검 아래 고스란히 노출되어 있었다.

물러선 일곱 명의 무인이 채 중심을 잡기도 전이었다. 단 한 순간도 보주의 막내제자에게서 눈을 떼지 말아야 하는 일곱 무인은 저도 모르게 눈을 질끈 감았다. 뒤에서 지켜보던 나머지 두 명 역시 마찬가지였다. 하지만 각오했던 화끈한 통증은 없었다. 어느새 소이보의 신형이 일곱 무인의 머리 위를 타 넘은 것이었다.

눈을 뜨고 뒤를 돌아본 호위무사들이 일제히 안도의 한숨을 내쉬었다.

다행히 요안은 자신들을 노린 게 아니었다.

잠깐, 아주 잠깐, 그래서 스쳐 지나가면서 본 것이 허깨비처럼 느껴질 정도의 찰나였지만, 허공 중에서 마주친 요안의 눈은 번뜩이고 있었다.

마치 먹잇감을 본 야수처럼 파랗게 불타올랐고, 허공의 매처럼 날카로웠다. 그리고 똬리를 튼 뱀처럼 차갑기 그지없는 그 두 눈은 결코 눈 뜨고 쳐다볼 물건이 아니었다.

그래서 다행이었다.

그 눈이 향하는 곳은 자신들이 아닌, 등 뒤 막내 보주 제자가 도망간 곳이기 때문이었다.

그때였다.

"너희는 나랑 놀자!"

아홉 명은 고막이 터져 나갈 것 같은 고통을 느꼈다. 어떻게 보면 요안이 도리어 편할지도 모른단 생각이 언뜻 들었다. 털보가 왕방울만한 눈동자로 아홉 무인을 훑어보며 웃고 있었다.

3

　소이보는 빠르게 집 안으로 도망가는 보주의 막내제자 등을 노려보았다.
　이해할 수 있었다. 다른 사람들은 비웃겠지만 소이보는 비웃지 않았다.
　목숨보다 소중한 것은 없었다. 겉으로는 큰소리 뻥뻥 치며 목에 칼이 들어와도 도망 따위는 안 한다는 놈들도 실제 목에 칼을 디밀기 전에 알아서 바닥을 기는 꼴을 숱하게 봐왔기 때문이다.
　다음 기회가 있다면 언제든 몸을 사리고 심지어 적 앞에 등을 보이며 도망갈 수 있었다.
　그러나 도망쳐 피한 이후의 삶이 죽음보다 못할 때는 절대 도망치면 안 되었다. 소이보는 그렇게 살았다.
　그래서 지금 정신없이 도망치는 사내를 이해할 수 있었다.
　사내는 집 안으로 뛰어들고는 곧 미로처럼 얽힌 복도 사이를 달렸다.
　몸을 갈지자로 흔들며 아슬아슬하게 모퉁이를 타고 돌았다.
　"흡!"
　소이보가 다시 숨을 토하고 다시 빠르게 들이켰다.
　가슴에 청량한 기운이 감돌자 사내의 등이 보다 가깝게 다가왔다.

이제 곧 손으로 뒷덜미를 잡아챌 수도 있었다.

하지만 소이보의 손은 허공만을 움켜쥐었다.

사내는 교활하게도, 아니, 모든 체면을 집어던진 듯 몸을 굽혀 방 안으로 굴러 들어간 것이다.

간발의 차이. 하지만 사내는 체면을 집어던진 대가로 그 틈을 가르고 한숨 돌릴 기회를 얻을 수 있었다.

소이보의 빠르게 달려들던 신형이 벼락을 맞은 듯 그 자리에 우뚝 멈추어 섰다. 그리고는 씨익 웃었다.

놈은 눈앞에서 자신을 노려보고 있었다.

손에는 뱀이 요동치듯 생긴 사검(蛇劍)이 들려 있었다. 사검 중에서도 구곡검(九曲劍)이라 불리는 놈이었다.

아마도 사내는 저 검을 가져오기 위해 여기까지 온 게 틀림없었다. 또 그만큼 저 괴상한 검에 익숙하다는 증거였다.

알록달록 괴상한 침의를 입은 예쁘장한 사내는 소이보를 잔뜩 긴장한 채 노려보고 있었다.

"하나같이 이상한 것뿐이지? 옷에, 상판대기에, 들고 있는 검까지 하나같이 튀는 것들뿐이잖아?"

여자가 어느새 소이보 뒤에 다가와 종알거렸다.

사내의 정신없는 뜀박질과 소이보의 빠른 신형을 감안한다면 여자의 경공술(輕功術)도 상당히 빠른 편이었다.

"무덤은 똑같겠지. 저런 놈이 들어가도."

뒤를 이어 나른한 목소리가 들렸다. 굳이 돌아보지 않아도 게으른 사내임을 알 수 있었다.

소이보는 다시 씨익 웃었다. 재미있는 사람들이었다.

소이보가 천천히 사내를 향해 다가가기 시작했다.

예쁘장한 사내는 뒤로 주춤 물러서다가 곧 이빨을 갈았다. 이대로 주춤주춤 물러서다간 아무것도 할 수 없었다. 이미 검을 겨루기 전에 기세에서 지고 들어가는 것이다.

"이익!"

사내가 소이보를 향해 구곡검을 기묘하게 찔러왔다. 소이보는 아무것도 아니라는 듯 구곡검의 검신을 검으로 내려쳤다. 이때까지 손에 쥐었던 노인의 장검이 아닌 보통 무인들이 휘두르는 잘 빠진 검이어서 그런지 왠지 낯설었다.

더욱이 노인의 검보다 훨씬 짧은 검은 그 끝이 잘려 나가 더욱 뭉툭했다.

구곡검이 움찔 뒤로 물러서는 듯하더니 곧 독 오른 뱀이 대가리를 꼿꼿이 세우듯 소이보의 목을 향해 치켜 올려졌다.

소이보가 목을 뒤로 뉘는 동시에 검을 둥글게 말아 올리듯 사내의 어깨를 내려쳐 갔다. 구곡검이 다시 뒤로 되돌아가 소이보의 검을 막았다. 소이보가 검을 뒤로 물렸다가 다시 내려치자 사내는 다시 막았다. 들어 올려 내려치고, 그 검을 구곡검이 막는 횟수가 점점 늘어났다.

사내의 검은 변화가 심했다. 요지유검을 펼치던 때와 비교하면 빠른 속도는 같았지만 변화는 훨씬 심했다.

소이보의 검이 둔중하다면 사내의 구곡검은 영활했다. 하지만 둔중한 움직임이 민첩한 구곡검이 움직일 여유를 주지 않고 있었다.

바로 전에 겨루었던 것처럼 상황은 사내에게 불리하게 돌아갔다.

'곤란하군!'

사내는 구곡검을 든 팔이 휘청이는 것을 느꼈다. 분명 초식에서는 자신이 앞섰다. 저 악마 같은 요안은 초식이고 뭐고 없는 괴상한 움직임을 보이고 있었다. 하지만 내력이 달렸다.

소이보의 검을 막고 다음 변화를 꾀하기엔 너무도 엄청난 경력이 검을 통해 쏟아져 들어오고 있었다.

사내가 발끝으로 땅을 찍고는 몸을 빙글 회전시키며 뒤로 물러났다.

소이보가 곧 한 발을 크게 내디디며 검을 쏘아냈다.

사내가 소이보의 검에 구곡검을 묘하게 얽었다. 굽이친 굴곡 사이로 소이보의 검을 얽어맨 것이다.

소이보가 다시 씨익 웃었다. 괴상한 수법이고 묘한 수단이었지만 임시 처방일 뿐이었다. 소이보가 손목을 비틀자 곧 구곡검이 맑은 소리와 함께 다섯 조각으로 부러졌다. 하지만 사내가 노린 게 바로 그것이었다.

소이보의 노도와 같은 내공에 힘들여 대항하는 것을 포기한 것이다.

구곡검에서 재빨리 손을 뗀 사내의 손바닥이 묘한 호선을 그리며 소이보의 가슴을 두들겼다.

짧은 순간 소이보의 몸에선 여러 번의 격렬한 타격음이 터져 나왔다. 곧 인상을 찡그린 소이보의 손이 부드러운 움직임과 함께 사내의 가슴을 밀었다.

그 단 한 번의 타격이 승부를 갈랐다.

"크흑!"

사내의 몸이 끈 떨어진 연처럼 뒤로 날아가고 있었다.

쾅!

사내의 몸이 복도 마지막에 위치한 문을 박살 내며 안으로 굴렀다.

소이보는 저도 모르게 한 손으로 가슴을 쓰다듬었다. 가볍지 않은 상처였다. 내공을 운공하고 있음에도 기혈이 들끓고 있었다. 놈의 실력은 보기보다 매서웠고 수단도 고명했다.

"후웁!"

소이보가 숨을 들이마셔 탁기를 뱉는 동안 사내가 비척대며 일어서려다 다시 쓰러지는 모습이 보였다.

소이보의 요안이 번뜩인 것은 그 순간이었다. 사내 역시 소이보의 눈과 시선이 부딪쳤다. 그 순간 사내의 모든 움직임이 멎었다.

입을 벌리고 꺽꺽거리는 소리를 낼 뿐, 아무런 행동도 하지 못했다. 마치 머리 속이 하얗게 비어버린 듯 보일 정도였다.

하지만 사내는 강했다. 마도칠가 중 당당히 한자리를 차지하는 요선보주의 막내제자다웠다. 팔을 부들부들 떨면서도 끝내 몸을 일으키더니 휘청이며 한쪽으로 걸어가 덧문을 열고는 그 안으로 쿵 하는 소리와 함께 쓰러졌다.

뻐근한 가슴을 문지르며 소이보가 쓰러진 사내를 향해 천천히 걸음을 옮겨 막 방 안으로 들어설 때였다.

"놈!"

앙칼진 목소리였다. 분명 여자의 것이었다.

소이보의 눈에 언뜻 비친 여자는 온몸을 빨간 천으로 휘감은 채 앉아 있었다.

노려보는 치켜 올라간 눈 꼬리는 목소리만큼이나 앙칼져 보였다.

그리고 그보다 더 앙칼져 보이는 빨간 채찍이 소이보의 앞을 파고들었다.

채찍은 생명이 있는 듯했다. 소이보가 한 손을 들어 막았지만 그 틈을 비집고 들어와 가슴을 치고 손목을 감았다.

소이보의 손목이 뱀이 허물을 벗듯 묘하게 빠져나와 도리어 채찍을 잡으려 들었다.

"면장(綿掌)?"

여자의 목소리가 의외라는 듯 뾰족해졌다.

하지만 채찍은 움직임을 멈추지 않았다.

곧 끝을 꼿꼿이 세우고 움켜쥐려는 소이보의 손목을 찌르려 들었다.

소이보가 뒤로 세 걸음을 물러섰다.

안 그래도 기혈이 들끓어 답답하던 가슴이었다. 여자의 채찍이 부딪친 곳은 근맥이 끊어진 듯 힘이 주어지지 않았다.

그러나 도리어 좋은 기회를 만났다는 듯 채찍은 소이보를 가만두지 않았다.

곧 바닥에 부딪쳐 찰싹 하는 소리를 만들고는 뱀처럼 꿈틀거리며 소이보의 발을 감으려 들었다.

소이보가 발뒤꿈치를 축으로 몸을 돌려 비틀고는 다시 왼발을 들어 뒤로 부드럽게 내디뎠다.

몸이 솜털처럼 붕 떠오르더니 흡사 뒤에서 줄을 매어 잡아당긴 듯 스르르 물러섰다.

"제운종(梯雲縱)? 아니, 제형보(齊形步)?"

여자가 놀랍다는 듯 치켜 올라간 눈을 동그랗게 떴다.

방금 전까지 소이보의 발이 있던 곳에서 똬리를 틀던 채찍이 다시 꿈틀거리며 매섭게 소이보를 향해 다가왔다.

소이보는 숨을 참고 검을 크게 휘둘렀다.

막 두 개의 고리를 허공에 만들고, 세 번째 만든 고리로 소이보의 목을 걸려던 채찍 중간을 검이 파고들었다.

뎅!

여자의 채찍, 즉 흡정편(吸精鞭)과 소이보의 검이 부딪치자 괴상한 소리가 만들어졌다.

소이보의 검이 파고든 속도보다 더욱 빠르게 튕겨져 나왔고, 여자의 채찍이 순간 움직임을 멈추었다.

하지만 다시 움직임을 시작한 것은 흡정편이 먼저였다.

스르륵, 뱀이 나무를 타고 오르듯 소이보의 팔을 감고는 힘있게 옥죄었다.

그리고 팽팽하게 당겨진 흡정편의 중간이 크게 요동치더니 소이보의 몸 곳곳을 부드럽게 두드리고는 다시 팽팽하게 당겨졌다.

그리고 모든 움직임이 멎었다.

'나오라는 보주는 안 나왔군.'

소이보는 씁쓸하게 웃으며 주위를 훑어보았다.

의외였다. 생각보다 방은 넓었고, 넓은 만큼 사람도 많았다.

소이보의 고개가 갸우뚱거려졌다. 분명 밖에서 벌어지는 소동을 모를 리 없었다. 천천히 주위를 둘러보고서야 소이보는 고개를 끄덕일 수 있었다. 요선보 안에서 무슨 일이 벌어지든 편안하게 있을 수 있는 사람. 강적이 쳐들어왔다고 해도 눈 하나 깜짝하지 않을 고수들이 모여 있는 때문이었다.

크기가 사방 일 장 반쯤 되는 커다란 원형 탁자를 가운데 두고 네 명이 앉아 있었다. 그리고 그 뒤로 다시 세 명이 서 있었다.

막내제자의 처소가 보주의 처소와 가깝다더니 여기가 바로 보주의 집무실인 듯했다.

제일 먼저 눈에 들어온 것은 범우였다. 민둥머리에 두꺼운 목을 빼고는 의아하단 눈길로 소이보를 쳐다보고 있었다.

범우가 서서 지키고 있는 의자엔 강요맹이 날카로운 매부리코를 씰룩이며 소이보를 쳐다보았다.

소이보가 천천히 고개를 돌리자 여자가 있었다. 먼저 서 있는 여자는 눈에 익었다. 언젠가 별림에서 한바탕 겨룬 적이 있는 계집이었다. 붉은 옷에 채찍을 휘두르던 못된 계집. 소이보 머리 속에 남아 있는 기억이었다.

범우가 강요맹의 뒤에 서 있듯 그 계집 역시 다른 계집 뒤에 서 있었다. 앉아서 도도하게 소이보를 쳐다보는 여자. 소이보만큼 창백해 보이는 피부에 얼굴이 갸름한 여자였다. 나이는 서른 중반 정도였지만 차가워 보이는 인상은 좀 더 어려 보이게 만들었다. 그리고 치켜 올라간 눈매는 성격이 보통이 아니란 걸 나타내 주고 있었다.

'비림의 주인이라는 이화림이겠군.'

소이보는 알겠다는 듯 고개를 끄덕이고는 눈길을 아래로 숙였다.

이화림이 들고 있는 기다란 흡정편은 자신의 손목을 감고 있었다.

하지만 이화림의 눈엔 득의의 빛도 놀람의 기색도 없었다.

그저 앉은 채 냉랭한 시선으로 소이보를 쏘아보고 있을 뿐이었다.

소이보는 히죽 웃었다.

내력에서 달린 것은 아니었다. 아니, 수년 동안 길러온 역천파사공이라면 물경 일 갑자의 수위는 넘볼 수가 있었다. 그만큼 강했고 그만큼 빨랐다. 단지 경험과 초식의 운용에서 차이가 났다. 그리고 그 차이는 승패를 가를 만큼 큰 것이었다.

하지만 이화림이 고수라는 점만은 틀림없었다.

이화림은 묘한 미소를 짓고는 강요맹을 쳐다보았다.

"대주가 거둔 아이가 들던 것보다는 못하군요. 나는 요안, 요안 하고 사람들이 하도 떠들어서 굉장한 줄 알았지요."

말하는 태도에선 여유가 물씬 풍겼다.

소이보의 손목에 채찍이 감겨든 것을 보면서도 이상하게 강요맹은 미소를 띠며 몸을 등받이에 깊이 파묻고 있었다.

아니, 더 나아가 재미난 구경이라도 하겠다는 듯 팔걸이에 팔꿈치를 올려놓고 손가락을 펴 마주 대고는 빙긋 웃었다.

"굉장하진 않아. 그래도 사람은 곧잘 죽이지. 아참, 그런데 림주께선 우리 아이에게 요안이라고 그랬나?"

강요맹의 여유가 재미있는지 이화림이 웃었다.

"그래요, 요안. 내가 그랬지요. 저 아이 앞에선 그 말을 사용하면 죽는다지요? 하지만 내가……."

이화림의 말이 이어지지 않았다. 아니, 눈을 둥글게 뜨고는 소이보를 쳐다보았다. 그리곤 다시 시선을 내려 텅 빈 자신의 손을 보았다. 자신의 손에 들려 있어야 할 채찍이 없었다. 이화림은 입을 멍하니 벌리고 소이보를 쳐다보았다. 거기에 있었다. 소이보는 흥미가 당긴다는 듯 파랗고 잿빛인 눈으로 손에 든 채찍을 보고 있었다.

"어떻게……?"

이화림은 이해가 가지 않았다.

분명 맥을 짚었다. 자신이 휘두른 흡정편의 끝이 분명 중부혈, 견정혈과 양계혈, 그리고 내간혈을 짚은 것이다. 거기다 제맥법을 이용해 놈의 손목을 감았다. 아무리 소림방장의 무공이 높다 해도 혈을 짚이고 손목이 흡정편에 제압당한 상태로는 움직이지 못한다. 그런데 놈은 그걸 해낸 것이다. 더욱이 방심한 틈을 타 채찍을 잡아채고는 재미있다는 듯 구경까지 하고 있는 것이다.

소이보가 고개를 들고는 히죽 웃었다. 하지만 이화림은 입을 벌린 채 멍하니 있을 뿐이었다. 이화림은 이해가 가지 않았다. 인간이라면 이럴 순 없는 것이다.

소이보가 양손에 나누어 기다란 채찍을 말아 쥐고는 양쪽으로 팽팽하게 잡아당겼다.

부웅!

림주 이화림이 성명무기로 삼을 만큼 흡정편은 쉽게 볼 수 없는 재질로 만들어져 있었다. 그래서 소이보 손에 바짝 당겨진 채찍은 팽팽한 소리를 만들어내고 있었다.

소이보가 다시 히죽 웃고는 한 발 내디뎠다.

모든 사람은 소이보의 파랗고 잿빛인 눈동자만 보고도 지금 무엇을 하려는지 알 수 있었다.

파란 눈알은 더욱 새파랗게 불타고 있었다. 잿빛 동공은 더욱 칙칙해졌다.

교살(絞殺).

눈가가 붉어진 저 괴상한 요안이 이화림의 목을 채찍으로 감아 죽이겠다는 뜻을 명백하게 나타내고 있는 것이다.

"참아라."

범우가 한 발 나서며 소이보를 쳐다보았다.

범우와 시선이 마주치자 소이보의 고개가 갸우뚱거렸다.

"일단은 참아라."

범우가 다시 말했다. 소이보가 히죽 웃었다.

"일단이라니? 그렇다면……."

범우의 말에 발끈했는지 이화림이 자리를 박차고 일어섰다.

하지만 이화림의 분노는 퍼부어지지 못했다.

◈ 第二章 ◈
긴장된 만남

긴장된 만남 1

"**재**미있는 놈이군. 대단도 하고."

차가운 목소리는 이화림의 분노를 식힐 만큼 냉기가 서려 있었다. 차가운 목소리만으로도 모자라 얼굴까지 퍼런 남자였다. 네 명이 마주 보고 앉아 있는 탁자 위에 당당히 한자리를 차지한 사람이었다.

네 명 중 두 명은 이미 아는 사람이었다.

대주 강요맹과 림주 이화림.

그렇다면 남은 것은 요선보의 주인인 요선보주(拗仙堡主)와 단주인 교단서였다.

아무래도 얼굴이 푸르죽죽한 사내는 교단서일 확률이 높았다.

각궁을 쓰는 종알대던 여자의 말이 그랬다, 단주인 교단서는 퍼런 얼굴에 비밀이 많은 남자라고.

소이보에게 잠깐 호기심을 나타냈지만 교단서는 곧 시선을 돌리고 무표정하게 앉아 있었다.

전체적으로 사각형의 얼굴에 동상이라도 걸렸는지 퍼런 빛이 감돌았다. 어떻게 보면 죽은 지 오래된 시체를 보는 듯했다.

소이보를 처음 본 사람이라면 십 년이 흘러도 단번에 알아볼 수 있었다. 요안은 그렇게 깊은 인상을 남기는 것이다. 교단서 역시 마찬가지였다.

저런 독특한 피부 빛은 특이한 무공 때문인지, 아니면 교단서만의 특징인지 몰라도 흔히 볼 수 있는 것은 분명 아니었다.

소이보의 시선이 천천히 옆을 향했다.

요선보를 움직이는 네 명 중 세 명을 보았다.

강요맹, 이화림, 그리고 교단서.

그렇다면 남은 한 사람은 분명 요선보의 주인이어야 할 텐데, 그것도 아니었다.

일단 보주라기엔 너무 젊었다. 많이 봐줘야 서른 정도밖에 안 되는 사내였다.

이 사내 역시 얼굴이 익었다. 요선보주를 만나기 위해 기다리는 동안 스쳐 간 사내였다. 하얀 천을 쓴 아름다운 여자와 어깨를 나란히 하고 걸어갔던.

'저놈 역시 요선보주의 제자겠군.'

소이보는 히죽 웃었다. 울긋불긋 화려한 옷을 입은 예쁘장한 놈이 마지막에 거둔 제자라면 저놈은 요선보주가 거둔 첫째 제자가 틀림없었다. 만약 저놈이 보주의 대제자가 아니라면 강요맹이나 이화림 같은 사람들과 나란히 탁자를 앞에 두고 앉아 있진 못했을 것이다.

소이보는 크게 숨을 들이키고는 불안한 듯 소이보를 쳐다보는 범우(范愚)를 향해 싱긋 웃었다.

그제야 범우가 안심했다는 듯 미미하게 고개를 끄덕이고는 다시 강요맹 뒤에 가 섰다.

'아마도 역천파사공(逆天把死功)이라도 쓸 줄 알았나 보군.'

소이보는 범우가 무엇을 걱정했는지 잘 알고 있었다.

하지만 범우가 생각하는 것 이상으로 소이보는 영리했다.

자신의 능력을 삼 푼쯤 숨겨두어야 한다는 것쯤은 이미 어린 시절 터득하고 있었다. 위급한 일이 아니라면 파사공을 운기하는 일은 없을 것이다.

광마 이장을 미치게 만들었던 번들거리는 눈빛 역시.

"흠……."

무거운 신음성이 맹주의 대제자로부터 흘러나왔다.

사내답고 잘생긴 얼굴에 어두운 그림자가 한 겹 드리워졌다.

천천히 몸을 일으켜 자신의 사제를 품에 안았다.

"끄응……."

그제야 정신이 드는지 알록달록한 침의를 걸친 막내제자가 신음을 토했다.

"한 가지 물어도 되겠나?"

대제자의 시선은 품에 안아 든 사제를 향했지만 질문은 소이보를 향했다.

소이보는 다시 주위를 둘러보았다.

껄끄러운 분위기였다. 무언지 모를 냉랭한 기운이 주위에 흘렀다.

감히 보주의 제자가 소이보 손에 다쳤는데도 대제자를 제외하고는 누구도 신경 쓰지 않았다.

더구나 강요맹과 이화림, 그리고 교단서 사이도 물과 기름처럼 겉도는 분위기였다.

범우 역시 소이보를 더 걱정할 뿐 보주가 뒤늦게 거둬들인 제자에겐 눈길조차 주지 않았다.

물론 범우의 성격이 자신이 맡은 것 외엔 관심이 없기도 했지만.

'막가는 집안이군. 콩가루 집안이야.'

소이보는 싱긋 웃었다.

"한밤중에 내 사제를 왜 찾아왔는지 물어도 되겠는가?"

대제자의 목소리는 깊고 낮았다. 하지만 소이보는 그 안 깊숙한 곳에서 이글거리는 분노를 알아볼 수 있었다.

쉽게 성정을 나타내지 않는 사내였다. 도리어 속으로 깊숙이 파묻고 있었다. 그러나 절대 잊지는 않을 것이다.

태도는 엄숙했고 행동은 무거웠다.

또한 쉽게 심기를 드러내지도 않았다.

과연 요선보주, 즉 요선보란 거대 세력을 이끄는 사람의 대제자다웠다.

'그것이 또한 너의 한계이기도 하고.'

소이보는 싱긋 웃었다.

사람이란 자유로운 듯해도 어딘가에는 얽매이기 마련이었다.

원하는 대로 하려 해도 사랑하는 가족이, 힘들게 쌓아놓은 부(富)가, 이뤄놓은 명성이, 어렵게 쟁취한 권력이 발목을 잡아채곤 했다.

대제자 역시 마찬가지였다. 소이보의 눈엔 손금 보듯 훤하게 보였다.

요선보란 거대한 이름이 대제자의 어깨를 짓누르고 있었다.

분노할 때 분노하지 못하는 것 역시 불쌍한 인생이란 생각과 함께 소이보가 입을 열었다.

"뭘 좀 물어볼까 하고……."

"……?"

대제자의 검미가 움찔거렸다.

무슨 뜻인지 알 수 없었다. 갓 들어온 애송이였다. 물론 손속까지 애송이의 것은 아니리라. 그래서 강요맹이 거두어들였을 것이다.

그러나 들어온 첫날, 대범한 건지 아니면 미친 건지 몰라도 감히 보주의 제자를 건드렸다. 더욱이 대제자인 자신을 비웃듯 시건방을 떨었다.

그런데 그 이유가 말도 되지 않았다.

"길 좀 물으려고……."

소이보가 다시 입을 열었다.

"길?"

대제자가 의외라는 듯 물었다. 왠지 무거운 한숨처럼 들리는 물음이었다.

사내의 눈이 소이보를 향했다. 갑작스럽게 쳐들어와 자신의 사제를 해친 놈이었다. 그 이유가 단순히 무언가를 물어보려 했다는 게 이해가 가지 않았다. 깊은 눈동자였다. 소이보의 요사스런 느낌을 자아내는 눈과는 또 달랐다.

"언제 어디로 가면 되는지 그걸 알고 싶었을 뿐이야."

다시 소이보가 말했다. 대제자는 무슨 말인지 모르겠다는 듯 소이보의 얼굴만 쳐다보고 있었다.

"끄응, 무, 무슨 말……."

예쁘장한 사내가 정신을 차렸는지 힘겹게 눈을 떴다. 소이보가 히죽 웃었다. 알록달록 괴상한 침의를 입은 놈이 그동안 정신을 잃고 있었던 게 아니란 걸 자신은 알고 있었다. 그렇게 약한 놈이었으면 자신의 가슴을 연달아 두들길 수가 없었다. 교활한 놈이었다. 일부러 정신을 잃은 척, 그래서 자신의 사형의 분노를 이끌어내려는 수작이 틀림없었다.

하지만 소이보만 알아본 게 아닌 듯싶었다. 갑자기 소이보 뒤에서 까르륵거리는 웃음이 터져 나왔기 때문이다.

장난감 같은 각궁을 무기로 삼는 여자가 어느새 소이보 뒤에 서 있었다.

"대주를 뵈어요."

종달새를 닮은 여자가 다시 때를 만났다는 듯 지저귀고 있었다.

의자에 느긋하게 앉아 있던 강요맹이 흘깃 바라보자 종달새의 고개가 나비처럼 나풀 접혔다.

"대주와 대장을 뵙습니다아~"

끝이 미묘하게 올라가는 독특한 울림이 있었다.

여자의 종달새 같은 목소리와 함께 옷이 부딪치는 수선한 소리가 뒤에서 들렸다. 아마도 삼팔구 대원들이 뒤늦게 따라와 대주 강요맹에게 인사를 올리는 게 틀림없었다.

"대주를 뵙습니다."

"대주를 뵈어요."

쇠종 소리와 종달새가 가장 크게 울려 퍼지고, 그 사이로 나른한 목소리와 우물쭈물대는 작은 목소리가 묻혔다.

기다란 장검을 휘두르던 긴 수염의 중년인은 그저 고개를 숙일 뿐

별다른 말은 없었다.

강요맹의 입술이 묘하게 꺾여 올라갔다. 독특한 웃음이었다.

그러나 종달새를 닮은 여자의 인사는 그것이 끝이었다.

인사의 대상은 오로지 강요맹뿐이었다.

강요맹 외에 교단서나 이화림, 그리고 대제자에겐 눈길조차 던지지 않았다.

삼팔구에겐 강요맹과 범우 외엔 전혀 눈에 들어오지 않는 듯한 태도였지만 정작 이곳에 모인 사람들 중에 그걸 탓하는 사람은 없었다.

아니, 아예 신경도 쓰기 싫다는 듯 소이보를 뒤따라온 삼팔구에게 시선조차 던지는 사람이 없었다.

시선을 돌려 예쁘장한 사내를 쳐다보던 여자가 다시 까르륵 교소를 터뜨리더니 조롱을 입가에 달고 사내에게 말했다.

"니가 말을 전했잖아. 마도본가에서 온 손님이 초대했다며? 말을 전하러 왔으면 언제 어디로 나와주십사 하는 말은 정확히 해주고 갔어야지!"

예쁘장한 사내는 다시 여자를 멍청하게 바라보다가 곧 얼굴을 구겼다.

"그럼 그것 때문에?"

쥐어 짜내는 듯한 목소리였다. 분노가 치밀어 오른 듯 눈가가 충혈되었다.

사내는 이를 으드득 갈더니 소이보를 쏘아보았다.

"때 되면 알아서 사람이 찾아가겠지!"

말을 한 자 한 자 씹어뱉듯 토해내며 으르렁댔다. 조금 전까지만 해도 피를 게워내고 정신을 잃은 채 쓰러졌다고 보기엔 어려운 독기였다.

하지만 정작 그 말을 전해 듣는 소이보의 얼굴은 심드렁한 표정으로 돌아가 있었다.

"알았다."

소이보는 툭 한마디 뱉고는 그제야 히죽 웃었다. 고개를 살짝 비틀어 이화림을 흘낏 보고는 다시 히죽 웃었다.

소이보 뒤에 서 있던 털보가 좋은 구경을 놓쳤다는 듯 엉덩이를 툭툭 털고는 퉁명스럽게 내뱉었다.

"이렇게 되면 오늘 밤은 넘겼네? 저놈 말이야."

자기 딴에는 한껏 목소리를 죽인다고 죽인 목소리였다.

그러나 커다란 방 안에서 못 들은 사람은 하나도 없었다.

다시 얼굴이 발개진 홍안자가 옆구리를 쿡쿡 찔렀다.

"며칠이나 갈까?"

여자가 게으른 남자를 보고 물었다. 하지만 정작 남자는 졸린다는 듯 어깨만 한번 으쓱해 보였다. 삼팔구의 사람들이 대제자를 보고 일제히 히죽 웃었다. 별림의 노인에게서 시작된 웃음이 소이보를 통해 삼팔구 조원들까지 전염시킨 듯했다.

"대답은 들었나?"

대제자의 각진 턱이 움찔거렸다. 어금니를 꽉 깨문 듯 턱 관절 근육이 도드라져 나왔다. 무서울 정도로 무표정했고, 추측할 수 없을 정도로 참을성이 강했다.

소이보가 다시 히죽 웃었다.

"대강은."

소이보가 턱을 치켜 올리며 대답했다.

"그럼 됐군."

대제자가 자신의 사제를 부축해 일어섰다.

2

　방 안의 공기는 묘했다. 이상하게 물과 기름처럼 무언가가 섞이지 않고 있었다. 소이보는 그것이 무엇인지 알 수 있었다.

　대주 강요맹과 림주 이화림, 그리고 단주 교단서만 알력이 있는 게 아니었다. 보주의 제자들 역시 그랬다.

　뒷골목의 작은 단체라도 이럴 수는 없었다. 요선보의 하부 조직인 혈랑대원들이 보주의 대제자를 우습게 보고 있었다. 또한 그것을 이화림이나 교단서 역시 내심 고소해하는 게 틀림없었다.

　세력 싸움이었다. 서로가 서로를 견제하고 있었다. 팽팽한 긴장감이 흘렀다.

　예쁘장한 사제를 부축하고 등을 돌린 채 몇 걸음 걷던 대제자가 뒤를 돌아보았다.

　"한번 시간을 내줬으면 좋겠군. 단둘이서만. 나 역시 묻고 싶은 게 있으니까."

　"언제든지."

　소이보가 히죽 웃었다.

　대제자는 아무런 말이 없었다. 오늘 벌어진 일은 분명 치욕이었다. 한낱 혈랑대의 대원, 그것도 어제 나타난 놈에게 철저하게 농락당한 것이다. 당연히 자신의 편이 되어주어야 할 다른 사람들은 그저 잘됐다는 듯 지켜만 보고 있었다.

하지만 대제자의 발걸음은 결코 패자의 것이 아니었다. 힘있게 내딛는 발걸음 사이마다 분노가 저며 있었다.

그렇게 대제자가 문을 나서고 모퉁이를 돌아 사라지자 강요맹이 빙긋 웃었다.

"좋아, 그럼 물러가 쉬도록."

삼팔구 조원들이 일제히 고개를 숙였다.

강요맹은 내심 흡족하기 짝이 없었다. 자신의 주사위, 그것도 몇 년에 걸쳐 준비해 둔 한 수를 드디어 멋지게 펼쳐 보인 것이다.

소이보 역시 몸을 돌렸다.

"잠깐."

이화림이 급히 말했다. 이대로 사라진다면 자신의 흡정편은 되찾지 못하는 것이다. 그럴 수는 없었다.

하지만 이화림보다 더욱 빠른 사내가 있었다.

이때까지 교단서 뒤에 서서 묵묵히 지켜보던 하얀 탈바가지를 덮어쓴 사내가 한 발 앞으로 나온 것이다.

강요맹 뒤에 범우가, 이화림 뒤에 홍예예가 서 있듯 하얀 탈바가지는 교단서 뒤에 서 있었다.

신분이 높은 사람이었다. 적어도 혈랑대에서 범우가 차지하는 위치쯤은 되는 사람 같았다. 그리고 강요맹과 범우, 이화림과 홍예예의 관계처럼 교단서의 세력을 실질적으로 이끄는 사람이 틀림없었다.

사내는 한눈에 보기에도 특이했다.

얼굴엔 하얀 탈바가지를 쓰고 있었다. 하얀 탈 주위엔 하얀 깃털로 장식해 그 사이 눈동자도 보기 힘들었다.

한눈에도 하얀 올빼미[兀鷹]를 닮아 보였다.

특이한 행색이었지만 왠지 뒤로 물러나 있을 때는 시선을 끌지 않던 사내였다.

하지만 한 발 걸어나온 것만으로도 지금의 묘한 분위기를 만들어내고 있었다.

모든 사람의 시선이 일제히 자신에게 쏠렸지만 하얀 부엉이 탈을 쓴 사내는 오로지 한 사람만을 쏘아보고 있었다.

교단서 역시 의외였는지 하얀 부엉이와 소이보를 번갈아 쳐다보았다.

모든 것을 잊은 듯 하얀 부엉이가 쳐다보는 사람이 바로 소이보였기 때문이다.

"……."

하지만 교단서는 하얀 부엉이에게 아무런 질책도 하지 않았다.

교단서가 아는 하얀 부엉이는 가벼운 사람이 아니었다. 도리어 치밀하고 신중했다. 특별한 일이 아니고서는 하얀 부엉이가 이렇게 나올 리가 없었다.

하얀 부엉이, 교단서에게 부훼광(孵喙鵟)이란 별칭으로만 불리는 사내가 입을 열었다.

"죽여야 합니다."

싸늘한 말이었다. 교단서는 의외라는 듯 하얀 탈의 사내를 쳐다보았다. 의외의 행동에 전혀 이해되지 않는 말이었다.

그제야 하얀 부엉이의 몸이 교단서를 향했다.

하얀 부엉이, 부훼광의 고개가 다시 깊숙이 숙여졌다.

"죽여야 합니다."

"요안을?"

교단서가 불쑥 한마디 뱉고는 저도 모르게 소이보를 쳐다보았다.

소이보가 그런 교단서를 보고 씨익 웃었다.

"죽이지 못하면 얻으셔야 합니다."

하지만 하얀 부엉이의 말은 무겁게 가라앉아 바닥에 깔렸다.

교단서가 흘깃 강요맹을 쳐다보았다.

강요맹이 빙긋 웃었다.

"난 내 것을 남에게 넘기는 사람이 아니네. 특히 내가 가지고 노는 주사위는 더욱 그렇지."

강요맹의 말에 교단서가 하얀 부엉이를 쳐다보았다.

강요맹이 저렇게 나온다면 어쩔 수 없었다. 물론 요안이란 놈이 탐나긴 했지만 지금 보자면 강요맹 역시 완전히 휘어잡고 있는 것 같진 않았다. 그런 놈은 아무리 강해도 쓸모가 없었다. 도리어 골치 아픈 수하가 될 게 분명했다.

하얀 부엉이 탈의 사내가 다시 고개를 숙였다.

"얻을 수 없다면 죽여야 합니다. 지금 죽이지 못하면 단주께서 죽습니다. 꼭 죽이셔야 합니다."

엄청난 말이었다. 하지만 그 말에 교단서의 검미가 찌푸려졌다. 부훼광의 신경이 저렇게 곤두선 모습은 처음 보았다.

또한 누구에게 저토록 경각심을 가지는 것 역시 처음이었다.

아마도 부훼광이 저렇게 말하는 데는 이유가 있을 것이다. 그것도 분명한 이유가.

그러나······.

교단서의 시선이 다시 소이보를 향했다.

파랗고 잿빛인 눈동자를 한참이나 쏘아보았다.

까탈스런 강요맹 눈에 든 놈이었다. 더욱이 눈앞에서 이화림의 흡정편을 빼앗은 놈이었다.

대단한 놈인 것은 틀림없지만 그렇다고 자신의 목숨을 빼앗아갈 정도의 실력으론 보이지 않았다. 자존심이 상했다. 더구나 그 말이 자신이 데리고 있는 수하 입에서 나왔다는 게 더욱 기분이 상했다.

"신경 쓰지 말아라. 내가 알아서 하겠다. 우린 군림가의 일을 처리하기에도 벅차다. 하물며 작은 꼬마 따위에……."

교단서의 말에 하얀 탈을 쓴 사내가 작은 한숨을 내쉬었다.

다시 고개를 숙이고는 교단서 뒤로 물러났다. 교단서 얼굴에는 불쾌함이, 이화림 얼굴에 의아함이 떠올랐다. 이화림은 저 하얀 탈을 몇 번 본 적이 있었다. 자신이 알고 있는 하얀 탈은 절대 저런 말을 꺼낼 사람이 아니었다. 저런 나약한 말이 하얀 탈의 입에서 나왔다는 게 믿겨지지가 않았다.

'아차!'

이화림이 뒤늦게 깨닫고는 주위를 둘러보았다. 이상한 눈을 가진 놈은 없었다. 늦기 전에 흡정편을 되찾아와야 하는데 기회를 놓친 것이다. 이화림은 쓴 입맛을 다셨다. 지금 쫓아가기에도 체면이 서지 않는 일이었다. 이미 자신의 병기를 빼앗긴 것만 해도 부끄러운 일인데, 뒤늦게 쫓아 나가 회수해 온들 소용없었다. 천천히 처리해도 될 일이라 생각하며 이화림은 콧등을 찡그렸다.

소이보 일행은 말이 없었다. 하지만 삼팔구 대원들의 얼굴엔 미소가 떠올라 있었다. 무엇보다 얄미운 보주의 제자들 콧등을 납작하게 만들어준 것이 통쾌했다.

홍안자의 얼굴이 붉게 달아올라 있었다. 하지만 그것은 부끄러움 때문이 아니라 쾌감 때문이란 것은 누구든지 알 수 있었다.

"정말 동생 덕분에 가슴이 오랜만에 후련했어! 그년 얼굴 봤어? 그 미친년 얼굴."

종달새가 즐겁다는 듯 종알거렸다. 소이보 옆에 붙어 서서 조금 전 일을 계속 이야기하고 있었다.

그때 사내가 나타났다. 아니, 미리 와 기다리기라도 한 것 같았다.

흡사 나무의 그림자가 불쑥 일어서듯 그렇게 나무 뒤에서 몸을 드러내고 있었다.

특이한 행색만큼이나 강렬한 인상을 가져다 준 사내였고, 지금의 등장 역시 의외였다.

"나를 아나?"

하얀 탈을 쓴 사내였다. 분명 조금 전 방에서 교단서 뒤에 서 있던 놈이었다. 소이보를 죽여야 한다고 교단서를 충동질하던 그놈이 틀림없었다.

소이보가 히죽 웃었다.

그러자 하얀 탈 사이로 보이는 눈동자가 반짝였다.

"역시 기억하고 있었군. 나 역시 널 잊어본 적이 없었다."

"아는 놈이야?"

수틀리면 한 방 갈겨주겠다는 듯 씨근덕거리며 쳐다보던 털보가 하얀 탈의 말에 소이보 쪽으로 돌아보며 물었다.

소이보가 고개를 끄덕였다.

그러자 털보가 끄응 하며 한숨을 토해냈다. 이왕 벌인 일 끝까지 가

볼 생각이었다. 재수없는 교단서에게 빌붙어 사는 놈이라면 더욱 좋았다.

하지만 이제 보니 소이보와 하얀 탈은 서로 안면이 있는 듯하지 않는가.

하얀 부엉이 탈은 다른 삼팔구는 눈에 들어오지도 않는 듯 소이보만 쏘아보고 있었다.

"팔 년 만인가? 아니, 구 년 정도 되었겠군? 십 년이면 강산도 변한다는데 네가 변한 만큼 나 역시 변했지."

하얀 부엉이는 천천히 손을 들어 올려 얼굴에 쓰고 있던 하얀 탈을 벗었다. 그러자 얼굴이 드러났다.

달빛에 비춰 보이는 얼굴은 유들유들하게 웃고 있었다. 어쩌다 길거리에서 마주쳐도 금방 친해질 것 같은 얼굴이었다. 잘생긴 윤기나는 둥근 얼굴에 보기 좋은 웃음은 붙임성이 많은 친근한 사내란 걸 나타내 주고 있었다.

하지만 소이보만은 그 얼굴이 다르게 보였다. 교활하고 악랄한, 그리고 심기도 깊은 사내. 문기서였다.

시굴에서 보낸 지옥 같은 시간을 함께한 사내였다. 유일하게 소이보가 적수라고 생각했던 사내이기도 했다.

"반갑군. 정말 반가워."

그 사내가 지금 소이보 앞에서 활짝 웃고 있었다.

"그런데 왜 죽이라고 말한 거지? 생긴 것도 괜찮고 사람도 좋아 보이는데?"

문기서의 웃음과 말이 이해가 안 간다는 듯 털보가 중얼거렸다. 하지만 주위 사람들의 고막을 흔드는 커다란 목소리였다.

조금 전 문기서가 교단서에게 했던 소이보를 죽여야 한다는 말을 기억하고 있었기 때문이다.

"닥쳐라."

스산한 말이 웃고 있는 문기서의 이빨 사이로 새어 나왔다.

얼굴엔 반갑다는 듯 함빡 웃음을 짓고 있었지만 새어 나온 말은 사람의 심장을 얼릴 정도로 차가웠다.

"으잉?"

털보가 의외라는 듯 눈을 부릅떴다.

"닥쳐라! 하찮은 네놈이 낄 자리가 아니다!"

다시 심장을 얼릴 것 같은 차가운 말이 문기서의 이빨 사이에서 새어 나왔다.

털보가 눈을 끔뻑거리다가 주위를 돌아보았다. 혹시 다른 사람이 한 말이 아닌가 싶어서였다. 아무리 봐도 이해가 가지 않았다. 저렇게 사람 좋아 보이는 웃음 사이로 싸늘한 냉갈이 터져 나오리라곤 믿어지지 않았다.

문기서가 다시 활짝 입을 열고 웃었다.

"아무래도 우리 둘 사이엔 질긴 인연이 있는 듯하군. 이렇게 만나게 된 걸 보면 말이야. 아, 물론 우리를 시굴에 처넣은 것이 요선보이니 살아남아 요선보에서 만난 게 우연은 아니겠군."

털보가 두툼한 손가락으로 자신의 얼굴을 가리키며 물었다.

"아까 나한테 한 얘기였어?"

소이보가 털보를 향해 손을 들어 휘젓고는 문기서를 쳐다보았다.

"그래서?"

소이보의 껄끄러운 목소리가 듣기 좋았는지 문기서는 더욱 사람 좋아 보이는 웃음을 웃었다.

"세상은 어지럽다. 구파일방과 마도칠가의 싸움은 언제 끝날지 모른다. 또 마도칠가 사이의 전투도 언제 끝날지 모른다. 얼마 후 요선보와 군림가 사이에 전쟁이 있다. 둘 중 하나는 없어져야 끝날 것이다. 세상은 그만큼 혼탁하고 어지럽다."

문기서의 말에 종알대기 좋아하는 여자가 눈을 커다랗게 떴다.

"군림가와? 드디어 벌어지는 거야? 아, 그래서 다들 모여 있었던 거구나? 한밤중에 비밀스럽게."

그제야 알겠다는 듯 여자가 고개를 끄덕였다.

"닥쳐라! 한 번 더 방해하면 가만두지 않겠다!"

문기서의 입에서 다시 싸늘한 냉기가 튀어나왔다. 소이보를 향해 웃으며 따뜻하게 건네던 말과는 전혀 다른 느낌이었다. 그래서 같은 얼굴의 두 사람이 번갈아 이야기하는 것 같았다.

"어쭈?"

여자가 눈을 동그랗게 뜨고는 한 손을 들었다. 소이보가 머리 장식을 만지작거리는 여자의 손목을 잡았다.

"왜?"

여자가 소이보를 보고 미간을 찡그렸다. 소이보가 고개를 저었다.

"위험한 놈이야. 그것도 충분히. 적어도 인생을 장난으로 사는 놈은 아니니까."

소이보는 알고 있었다. 문기서의 행동과 생각, 그리고 잔인함 모두를 충분히 보았다. 자신이 없다면 아예 나서지 않았을 것이다. 털보나 여자쯤은 가볍게 상대할 자신이 없다면 이런 행동을 하지 않았을 것이다.

소이보의 말을 듣자 문기서가 다시 활짝 웃었다.

"세상은 어지럽고 너와 나는 그 한가운데 서게 되었지. 그럼 우리 둘은 어떻게 해야 할까? 세상은 또 다른 시굴이다. 너와 나 둘 중에 한 사람만이 선택되겠지."

하지만 소이보는 대답 대신 히죽 웃었다.

문기서 역시 크게 웃었다. 사람 좋아 보이는 얼굴에 어울리는 웃음이었다. 그리고는 고개를 숙였다.

"충성하겠다. 교 단주는 이미 틀렸다. 모든 것을 버리고 너에게 충성하겠다. 네가 죽으라면 죽는 시늉을 할 것이다. 네가 가지겠다면 천하라도 빼앗아주마. 단!"

문기서의 고개가 들렸다. 윤기나는 웃음 뒤로 싸늘한 칼날이 보였다. 소이보만은 알아볼 수 있었다.

"한 번의 기회를 허락해 다오."

그러나 문기서의 웃음과 말소리는 여전히 따뜻했다. 정겨웠다. 부드럽고 정감이 흘렀다.

소이보가 영문을 모르겠다는 듯 어깨를 으쓱거렸다.

하지만 문기서는 방긋 웃는 얼굴 그대로였다.

"한 번의 기회를 다오. 네놈 등을 찌를 기회. 그 단 한 번의 기회에 나를 걸겠다. 충성을 하겠다. 네놈 등을 찌를 때까지는. 그리고 만약 실패한다면 계속 충성할 것이다. 평생을. 이 문기서가 요안 소이보에게 맹세하겠다."

의외였다. 문기서의 말과 행동에 화가 나 있던 털보와 여자마저도 눈을 휘둥그레 뜰 정도였다.

게으른 사내가 기지개를 켜고는 소이보를 쳐다보았다.

"얼굴과 마음이 다른 놈 말은 믿을 게 못 돼. 더구나 비밀이 많은 교단서 아래 있던 놈이야. 내가 관상은 잘 모르지만."

게으른 사내는 말을 잇다 말고 소이보의 턱 밑으로 얼굴을 들이밀고는 씨익 웃었다.

"저놈은 체질상 반골(叛骨)을 타고난 놈이야."

한동안 멍하니 게으른 사내의 눈을 보던 소이보가 히죽 웃었다.

그리고는 문기서 쪽을 쳐다보았다.

"무슨 말인지 모르겠군. 개가 짖는다고 다 알아들을 수는 없으니까."

소이보는 문기서의 옆을 지났다. 흡사 문기서 따위는 눈에 들어오지 않는다는 듯한 태도였다.

"멋져!"

여자가 까르륵 웃으며 소이보의 등을 주먹으로 두들겼다. 털보도 깨진 종소리를 내며 웃었다. 홍안자 역시 붉게 물든 고개를 숙이고 어깨를 들썩였다.

뒤에 홀로 남은 문기서는 한동안 멀어지는 소이보의 뒷등을 쳐다보았다. 그리고 정중히 고개를 숙였다.

"고맙다. 정말 고맙다. 단 한 번의 기회, 감사히 쓸 것이다."

소이보에게 하는 말이 아니었다.

각오를 다지듯 혼자 중얼거리는 말이었다.

하지만 숙여진 문기서의 얼굴엔 비릿한 웃음이 흐르고 있었다.

사람 좋아 보이는 얼굴엔 왠지 익숙하지 않은 냉소였다.

그러나 그 비릿하고 차가운 미소가 얼굴에 어리자 문기서에겐 제일 잘 어울리는 미소가 되었다.

3

삼팔구 조원들이 기거하는 목옥에 들어오자마자 종달새는 미친 듯
종알거리기 시작했다.

"그놈, 어떻게 아는 거야? 생긴 건 멀쩡하던데 속에 든 건 지랄맞더
군. 암튼 그놈, 어떤 놈이야? 애가 좀 싸가지없는 건 알겠는데, 원래 그
랬어?"

여자는 그게 제일 궁금한 모양이었다. 하지만 소이보는 그렇지 않았
다.

문기서의 갑작스런 충성의 맹세도 웃겼지만 장난삼아 그런 일을 벌
일 놈은 절대 아니었다. 하지만 그 깊은 속마음까지 알 수는 없었다.

소이보는 멍하니 천장을 보았다. 게으른 놈들이 맞았다.

천장엔 눈에 보이는 구석마다 거미줄이 얽혀 있었고, 들보 위로는
먼지가 새하얗게 앉았다.

'강해진다는 것은 좋은 것이로군.'

문기서를 생각하다가 소이보는 히죽 웃었다.

예전 같으면 머리 속이 복잡하게 얽혀 돌았을 것이다.

숨결은 차갑게, 호흡은 빠르게, 행동은 민첩하게 솜털을 곤두세웠을
것이다. 그래야 기회를 내 것으로 삼을 수 있었다.

기회를 잡았을 때 비로소 소이보는 살 수 있었고 상대는 죽었다.

하지만 지금은 아니었다.

상대보다 적어도 반 걸음 앞서야 생존했던 지난날과는 달랐다.

도리어 한 걸음 뒤로 뒤쳐져 간다 해도 자신있었다.

문기서의 계산된 한 수는 그때 가서 적절하게 대처하면 그뿐이었다.

지금 문제는 도리어 앞에서 쉬지 않고 조잘대는 여자였다.

"……?"

소이보가 시선을 내려 여자를 쳐다보았다.

"그래서, 응? 그놈 말이야. 사실 교단서가 이끄는 세력이 누군지 우린 잘 모르거든. 아마도 다른 조직에 투입된 간자(間者)들일 거라고는 생각했지만. 다른 말로 밀정(密偵)이라고 하지? 쉬운 말로는 첩자(諜者)라고 하고. 그런데 얼굴을 본 건 처음… 아휴~"

여자는 말을 잇다 말고 탄성을 질렀다. 소이보와 눈이 마주치자 다시 여자는 소이보의 뺨을 손가락으로 콕콕 찌르려 했고, 소이보는 고개를 뒤로 젖혔다.

"잘 몰라. 너희 이름도 모르는 것처럼."

소이보는 싱긋 웃었다.

"몰라? 왜? 아참!"

여자는 소이보가 자신들의 이름도 모른다는 말에 눈을 동그랗게 떴다가 까르륵 웃었다.

"인사가 늦었네."

여자는 다시 일어서서 붉은 옷 양 끝을 잡고 고개를 숙였다.

"곽예주(郭霓珠)라고 해."

드디어 종달새의 이름을 알았다. 예쁜 겉모습만큼이나 예쁜 이름이었다.

소이보가 알았다는 듯 고개를 끄덕였다.

"넌?"

곽예주가 소이보를 가리키며 물었다.

"나? 요안."

하지만 소이보의 껄끄러운 목소리와 그 목소리가 토해낸 대답이 마음에 안 드는지 곽예주는 고개를 가로저었다.

"누가 요안이래! 이렇게 예쁜 눈을!"

여자의 목소리가 뾰족하게 변했다. 왜 그것도 모르냐는 듯 아랫입술까지 살짝 이빨로 물고는 귀엽게 눈을 흘겼다.

그 모양이 귀엽기도 하고 철없어 보이기도 해서 소이보는 다시 히죽 웃고는 손가락을 들어 자신을 가리켰다.

"소이보."

다시 손가락을 돌려 곽예주를 가리켰다.

"예쁜 곽예주."

장난기도 돌았지만 솔직히 소이보 눈에 예뻐 보인 것도 사실이었다.

별림에서의 생활은 단조롭고도 고립된 생활이었다. 자연 여자를 접해보지 못한 기간 또한 길었다.

뒷골목 어린 창녀들과 추잡한 늙은 창녀, 그리고 별림에서 마주친 홍예예와 장화린이 소이보가 알고 있는 여자의 전부였다.

이상한 여자였다. 어찌 보면 하는 짓마다 신경을 긁어대는 행동이었지만 소이보에겐 왠지 귀엽게 느껴졌다.

누이를 가져보지 못한 소이보로서는 생경한 감정이었다.

대답을 들은 곽예주가 함빡 웃었다. 그 웃음만큼이나 양팔을 커다랗게 벌리고는 갑자기 괴상한 탄성과 함께 소이보의 몸통을 덥석 안았다.

"꺄아~ 고마워. 예쁜 눈에 안목 또한 높구나!"

흡사 십 년 동안 보지 못한 남동생을 만난 것 같았다. 소이보는 얼떨떨해졌다. 여자의 뭉클한 가슴이 자신의 가슴을 눌러왔다. 말로 표현 못할 이상한 향기가 소이보의 코로 밀려들어 왔다.

밀쳐 내야 하는지, 아니면 주먹을 날리며 화를 내야 하는지도 알 수 없었다. 별림에서의 단순한 생활이 아무래도 자신을 멍청하게 만든 것 같았다. 처음 여자에게 안긴 남자는 누구라도 멍청해질 수밖에 없다는 걸 소이보는 알 도리가 없었다.

"……."

어색한 자세로 여자에게 껴안겨서는 그저 눈만 멀뚱멀뚱 떴다.

괴상한 여자였다. 이상하게 소이보를 꼼짝 못하게, 아니, 어떻게 행동해야 할지 모르게 만드는 예측 불가의 여자였다.

소이보의 등을 토닥토닥거리던 곽예주가 몸을 떼고는 소이보를 보며 활짝 웃었다.

"처음 봤을 때부터 죽은 내 동생 같다고 생각했어."

여자는 소이보의 뺨을 손가락으로 콕콕 찌르며 한쪽 눈을 찡긋거렸다.

"그놈이 날 보면 항상 하는 말이 '예쁜 곽예주' 였거든."

소이보는 히죽 웃었다. 사람마다 제각기 살아온 사연이 있는 법이다. 소이보는 그런 것에 전혀 관심이 없었다. 곽예주의 어미가 색목인과 붙어먹지 않는 한 곽예주의 동생과 자신이 비슷할 리 없었다.

갑자기 털보가 몸을 일으키고는 두툼한 자신의 가슴패기를 손가락으로 가리켰다. 손가락 하나가 웬만한 아기 손목만큼 두툼했다.

"둔비(屯臂)!"

지붕이 또 한 번 부웅 울렸다.

두툼한 손가락이 다시 곽예주를 향했다.

"곽예주!"

소이보의 귀청이 부웅 울렸다.

하지만 왕방울만한 눈을 뒤룩거리며 털보가 다시 크게 외쳤다.

"예쁜 곽예주!"

그러나 정작 곽예주는 그런 털보를 멍하니 쳐다보다 피식거렸다.

"미친놈."

이번엔 소이보가 정신이 없었다. 처음 보는 털보의 심각한 표정이었지만 왜 이 상황에 저런 행동을 하는지 이해가 가지 않았다.

곽예주가 소이보를 향해 다시 한쪽 눈을 찡긋거렸다.

"안아달라고 하는 거야, 너처럼. 저 미련한 곰은 둔비라고 해. 태어날 때 저 미련한 곰이 워낙 커서 애 머리통이 나오는 줄 알았는데 주먹 하나가 어미 속에서 튀어나왔다더군. 그래서 이름이 팔 비(臂)가 됐지."

곽예주가 고개를 돌리고는 손가락으로 사람들을 하나씩 가리켰다.

"지반월(池伴越), 부홍(符弘), 사검정(査劍庭). 알아봐야 좋을 것 없는 사람들이야."

소이보의 시선이 곽예주의 손가락을 따라 한 바퀴 돌았다.

나른하게 누운 게으른 사내가 지반월이었고, 부끄럼 많은 홍안자가 부홍이었다. 그리고 멋진 수염과 기다란 검을 지닌 사람은 사검정이었다.

곽예주의 손가락이 마지막으로 자신을 가리키며 코를 찡긋거렸다.

"나는……."

"예쁜 곽예주!"

다시 지붕이 부웅 울렸다.

아무래도 털보 둔비는 미련을 버리지 못한 모양이었다.

아예 무시를 하려는지 곽예주는 둔비 쪽은 쳐다보지도 않은 채 소이보의 파랗고 잿빛인 눈동자만을 쳐다보았다.

그리고는 다른 무엇을 떠올렸는지 다시 콧등을 찡긋거렸다.

"그 자식 죽여 버리는 건데 그랬어. 그지?"

아깝다는 듯 한숨까지 깃든 곽예주의 말이 가리키는 사람이 요선보주의 막내제자라는 건 분명해 보였다.

아마도 소이보의 눈을 보자 '요안'이란 말이 떠올랐고, 그 즉시 막내제자가 생각의 뒤를 이었을 것이다.

소이보가 다시 히죽 웃는데, 곽예주는 생각만 해도 아깝다는 듯 다시 코끝을 찡긋거릴 때였다.

"막내제자가 아니지."

나른한 목소리가 울려 퍼졌다. 곽예주는 고개를 뒤로 돌려 침상 위에서 고양이처럼 몸을 돌돌 말고 있는 사내 지반월을 쳐다보았다.

"목표가 달랐어. 막내제자를 노렸다면 그렇게 소란을 피우진 않았겠지."

지반월의 말에 곽예주 눈이 동그랗게 변했다.

"그럼?"

지반월은 귀찮다는 듯 몸을 떼구루루 굴러 반대편으로 돌아누우며 말했다.

"네가 그놈 처소가 보주 처소와 가깝다고 말했잖아. 보주가 튀어나올 줄 알았겠지. 진짜 죽이려고 했다면 굳이……."

지반월을 쳐다보는 소이보의 눈이 얇게 감겼다.

사실이었다. 만약 소이보가 정말 죽일 생각이었다면 그런 커다란 법석은 떨지 않았을 것이다. 은밀하고 확실한, 그러면서도 잔인한 방법을 썼을 것이다.

누군가 튀어나와 주길 바랐다. 또 그것이 요선보의 주인이라는 보주였으면 했다. 상대를 알아야 다음 수를 마련할 수 있었다. 또 자신을 세워둔 채 거들먹거리던 존재가 어떻게 생겼는지 보고 싶기도 했다.

하지만 보주의 얼굴은 보지 못했다.

'역시 만만치 않은 놈이군.'

소이보가 지반월에 대한 평가를 조금 높였다.

"아항, 그랬던 거야? 보주 늙은이는 봐서 뭐 할려구? 킥!"

눈을 동그랗게 떴던 곽예주가 무슨 말인지 알고는 키득거렸다.

그때였다. 이미 떨어져 나간 문짝 저편에서 낮은 목소리가 튀어나왔다.

"소이보 있나?"

소이보가 고개를 돌렸다. 그리곤 싱긋 웃었다. 자신 앞에서 거들먹거리던 사내였다. 지금도 약간의 거만함과 조금의 경계의 빛이 묘하게 가로지르는 얼굴과 함께 소이보를 쳐다보았다.

우문의였다. 대주 강요맹이나 대장 범우를 제외하면 혈랑대를 이끄는 가장 높은 사람이었다. 하지만 이 방 안에 있는 사람들 중 그걸 인정해 주는 사람은 하나도 없는 듯했다.

"있지!"

또다시 지붕이 부웅 울렸다. 곽예주에게 뜻을 못 이룬 심통까지 가득 얹은 털보 둔비의 대답이었다.

하지만 정작 우문의는 둔비 쪽은 쳐다보지도 않았다.

"어이, 소이보 있나?"

다시 한 번 소이보를 찾으며 묻는데 눈은 소이보의 얼굴을 쳐다보고 있었다. 아마도 우문의의 의도는 소이보가 얼른 몸을 일으키고는 후다닥 달려와 고개를 숙이며 '예' 하고 외치는 대답을 듣고 싶은 게 분명했다.

하지만 역시 대답은 엉뚱한 데서 튀어나왔다.

"있다니까!"

또다시 지붕이 부웅 울렸다.

그러나 너무도 분명하게 귀로 들었을 우문의는 아무런 반응도 없었다. 아예 삼팔구 미친 조원들과는 상종조차 하지 않으려는 게 분명했다.

소이보가 그런 우문의를 보다가 히죽 웃었다. 그리고는 턱 끝을 치켜 올려 털보 둔비를 가리키고는 껄끄러운 목소리로 대답했다.

"있다잖아."

우문의의 인상이 찌푸려졌다.

아무래도 이놈은 강적이 틀림없었다. 불과 하루도 지나지 않은 시간 동안 삼팔구 괴물들에게 너무도 적응을 잘하고 있었다.

괴물은 괴물이었다. 범우의 말은 항상 그랬듯 확실했다. 삼팔구 괴물들 역시 괴물임에 확실했다. 파랗고 잿빛 눈동자의 또 다른 괴물을 자신의 조원으로 확실하게 인정하고 있었다.

물론 만약 그렇지 않다면 소이보의 몸뚱이는 벌써 핏물에 잠겨 있어야 마땅하겠지만.

"대장이 부르신다."

우문의는 가는 한숨을 내쉬고는 몸을 돌렸다.

앞으론 저 파랗고 잿빛의 괴상한 눈알하고도 상종하지 않으리란 결심과 함께였다.

"참, 명륜지연(命輪之宴)이 오늘 정오부터 열린다. 갑작스럽긴 해도 상부의 명령이니까 힘들겠지만 따르도록."

뒤돌아선 채 누구에게 하는지 모를 불명확한 말이었다.

"와우~"

털보 둔비와 게으른 지반월의 입에서 알지 못할 환호가 터져 나왔다.

힘들지도 모른단 명륜지연이 삼팔구 조원들에겐 신나는 일임에 틀림없었다.

왠지 높다란 신분에 올라앉은 자신의 존재가 한없이 초라하게 느껴지는 우문의가 힘없이 앞을 향해 한 발을 내디뎠을 때였다.

눈앞에 파랗고 잿빛의 눈동자가 있었다.

우문의가 움찔 놀라 소이보를 쳐다보자 소이보가 히죽 웃었다.

"어디지?"

'……?'

우문의는 멍하니 있다가 곧 범우의 처소를 묻는 것임을 알고 고개를 끄덕였다.

"연무장에 계신다."

대답이 끝나자마자 아무런 말도 없이 매몰차게 몸을 돌려 걸어가는 소이보의 뒷등을 보며 우문의는 다시 한 번 자신의 존재가 한없이 가엾게 느껴졌다. 저 괴물이 또다시 자신에게 반말지거리를 했다는 걸 뒤늦게 깨달은 때문이었다.

◆ 第三章 ◆
소녀, 그리고……

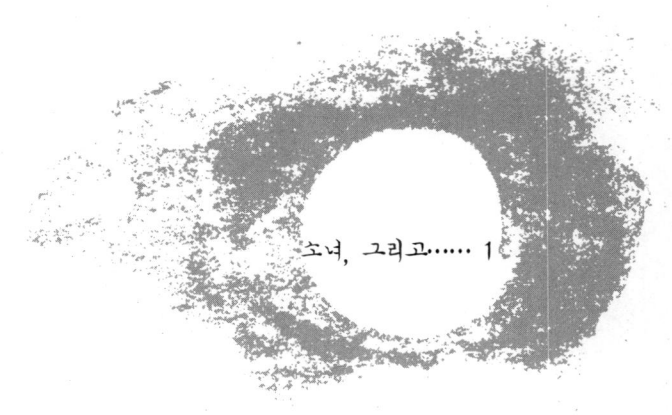

소녀, 그리고…… 1

연무장에는 이미 범우가 와 있었다.

단단한 근육으로 뭉친 몸통과 짧고 굵은 목은 여전했지만 항상 그렇듯 가장 먼저 눈에 띄는 것은 민둥머리였다.

새벽이 어느새 물러가고 아침 햇살에 검은 피부가 윤을 내며 반짝거리고 있었다. 단단한 검은 바위를 보는 느낌이었다.

그 자리에 서 있으라고 하면 천년만년 한결같은 자세로 서 있을 사람이었다. 범우는 그런 사람이었다.

"옷은?"

걸어오는 소이보를 쳐다보던 범우가 불쑥 물었다.

소이보는 그저 히죽 웃고는 어깨를 으쓱해 보였다.

"입어라. 그 옷 위에 걸치면 될 거다."

범우는 손가락을 튕겨 소리를 내 멀리 서 있던 혈랑대원 한 명을 불렸다. 짧은 말과 간단한 행동이었다. 소이보는 요안을 반짝이며 범우를 보았다.

겉으로 보기엔 무뚝뚝한 사내였지만 멍청하거나 정이 없는 사내는 아니었다.

왜 소이보가 붉은 혈랑대 옷을 입지 않는지, 아니, 정확하게는 노인이 손수 입혀준 옷을 벗으려 하지 않는지 범우는 이미 헤아리고 있었다.

'보기보단 세심하군.'

소이보는 갸우뚱거리듯 고개를 외로 꼬고 범우를 쳐다보았다.

단지 규율과 법칙이 그러했기에 소이보에게 혈랑대 옷을 지금 입고 있는 옷 위에 걸치라고 했을 것이다.

만약 벌거벗는 게 규칙이었다면 소이보의 피부 거죽까지도 벗겨낼 사람이 범우였다.

허겁지겁 달려온 사내가 범우의 명령을 듣고 다시 미친 듯 뛰어가 옷 하나를 들고 게거품을 물고 뛰어왔다.

아마 자신의 어미가 초상이 났다 해도 저런 빠르기는 보여주지 못할 게 분명했다.

그 짧은 시간 동안 범우는 소이보의 눈을 피해 먼 곳을 바라보고 있었다.

"입어라."

범우가 사내가 가져온 붉은 옷을 소이보에게 내밀었다.

눈이 마주친 소이보가 다시 히죽 웃었지만 범우의 굳어진 얼굴은 그대로였다. 하지만 눈동자 깊숙한 곳엔 철없는 말썽쟁이 동생을 볼 때의 형의 눈빛이 있었다.

"조금 짧군."

소이보는 고개를 숙여 자신이 걸친 붉은 옷을 보며 혼잣소리처럼 중얼거렸다.

"품은 넓고."

양팔을 벌려 위아래로 흔들어보던 소이보가 다시 히죽 웃었다.

멍청한 놈이었다. 그저 옷을 가져오란 사람이 범우였다는 한 가지 이유로 범우 몸에나 들어맞을 옷을 가져온 것이다.

색목인의 특성상 소이보의 다리는 길었고, 결국 붉은 하의 아래로는 종아리까지 삐죽 튀어나왔다. 팔은 짧아 양팔을 길게 펼치면 소매가 팔꿈치에서 나풀대었다.

게다가 범우의 단단한 가슴과 배에나 들어맞을 옷은 소이보 두 명이 들어가고도 남을 만큼 품이 넓었다. 붉은 이불을 몸에 두르고 비를 잔뜩 맞은 것처럼 짧은 옷은 볼품없이 축 처져 있었다.

"흠……."

범우 역시 마땅치 않았는지 옷을 가져온 혈랑대원을 한심하단 눈빛으로 쳐다보았다.

하지만 사내는 턱은 꼿꼿이 들고 눈엔 잔뜩 힘을 준 채 양 주먹을 허벅지에 꽉 붙이고 서 있었다.

기합이 너무도 잔뜩 들어가 경직된 모습이었다.

"따라와라."

범우는 어쩔 수 없다는 듯 몸을 돌려 앞으로 걸어갔다.

어찌 됐든 사내가 가져온 옷은 틀림없는 붉은 혈랑대 옷이었고, 소이보가 그걸 걸쳤으니 법칙에 어긋나는 것은 하나도 없었다.

단지 볼품없고 멋이 나진 않았지만 그것을 헤아리는 규칙 따윈 없었다.

소이보는 범우의 마음을 짐작했는지 히죽 웃고는 곧 휘적휘적 뒤를 따랐다.

짧고 품이 넓은 옷을 걸치고는 멋있게 걷는다는 것이 애당초 무리였다.

흑의를 걸친 짧고 뚱뚱한 범우의 몸과 괴상한 붉은 옷을 걸친 기다란 소이보의 몸이 묘하게 어긋나면서도 이상하게 어울려 보였다.

한참이나 골목을 돌아 범우가 소이보를 데려간 곳은 대장간이었다.

흔히 시전에서 보던 대장간과는 규모부터 달랐고 다루는 물건 또한 달랐다.

한눈에 알 수 있는 검이나 도, 창 외에도 여러 잡다한 무기들이 넓은 벽을 빽빽이 채우고 있었다. 어떤 것은 괴상한 형태라 어디에 쓰이는지 짐작도 가지 않았다.

범우가 도착하자 곧 대장간 주인인 듯한 늙은이가 급히 나와 고개를 숙였다. 한참 담금질을 하던 참인지 노인의 검은 얼굴은 땀으로 범벅이 된 상태였다.

"아이고, 아직 준비가 다 안 됐습니다요. 워낙 특이한 놈이라……. 도사들이 흔히 쓰는 형태고, 그래서 저도 처음 만들어봅니다요. 조금만 기다리시면……."

노인의 고개는 숙여진 채 좀처럼 펴질 줄을 몰랐다.

소이보가 보기엔 아랫사람이 가져야 할 모든 것을 가진 듯한 노인이었다.

적당한 게으름에 더욱 적당한 핑계, 그리고 언제든 굽어지는 목과

낭창낭창한 허리. 적절하게 이마 주름을 잡고 눈 꼬리는 내린 채 울상을 짓는 표정까지. 한 군데도 나무랄 데가 없었다.

요령을 피울 땐 상관 눈에 벗어나지 않게. 일은 크게 흠이 드러나지 않게. 적당한 인생을 적당히 살아온 게 한눈에 들어왔다.

"때맞춰 온 것 같군."

범우는 고개를 끄덕이고 한쪽 구석에 가 엉덩이를 땅바닥에 붙인 채 철퍼덕 앉았다.

신분에 맞지 않는 장소와 자세였지만 범우는 전혀 신경을 쓰지 않는 것 같았다.

소이보 역시 범우 옆으로 가 어깨를 나란히 하고 앉았다.

범우가 지켜보는 것은 한창 풀무질을 하고 있는 화로였다.

그 안에서 제법 검의 형태를 잡아가는 기다란 쇳덩이가 새하얗게 달아올랐다.

어깨 근육이 범우만큼이나 두껍고 단단한 젊은 대장장이가 쇠를 눈앞에 들어 올렸다. 눈을 가늘게 뜨고 온도를 가늠해 보고는 적당히 달궈졌는지 곧 모루 위에 올려놓고 사정없이 내려치기 시작했다.

뚱땅! 뚱땅!

기분 좋은 울림이 한참이나 이어지다 곧 한쪽 옆에 마련해 둔 물통에 쇠를 밀어 넣었다.

푸우샥~

곧 달궈진 쇠가 갑작스레 식는 소리와 함께 물 위로 굉장한 수증기가 피어올랐다.

"대략 반 시진은 더 걸릴 겁니다요. 술을 달고 검에 조각을 해 넣으려면 한 시진은 더 걸리굽쇼."

노인은 범우 옆에 와 더욱 고개를 낮게 숙였다.

범우가 고개를 흘깃 돌려 소이보를 보고는 다시 정면을 향했다.

"검이면 된다. 장식은 필요없고."

범우의 말에 노인이 함빡 웃었다.

"그럼 저희야 편합죠. 그럼 금방 만들어 올리겠습니요."

노인은 한참 풀무질을 하는 장정 옆으로 다가가 허리를 펴고는 집게를 잡았다.

무인에게만 기도가 있는 게 아니었다.

한 손엔 집게를, 다른 한 손엔 메를 잡은 노인의 모습은 전혀 달라 보였다.

조금 전까지만 해도 비루먹은 듯 굽신대던 노인의 허리는 아름드리 나무보다 더욱 굳건해 보였다. 가는 팔엔 근육이 팽팽히 부풀어 올랐고, 쇠를 내려치는 커다란 메가 가볍게 허공을 오르내렸다.

쿵!

노인의 메가 한 번씩 때릴 때마다 달궈진 쇠는 제법 형태를 갖춰가고 있었다.

소이보는 노인이 만드는 게 무엇인지 알았다.

바로 자신의 검. 그것도 일반 검보다 훨씬 기다란 장검을 만드는 것이다.

별림에서 다뤄본, 그래서 가장 익숙한 검이었다.

'보기보다 더 세심하다니까.'

소이보는 싱긋 웃었다. 저런 형태의 검을 만들라고 시킨 사람이 범우란 걸 알기 때문이었다.

소이보는 그제야 천천히 주위를 둘러보았다.

모든 것이 완벽하게 맞물려 돌아가고 있었다.

풀무질하는 사람과 쇠를 두드리고 식히는 사람, 그리고 화덕에 연료를 붓는 사람까지 모두 사슬처럼 이어져 움직이고 있었다.

사람만이 아니었다. 물건 역시 마찬가지였다.

대장간에 있는 풀무, 모루, 정, 메, 집게, 대갈마치, 숫돌 등 모두 있을 자리에 있었다. 더 필요한 것도 필요하지 않은 것도 없었다.

세상이 이랬으면 좋겠다는 생각이 언뜻 들었다.

자신의 일을 묵묵히 해내는 사람들의 거친 숨소리와 굵은 땀방울이 왠지 아름다워 보였다.

"왜 요선보주를 만나려고 했는지 안다."

범우의 목소리가 소이보의 상념을 깨뜨렸다.

소이보가 고개를 돌려 범우의 얼굴을 보았다.

이렇게 가까운 거리에서 범우의 옆얼굴을 보는 것은 처음이었다.

일렁이는 불꽃이 범우의 검은 피부 위에서 아름답게 얼비춰 보였다.

하지만 범우는 불꽃을 볼 뿐 소이보 쪽으론 시선도 돌리지 않은 채 말을 이었다.

"그분이 별림에 계신 건 그분의 결정이다. 우리가 한 것도 아니고 다른 사람이 시켜서 한 것도 아니다. 보주에게 말해 봐야 소용없다. 또 들을 사람도 아니고."

범우는 세심했다. 머리가 우둔한 사람은 결코 세심할 수가 없었다.

어젯밤 일을 왜, 무엇을 노리고 소이보가 벌였는지 이미 짐작하고 있는 범우였다.

소이보는 고개를 돌려 불꽃을 보며 어깨를 으쓱했다.

상관없었다. 그냥 스스로 크면 되는 일이었다. 커서 지켜주면 그만이었다. 노인, 소이보에겐 단 하나 남은 가족이 돼버린 노인의 마음을 알 것 같았다. 세상에서 별림만큼 좋은 곳은 없었다.

지금 눈앞에 보는 이 대장간처럼 말이다.

"알았어."

범우가 고개를 돌렸다. 소이보가 이해한 게 기특하다는 뜻이 눈에 들어 있었다. 갑자기 소이보가 고개를 돌려 범우와 눈을 마주쳤다.

파랗고 잿빛인 두 눈동자가 반짝거렸다. 화덕의 불빛 때문만은 아니었다.

"…요."

소이보의 입술이 열리고 끝이 긴, 하지만 끝맺음은 확실한 한 단어가 튀어나왔다.

범우의 눈에 얼핏 곤혹스러움이 비쳤다.

처음엔 무슨 뜻인지 몰랐지만 소이보의 말을 머리 속에서 연이어보니 무슨 말이었는지 나중에서야 알 수 있었다.

처음으로 존댓말도 아니고 그렇다고 하대도 아닌 묘한 말을 들은 것이다.

범우의 눈가가 작게 씰룩이는 것을 보자 소이보는 더욱 장난기가 돌았다.

소이보는 입을 가운데로 모아 두툼하게 만들고는 조그맣게, 하지만 범우가 똑똑히 들을 수 있도록 말했다.

"형!"

말이 끝나기가 무섭게 범우의 고개가 반사적으로 다시 정면을 향했다.

범우의 뺨에 감돌던 붉은빛이 더욱 진해졌다. 불꽃 때문만은 아닌 듯했다.

　장난처럼 시작한 말이었지만 왠지 말을 꺼내놓고 나니 소이보의 한쪽 가슴이 알싸해졌다.

　하지만 소이보는 재미있었다. 범우의 처음 보는 모습.

　그건 민망함과 당황이었다.

　하늘이 무너져도 놀라지 않을 것 같던 범우가 양쪽 뺨을 붉게 물들이고 있는 것이다.

2

　다소 쑥스럽고 머쓱한 분위기를 다행히 노인이 깨뜨려 주었다.

　"일단 대강 형태는 잡고 날도 세웠습니다. 손볼 데가 있다면 말씀만 해주십시오."

　범우가 턱 끝으로 소이보를 가리키자 노인이 뒤늦게 눈치를 채고 검을 소이보에게 건네주었다.

　들자 손에 묵직했다.

　쑤웅~

　휘두르자 바람을 가르는 소리가 기분 좋게 들렸다.

　긴 길이만큼이나 커다란 원을 그려낸 검을 세우고 소이보가 한쪽 눈을 감았다.

　파란 눈에서 흘러나온 새파란 광채가 새하얀 검날 위를 스치듯 지나갔다.

날도 제법 잘 섰다. 무게도 괜찮았다. 무엇보다 묵직한 느낌이 좋았다. 할아버지의 고검보단 못해도 제법 얼추 비슷한 모양새였다.

소이보는 히죽 웃었다. 그 웃음에서 만족의 빛을 읽었는지 노인 역시 헤벌레 웃었다.

"조금 더 손보면 끝납니다요. 이제 요 부분과……."

노인이 신나 손가락 끝으로 검을 가리키며 입을 오물거릴 때였다.

"됐어. 이대로 좋아."

소이보는 검에서 눈을 떼지 않은 채 말했다.

검의 차가운 예기보다 더욱 냉랭한 목소리였다.

노인이 놀라 범우를 쳐다보자 범우가 고개를 끄떡였다.

"됐다는군. 검집은?"

범우의 말에 노인 옆에 있던 사내가 바삐 서둘러 검집을 가져왔다.

검집은 검은빛이 돌았다. 새하얀 검날이 쉬는 곳이라면 저 정도는 돼야 할 거란 생각이 들 만큼 검었다.

노인은 침을 꿀꺽 삼킨 후 한참 검에 정신이 팔려 있는 소이보를 향해 조심스럽게 말을 꺼냈다.

"그럼 이제 피를 먹일 차례입니다요."

무슨 뜻이냐는 듯 소이보가 고개를 들어 노인을 쳐다보았다.

"꿀꺽."

노인은 저도 모르게 침을 삼켰다.

조금 전엔 잘못 보았나 했더니 정말 눈 색깔이 다른 것이 아닌가.

일렁이는 대장간의 불꽃도, 새하얀 검날도, 새까만 검집도 저 새파란 눈 안에서 일렁이다 짙은 회색 눈 안에서 스러져 가는 모습이 보였다.

"피, 피는… 그러니까 주인이 자신의 검을 처음 대할 때 피를 먹이는 겁니다요. 몇 방울이면 충분합죠."

하지만 요안은 노인의 얼굴에서 떨어질 줄을 몰랐다.

그것이 왜 그런 행동을 하냐는 물음이라는 걸 노인은 다행히도 재빨리 알아차렸다.

"검은 태어날 때부터 피를 그리워합죠. 그 숨결을 달래놔야 나중에 주인을 해하지 않는 법입죠. 아녀자가 주방에서 칼에 손가락을 베는 것도 피를 안 먹였기 때문에 그런 겁니다요. 영 탐탁지 않으시면 단 한 방울이면 됩니다요."

소이보가 다시 손에 든 검을 바라보았다.

왠지 그 눈동자에선 요안이란 별칭답게 요사스런 빛이 흐르고 있었다.

"됐어. 그런 놈이어야 마음에 들지."

굳이 노인에게 한 말은 아니었다. 하지만 노인은 다시 침을 꿀꺽 삼켰다. 지금 지켜보는 소이보의 모습은 익숙하면서도 낯설었다.

노인이 만든 검은 많았다. 얼추 세어봐도 몇만 개는 넘었다. 그만큼 노인은 검에 익숙했고, 검을 알아볼 수 있었다.

그래서 검에 흐르는 피를 갈구하는 요사스런 살기를 노인만은 알아볼 수 있었다.

그런데 사람에게서 그런 기운을 엿본 것은 처음이었다.

양쪽 눈 색깔이 다른 저 사람이 바로 검이었다.

그때 묵묵히 지켜보던 범우가 소이보 손에서 검을 뺏어 들었다.

아무런 설명 없이 검을 거꾸로 치켜들고는 소매를 걷고 자신의 왼팔을 치켜 올렸다.

곧 하얀 검날이 살갗을 파고들었다. 붉은 피가 범우의 검은 팔뚝에 흘렀다. 검은 한참이나 범우의 팔뚝에서 떨어질 줄을 몰랐다.

흡사 한 방울의 피라도 더 머금으려는 듯 새하얀 광채가 파르르 떨리기까지 했다.

범우는 그제야 검을 자신의 팔뚝에서 빼내어 바로 세웠다.

범우의 피가 새하얀 검신을 핥듯 타고 미끄러져 내렸다.

됐다는 듯 고개를 끄덕인 범우가 검을 소이보에게 넘겨주었다.

"검을 우습게 보면 다친다. 검집에 넣고 삼 일 동안 꺼내지 말아라. 피에 익숙해질 때까지. 나중에 더 좋은 검을 얻으면 그땐 네 피로 해야 한다."

범우는 할 말은 다 했다는 듯 몸을 돌려 앞으로 걸어갔다.

소이보는 싱긋 웃고는 범우의 뒤를 따랐다.

짧고 뭉툭한 검은 옷과 기다란 붉은 옷이 햇살에 그림자를 길게 누이고 있었다.

한참을 걸어가던 범우의 발걸음이 우뚝 멈추었다.

자연 그 뒤를 따라가던 소이보도 발을 멈추고 범우의 뒤통수를 쳐다보았다.

"대장이라 불러라."

낮고 굵은 목소리.

소이보는 저도 모르게 히죽 웃었다.

대장간에서 '형'이라 부른 말에 이제야 반응을 보인 것이다.

아마도 범우는 지금껏 그 일에 대해 생각한 게 틀림없었다.

하지만 말을 끝내놓고도 아직 할 말이 남았는지 범우의 신형은 움직이지 않았다.

짧지만 범우에겐 길게 느껴졌을 시간이 흐른 후 다시 낮고 굵은 목소리가 들렸다.

"적어도 남들 보는 앞에서는 말이다."

그 말을 끝으로 범우가 다시 앞으로 걸어갔다.

말 한마디에 모든 짐을 벗었다는 듯 뒷모습은 개운해 보였고 걸음은 가벼웠다.

'둘만 있을 땐 괜찮다는 얘기군. 그 얘기를 저렇게 힘들게 하다니……'

왠지 그 모습이 재미있어 소이보는 다시 히죽 웃었다.

범우의 발걸음은 소이보가 예상하는 곳이 아니었다.

혈랑대의 연무장이 아닌 그 옆의 대로로 빠져나가고 있었다.

'……?'

의아한 듯 바라보는 소이보의 눈길이 뒷머리에 느껴졌는지 범우가 걸음을 멈추지 않고 말했다.

"마도본가에서 온 손님이 널 만나보자더군."

소이보는 고개를 끄덕였다. 그 이야기는 이미 보주의 막내제자를 통해 들은 적이 있었다.

'하지만 왜?'

그걸 알 수 없었다. 범우만이 아니었다. 보주의 제자도 강요맹도 여자를 조심스러워하는 기색이 느껴졌었다.

온 전신을 하얀 천으로 감싼 아름다운 여인. 그러나 소이보 기억에 남는 그녀는 투명함이었다.

유리알처럼 투명했던 눈. 자신의 요안만큼이나 특이한 눈이었다.

그런데 그녀가 왜 자신을 만나고 싶어한단 말인가?

"왜……?"

마음이 배어 나온 듯 반문하는 소이보의 목소리는 더욱 껄끄러워졌다.

"모른다. 단 예의를 지켜라. 요선보가 아닌 마도본가의 사람이다."

범우다운 딱딱하고 건조한 대답이었다.

"그러니까… 마도본가가 뭔지……."

소이보의 말끝이 흐려졌다.

범우의 발이 멈추어지고 짧고 굵은 목이 돌아갔다.

"모르나?"

범우의 딱딱한 질문에 소이보가 히죽 웃었다.

"모르지."

당연한 일이었다. 아무도 설명해 주는 사람이 없었다.

하지만 범우의 눈길에서 왠지 한심하다는 눈빛을 읽고는 저도 모르게 뒤통수를 긁었다.

"알아야 했나 보군. 아니, 모르면 안 되는 거였나?"

혼잣소리처럼 중얼거려 봤지만 범우의 눈빛은 변하지 않았다.

"나중에 삼팔구에게 물어봐라."

짧은 말을 남기고 다시 돌아서는 범우를 보니 짧게 끝낼 얘기가 아닌 듯싶었다.

막 다시 발걸음을 옮기려던 범우의 몸이 우뚝 멈췄다.

그리고는 민둥머리가 약간 기우뚱거리더니 혼잣소리처럼 중얼거렸다.

"혹시 그래서 널 택했는지 모르겠군. 그렇다면 넌 아예 모르는 게 좋겠다."

그제야 커다란 의문이 풀렸다는 듯 범우의 발걸음은 거침없이 앞으로 향하고 있었다.

소이보는 범우처럼 머리를 갸우뚱거린 후 히죽 웃었다.

재미없었다. 아니, 관심이 없었다. 세상일이란 이유가 없었고 자신은 영문도 모른 채 여기까지 흘러왔다.

옆에 찬 검을 힘껏 잡아보았다. 차가우면서도 두툼한 느낌.

새삼스레 이유 따윈 없어도 되었다. 그저 막아서면 부수고, 방해하면 무너뜨리면 되었다.

소이보가 그제야 범우의 뒤를 천천히 따라 걸었다.

마도본가가 얼마나 대단한지 몰라도 여자가 대단한 것만은 틀림없어 보였다.

보주의 막내제자 처소도, 그 뒤에 이어진 보주의 집무실도 이미 본 소이보였다.

하지만 여자가 기거하는 처소는 더욱더 깊숙한 곳에 있었다.

미로같이 얽힌 골목은 적의 침입에 시간을 벌어보려는 계산이었다.

그 뒤로 뻥 뚫린 내원(內園)은 은밀하게 숨어드는 적을 일찍 발견하기 위함이었다. 그리고도 높다란 담장과 단단한 문을 통과해서야 여자가 머무는 처소에 도달할 수 있었다.

'꽁꽁 싸매두었군.'

소이보는 함앙원(含仰院)이란 작은 현판과 그 아래 문, 그리고 그 문을 지키는 사람을 보며 생각했다.

요선보의 가장 깊숙한 곳에 여자는 있었다.

만약 여자가 작은 진주라면 그 진주를 열두 겹의 비단으로 싸 목합에 넣고 그 목합을 커다란 금고에 다시 넣고 다시 금고를 요선보란 비고(秘庫)에 넣은 꼴이었다.

문을 지키는 두 사람이 범우를 보자 고개를 숙였다. 범우가 가볍게 고개를 끄덕이고는 가만히 문 앞에 서 있었다.

이미 이야기가 되어서인지 문 안쪽에서 흰옷을 걸친 무인이 걸어나왔다.

눈에 익은 남자였다. 얼굴이 아니라 옷 때문이었다.

여자를 지키던 여섯 무인 중 하나였다.

사내와 범우 사이에 아무런 말이 없었다. 그저 포권을 취해 예를 표한 뒤 범우가 냉랭히 뒤돌아 걸어갔다.

"안으로."

흰옷의 사내가 멀어지는 범우를 보고 있던 소이보를 향해 한 손을 들어 올려 문 쪽을 가리켰다.

'얼마나 귀한 낯짝이기에…….'

소이보는 히죽 웃고는 사내가 한쪽으로 비켜선 문 안으로 발을 옮겼다.

3

건물은 크게 화려하진 않았다.

도리어 아담하고 소박했다. 하기야 비밀스럽게 마련한 곳이니 화려하게 꾸며 공연히 눈길을 끌 필요는 없을 듯했다.

소이보와 사내가 들어서자 건물 모서리에 서 있던 셋이 일제히 고개를 숙였다. 눈에 보이지 않는 모서리 역시 또 다른 무인 하나가 지키고 있을 게 틀림없었다.

저렇게 서 있는 이유는 분명했다. 최대한 사각(死角)을 지우려는 노력이었다. 모서리마다 한 명씩 붙어 있다면 이들 눈에서 벗어난 곳은 지붕 위와 땅 아래밖에 없었다.

소이보를 안내하던 무인이 한 발 앞으로 나가 문을 열었다.

숨을 가슴 깊이 들이킨 소이보가 문 안으로 발을 옮겼다.

문을 열고 들어서자 제일 먼저 눈에 띄는 것은 기다란 탁자였다.

양쪽 끝에는 한 사람이 앉을 수 있고 옆으론 사람들이 일렬로 앉게 되어 있는 직사각형의 탁자였다.

사람들이 마주 보고 앉는다면 스무 명은 너끈히 앉을 수 있을 것 같았다.

그 한쪽 끝에 여자가 앉아 있었다.

변함없이 흰 천으로 온몸을 감싸고 있어 보이는 거라곤 천 끝으로 살짝 엿보이는 부드러운 턱 선밖에 없었다.

"여기……."

안내해 들어온 무인이 미처 권하기도 전에 소이보는 여자를 마주 볼 수 있는 다른 쪽 의자에 털썩 주저앉았다.

마치 자신의 자리라는 듯 거침없는 행동이었다.

무인의 검미가 순간 움찔거렸지만 아무런 말 없이 여자의 뒤로 가 섰다.

소이보는 여자를 보았다. 하지만 역시 보이는 거라곤 예쁜 턱 선과 살짝 엿보이는 아랫입술뿐이었다.

고개를 좀 더 들자 여자의 뒤로 흰옷을 입은 호위무사 둘이 보였다.

여자 뒤에 둘, 그리고 바깥 건물 모서리에 넷. 모두 여섯이었다.

아마도 이 방 안에 오가는 말이 바깥으로 새어나가는 것을 막기 위한 것 같았다. 누군가 엿들으면 큰일이라도 나는 듯 무인의 얼굴엔 긴장마저 어렸다.

소이보는 다시 여자를 쳐다보았다.

"……."

하지만 여자는 팔꿈치를 탁자 위에 올리고 깍지 낀 손 위에 턱을 올려놨을 뿐이었다.

아무런 말도, 심지어 눈인사도 없었다.

무언가 재미있는 걸 보는 것처럼 깍지 낀 손 위의 얼굴은 소이보를 향했다. 하지만 소이보는 여자와 눈을 마주치지 못했다. 머리를 감싼 흰 천이 내려와 코끝까지 드리워진 때문이었다.

"……."

대략 차 한 잔 마실 시간이 지났다.

하지만 여자는 아무런 말도 없었다.

방 안은 소박했다.

한쪽 구석에 뚫린 월동문(月洞門) 안에 작은 침상이 있을 뿐이었다. 탁자 위엔 화병도 다기도 없었다. 벽에 으레 걸려 있는 그림이나 글도 없었다.

하지만 휑한 느낌은 없었다. 소박하고 정결한 분위기였다.

장식 없는 하얀 천으로 몸을 두른 여자에게 묘하게 어울려 보였다.

아니, 미리 여자의 취향을 알고 이렇게 꾸몄을지도 몰랐다.

다시 밥 한 끼 먹을 시간이 지났다.

그리고 보니 아직 점심은커녕 아침도 거른 상태였다.

다시 차 한 잔 마실 시간이 지났다.

'벌써 두 번째군.'

소이보는 입맛을 다셨다.

공교롭게 여자와 마주쳤을 때는 누군가를 기다리고 있었다는 생각이 났기 때문이다.

처음엔 보주가, 이번엔 여자가 소이보를 기다리게 만들고 있었다.

보주야 그렇다 쳐도 여자가 이러는 것은 이해가 되지 않았다.

사람을 불렀으면 분명 할 말이 있어서일 텐데 여자는 그저 소이보만을 쳐다보고 있었다.

어느덧 기다린 시간이 반 시진을 넘기고 있었다.

창문 사이로 쏟아지는 햇살에 사람들의 그림자가 조금씩 옆으로 움직이고 있었다.

그림자가 땅을 핥듯 소리없이 옮겨진 거리가 한 뼘은 훌쩍 넘을 거란 생각이 들었다.

여자는 말이 없었고 호위무사들은 움직임조차 없었다.

소이보 역시 구태여 왜 불렀냐고 묻지 않았다.

여자가 이러는 데엔 이유가 있을 것이다. 일종의 시험일지도 몰랐다.

시험이든 장난이든 소이보는 관심이 없었다.

소이보는 문득 옆에 찬 검을 끌어 올려 무릎 위에 올려놓았다.

그러자 호위무사들의 근육이 움찔거리는 게 느껴졌다.

하지만 소이보는 신경을 쓰지 않았다.

그저 눈을 감고 등받이에 몸을 깊숙이 파묻을 뿐이었다.

하얗고 긴 손가락을 들어 검집을 천천히 쓰다듬었다.

아래에서 위로, 위에서 아래로.

느낌이 좋았다.

검은 검집 안에서 검붉은 범우의 피를 머금고 있으리라.

왠지 손끝에서 검이 가르릉거리며 기분 좋은 울림을 토해내는 듯 느껴졌다.

나른했다. 벌써 얼마의 시간이 흐른 것인지 알 수 없었다.

따사로운 햇살이 소이보의 창백한 피부를 간질이고 있었다.

별림에서 느끼던 햇살과는 달랐다.

따뜻하면서도 부드럽고 한낮엔 순수하게 이글거리던 햇살이 왠지 나긋나긋하고 교태롭게 솜털을 건드리고 있었다.

그 부드러운 느낌이 왠지 사이(邪異)하게 다가왔다.

'요선보라 그렇겠지.'

소이보는 자신의 느낌을 그렇게 해석했다.

햇살은 같았지만 어디에서 마주하느냐에 따라 느낌이 다르다는 건 처음 알았다.

따뜻한 햇살 사이로 긴장된 여섯 호흡이 느껴졌다.

분명 여자의 여섯 호위무사가 내뿜는 숨결이었다.

'여자는?'

감은 소이보의 눈가가 씰룩거렸다.

없었다. 아무리 신경을 곤두세워 봐도 느껴지지 않았다.

'고수인가?'

소이보의 신경이 가닥가닥 일어서고 있었다.

눈을 다시 얇게 떴다. 여자의 모습은 한결같았다.

양 팔꿈치를 탁자 위에 올리고 깍지 낀 손 위에 턱을 올려놓은 모습 그대로였다.

'고수가 수작을 피운다 이거군.'

소이보의 곤두선 솜털이 바람이 불지 않는데도 파르르 떨렸다.

무슨 수작을 피우는 것인지 알 수 없었다. 궁금하지도 않았다.

아이와 여자와 노인.

소이보가 살아오면서 가장 경각심을 가지는 존재들이었다.

약하디약한 존재였지만 뒷골목에서 살아남았다면 한 수를 지녔다고 인정해 주어야 했다. 예전에 소이보 역시 조심해야 할 아이로 손꼽혔다.

그저 조그마한 아이로 생각했던 사람들은 모두 죽었다.

여자 역시 그럴 것이다.

사이한 분위기, 투명한 여자, 무료한 시간.

소이보는 싱긋 웃었다.

다른 것은 몰라도 인내심이라면 자신있었다.

참고 기다리면 기회가 왔다. 찾아온 기회는 절대 놓치지 않았다.

뒷골목 생활이 그랬고 시골 역시 마찬가지였다.

소이보의 눈 끝에 주름이 잡혔고 입 꼬리는 살짝 올라갔다.

깍지 낀 여자의 손이 드디어 움직인 것이다.

여자는 한 손을 들어 손에 묻은 물기를 털듯 나풀거렸다.

등 뒤에 서 있던 무인들의 눈빛이 순간 수축되는 게 보였다.

"하지만……."

소이보를 안내했던 무인이 조심스럽게 입을 열었지만 여자의 손은 다시 나풀거렸다.

손짓은 분명 무인들에게 밖에 나가 있으라는 뜻이었다.

항명은 허용치 않겠다는 굳은 뜻이 부드러운 손가락 움직임에 담겨 있었다.

한참 동안 머뭇대던 무인이 어쩔 수 없다는 듯 가벼운 한숨을 쉬고 몸을 돌려 문밖으로 나갔다.

이제 여자와 소이보 단둘만 남았다.

가벼운 손짓으로 호위무사를 내보낸 여자가 다시 깍지를 끼고 턱을 올려놓았다.

조금 전과 달라진 것은 없었다.

하지만 왠지 소이보의 솜털은 더욱 끝을 세웠다.

"……."

소이보는 말없이 엉덩이를 의자 앞으로 쭉 밀었다.

발목은 꼬고 머리는 뒤로 젖혀 등받이 위에 올려놓았다.

채 마르지 않은 빨랫감을 의자 위에 걸쳐 놓은 듯 거의 눕다시피 한 자세였다.

겉으로 보기엔 한없이 게으르고 권태에 젖은 듯한 모습이었지만 소이보의 머리 속은 그렇지 않았다.

'고귀한 신분의 여자가 방 안에 낯선 남자와 단둘이?'

제일 먼저 상황을 분석했다. 말도 되지 않았다. 그래서 여자가 얻는 것은 없었다. 도리어 주위 사람들의 수군거림과 손가락질, 그리고 무슨 일이 있었을까 하는 묘한 호기심이나 얻을 것이다.

생각이 거기에 미쳤을 때 소이보의 감겨진 눈이 떠졌다.

파란 눈빛이 번쩍였고 잿빛 회색은 더욱 짙어졌다.

'그렇군.'

알 것 같았다. 소이보의 눈이 여자를 향했지만 여자는 처음 자세 그 대로였다.

탁자에 올린 팔꿈치도, 깍지 낀 손등에 올린 머리도 전혀 움직이지 않았다.

소이보의 시선이 닿자 여자의 턱 선이 미묘하게 좌우로 움직였다.

아마 미소를 짓는 모양이었다.

그러나 여자가 원하는 대로 해줄 수는 없었다.

여자의 호위무사가 나간 지도 얼추 반 시진이 넘고 있었다.

끼리링!

의자가 뒤로 밀리는 소리와 함께 소이보가 몸을 일으켰다.

갑작스런 변화에도 여자는 손가락 하나 까딱하지 않았다.

서서 여자를 쳐다보던 소이보가 불쑥 말했다.

"재미없군. 네가 졌어."

그 말을 끝으로 소이보는 몸을 돌려 문 쪽으로 걸어갔다.

그제야 여자 역시 몸을 일으켰다.

흰 천으로 온몸을 풍성하게 감쌌지만 묘하게도 소이보의 눈엔 그 안의 굴곡진 여체가 보이는 듯했다.

겉으로 내놓은 것은 얼굴 반쪽밖에 없었지만 여자의 모습은 이상하게도 육감적으로 느껴졌다.

방문을 열고 발을 내디뎠을 때 여자는 이미 소이보 뒤에 와 있었다.

여자가 입술을 모으고 바람을 불면 소이보의 뒷덜미에 와 닿을 정도의 거리였다.

문밖으로 나서자 잔뜩 긴장한 호위무사의 얼굴이 보였다.

소이보는 히죽 웃어주고는 다시 몸을 돌렸다.

함양원이란 현판이 걸려 있는 정문을 향해 천천히 한 발을 떼었을 때였다.

여자의 옷깃 스치는 소리가 바로 귓전에 들렸다.

서늘하고 정갈한 여자의 옷이 소이보의 붉은 옷과 가볍게 부딪쳤다.

소이보가 두 걸음 뗐을 때 여자는 이미 소이보와 어깨를 나란히 하고 걷고 있었다.

그렇다고 소이보를 쳐다보는 것은 아니었다. 여자의 얼굴은 정면을 향하고 있었다.

소이보가 다시 두 걸음을 걸어 앞으로 갔을 때 여자의 몸이 기우뚱거리며 소이보 쪽으로 기대왔다.

순간 소이보의 발걸음이 멎었다. 여자가 팔짱을 끼어온 때문이다.

얇은 몇 개의 옷을 사이에 두고 여자의 탄력있는 팔과 어깨가 느껴졌다. 여자의 피부는 부드러울 것이다. 우유처럼 매끄럽고 새하얄 것이다.

여자의 고개가 돌아가 소이보를 쳐다보았다.

하지만 소이보는 고개를 돌리지 않았다.

여자의 얼굴이 점점 더 가까워지고 있었다.

소이보의 심장이 터질 듯 뛰었다.

여자의 향긋한 냄새가 소이보의 코를 자극했다.

소이보의 솜털이 가닥가닥 곤두섰다.

여자의 따뜻한 숨결이 소이보의 귀를 간질였다.

소이보의 신경이 팽팽히 당겨졌다.

여자의 도톰한 빨간 입술이 열리며 한숨처럼 속삭였다.

"그럼 기다릴게요. 우리의 약속을 잊으시면 절대 안 되……."

여자는 말을 끝맺지 않았다. 끝맺을 수가 없었다.

다가온 여자의 빨간 입술이 어느새 소이보 뺨에 맞닿아 있었기 때문이다.

촉촉하면서도 향긋했다. 부드러우면서도 날카로웠다.

그 느낌에 소이보의 머리 속이 새하얗게 변했다.

순간 발작하듯 소이보의 몸이 돌았다.

짝!

소이보의 오른손이 여자의 뺨을 사정없이 내려쳤다.

여자의 호위무사들이 일제히 검을 잡아갔다.

하지만 소이보가 조금 더 빨랐다.

어느새 소이보의 하얗고 긴 손가락이 여자의 가늘고 흰 목을 감고 있었다.

"검이 빠를까, 아니면 목이 부러지는 소리가 먼저일까?"

소이보의 눈은 여자를 향했지만 말은 호위무사들을 향해서였다.

호위무사들의 숨소리가 거칠어졌다. 어깨는 팽팽히 당겨져 올라갔고 반쯤 빼낸 검은 허공에 멎어 있었다.

하지만 호위무사들이 보고 있는 것은 여자의 손이었다.

여자의 손은 이번에도 천천히 올라가 물기를 털듯 가볍게 흔들렸다.

여자의 얼굴은 소이보를 향했지만 그 손짓은 호위무사들을 향한 것이었다.

소이보와 여자 모두 말이 없었다.

소이보의 키는 컸고 그래서 여자는 허공에 발을 띄운 채 매달린 상태였다.

소이보는 그제야 여자의 얼굴을 한눈에 볼 수 있었다.

아름다웠다. 상상했던 것보다 더욱 아름다웠다.

갸름한 턱과 도톰한 붉은 입술, 앙증맞은 콧날과 투명한 눈, 훤한 이마.

그리고 왼쪽 뺨엔 소이보의 손자국이 붉게 나 있었다.

소이보는 여자의 유리알처럼 투명한 눈을 들여다보았다.

거기엔 어떠한 감정도 떠올라 있지 않았다.

들여다보면 볼수록 깊이를 알 수 없는 눈이었다.

광마 이장의 붉은 눈과도 달랐다. 별림에 깃들어 사는 노인의 깊고 따스한 눈과도 달랐다.

자신의 요안을 차분히 마주 대하는 눈은 처음이었다.

공포나 호기심, 그리고 놀라움 따위는 투명한 눈동자 그 어디에도 없었다.

소이보에게 뺨을 맞고 목을 졸린 채 대롱대롱 매달린 여자의 눈이 그럴 수는 없었다.

소이보는 웃었다. 왜 웃는지 자신도 몰랐다.

여자의 목을 쥐고 있는 손바닥 아래에서 작은 맥박이 고동치고 있었다. 만약 그것이 아니었다면 인형이나 요정을 손에 쥐고 있다고 믿었을 것이다.

여자 역시 한참이나 소이보를 쳐다보았다. 투명한 두 눈으로 소이보의 파랗고 잿빛인 요안을 꿰뚫으려 하는 것처럼 보일 정도였다.

"요망하군."

소이보의 입술이 열리자 껄끄러운 목소리가 튀어나왔다.

그제야 변화없던 여자의 얼굴에서 입 꼬리가 살짝 올라갔다.

"당신은……."

여자의 목소리는 눈빛만큼이나 투명했다.

목을 졸려서인지 잠시 숨을 고르던 여자가 힘들게 다음 말을 토해내었다.

"…천재이거나 바보일 거예요."

이해 못할 광경이었다. 여자의 태도와 말은 자신의 목을 움켜쥔 소이보를 두려워하고 있지 않았다.

그때 소이보는 처음으로 여자의 투명한 눈에서 기묘한 감정이 스치는 것을 볼 수 있었다.

그것은 호기심이었다. 단순히 눈 색깔이 다르다는 점 때문만은 아니었다. 파랗고 잿빛인 두 눈동자 뒤, 깊은 마음속까지 알고자 하는 호기심이었다.

여자의 도톰한 입술이 다시 열렸다.

"당신은 어느 쪽이죠?"

여자의 물음에 소이보는 혀로 입술을 핥았다.

짧은 순간 소이보는 자신의 입술이 메마르고 갈라져 있다는 걸 깨달았다. 손발을 겨루는 대결보다 더욱 힘들었다.

소이보가 입을 열자 다시 탁한 목소리가 튀어나왔다.

"그걸 알고 싶어하는 사람들은 많았어."

소이보를 향한 여자의 투명한 눈은 깜빡이지도 않았다.

"그래서요?"

여자가 다시 묻자 소이보가 히죽 웃었다.

"모두 죽었지."

하지만 소이보의 말에도 여자의 표정엔 변화가 없었다.

"그랬군요."

여자의 목소리엔 생기가 없었다. 그렇다고 죽음을 앞둔 사람의 허탈함도 없었다.

높낮이가 없는, 세상 모든 것에 관심을 끊은 듯한 건조함만이 있었다.

그 순간 소이보의 등 뒤에서 살기가 폭발할 듯 밀려들었다.

응축되었던 한 점이 짧은 순간 팽창하듯 한 점에서 시작한 살기가 순식간에 소이보의 전신을 덮었다.

'늦었군.'

소이보는 인상을 찡그리며 곧 신형을 빙글 돌렸다.

소이보의 몸이 뒤로 돌자 목을 잡힌 채 대롱대롱 매달렸던 여자의 신형이 앞으로 나왔다.

그러자 살기가 사라졌다.

'너무 늦었어.'

소이보의 찡그려진 미간에 주름이 더해졌다.

여자의 어깨 너머로 한 남자의 얼굴이 보였다.

여자의 얕은꾀에 속아 넘어간 한 사람이.

항상 침착했던 두 눈이 분노로 시뻘겋게 달아올라 있었다.

단단한 가슴에 숨겨졌던 숨결이 거칠게 달아올라 뜨거운 호흡이 되어 내뿜어지고 있었다.

'멍청한 놈.'

소이보는 그저 웃었다. 하지만 가슴은 그렇게 편해지지 않았다.

소이보 눈에 비친 사내는 바로 보주의 대제자였다.

"예의를 지켜라."

대제자의 입술 사이를 비집고 나온 목소리는 어금니를 꽉 깨물어야 내뱉을 수 있는 것이었다.

"네놈이 함부로 대할 분이 아니시다!"

대제자의 두 번째 토해진 목소리는 상처 입은 짐승의 신음 소리 같았다.

소이보는 다시 웃었다.

멍청할 뿐만 아니라 단순한 사내였다.

소이보가 요선보 안에서 길길이 날뛰어도, 또 자신의 막내 사제가 소이보 손에 다쳤어도 분노를 속으로 삼키던 사내였다.

그렇게 철탑 같던 사내가 바로 대제자였다.

하지만 그런 사내가 분노하고 있었다. 그리고 그 분노가 바로 질투심이란 걸 소이보는 한눈에 알 수 있었다.

'보기 좋게 당했군.'

소이보는 씁쓸하게 웃었다.

여자가 마련해 둔 한 수를 뒤늦게 깨달은 게 실수였다.

성숙한 남녀 단둘이 오랜 시간 한방에 있었다.

그리고 그 방문을 나설 때 여자는 너무도 남자에게 다정하게 굴었다.

이제 여자를 아는 사람들, 아니, 여자에게 관심이 있는 사람들의 시선은 모두 소이보 자신에게 쏟아질 것이다.

마도본가가, 요선보가, 마도칠가가, 더 나아가 모든 무림의 시선이.

'미치겠군.'

히죽거리는 소이보의 웃음이 더욱 짙어졌다.

그렇게 소이보에게 시선을 돌리고 난 뒤 사람들 시선에서 멀어진 여자가 뒤에서 무슨 짓을 꾸미려 하는지는 알 수 없었다.

아니, 관심도 없었다. 왜 자신을 택해 이런 수작을 피우는지도 궁금하지 않았다.

단지 보기 좋게 걸려든 지금 어떻게 해야 할지가 문제였다.

소이보의 시선이 다시 여자의 투명한 눈에 닿았다.

여자의 표정은 그대로였다.

'죽여 버릴까?'

짧은 생각이 스쳐 지나갔지만 곧 소이보는 고개를 저었다.

그래선 해결되지 않았다.

단둘이 나눈 이야기가 도대체 무엇이기에 여자를 죽였을까 하는 궁금증만 더해지리라.

그걸 알기 위해 이미 죽은 여자가 아닌 살아 있는 자신을 향해 사람들은 물을 것이다. 누구는 미소로, 누구는 협박으로, 누구는 검을 목에 들이댄 채.

"넌 천재 아니면 악녀겠군."

소이보가 어이없다는 듯 웃으며 중얼거렸다.

"그걸 알고 싶어하는 사람은 지금껏 없었어요."

여자의 눈빛에 기묘한 빛이 스쳤다. 하지만 곧 투명한 눈으로 돌아간 여자가 다시 말을 이었다.

"당신은 정말 알고 싶은가요?"

여자의 뺨에 새겨진 소이보의 손자국이 더욱 붉어지는 듯했다.

하지만 소이보의 얼굴은 더 이상 웃고 있지 않았다.

"아니."

심드렁한 한마디와 함께 소이보는 거칠게 여자를 집어 던졌다.

이글거리는 눈과 함께 집어삼킬 듯 쏘아보는 대제자를 향해서였다.

당황한 대제자가 곧 양손을 벌려 여자를 안으려 했다.

하지만 쏘아져 나가던 여자는 나비처럼 허공에서 기묘하게 몸을 접어 내렸다. 행동 하나하나, 숨결 하나하나까지 아름다웠다.

아무 일 없다는 듯 제자리에 선 여자는 곧 옷매무새를 정돈했다.

머리에 덮은 흰 천 역시 앞으로 당겨 얼굴을 다시 가렸다.

확실히 묘한 매력을 지닌 여자였다.

하지만 여자를 쳐다보는 소이보는 심드렁한 표정이었다.

"너같이 천한 년은 관심없어."

한마디 툭 뱉고는 소이보가 몸을 돌렸다.

"무례한!"

소이보의 말에 흥분한 것은 여자도, 여자의 호위무사도 아니었다.

옆에서 지켜보고 있던 대제자였다.

◆ 第四章 ◆
명륜지연(命輪之宴)

명륜지연(命輪之宴)

"무례?"

소이보는 그런 단어는 난생처음 들었다는 듯 코를 찡긋거렸다.

아무리 생각해도 무례라는 단어는 자신보다는 여자에게 돌아갈 단어 같았다.

하지만 뭐라고 설명한단 말인가.

여자와 단둘이 몇 시진 동안 아무런 말 없이 멀뚱멀뚱 있었다고?

차라리 저 여자가 꼬셔 질펀하게 침상 위에서 놀아났다는 설명이 더 그럴듯했다.

하지만 대제자는 소이보의 뜻을 잘못 해석한 듯했다.

코끝을 찡긋거리다 히죽 웃는 소이보의 모습을 참을 수 없다는 듯 한 발을 앞으로 내디뎠다.

"놈, 버릇을 고쳐 주마!"

대제자의 장포는 팽팽하게 부풀고 내디딘 발 아래엔 먼지가 일었다.

아마 극한으로 내공을 끌어올린 게 틀림없었다.

하지만 대제자의 발걸음은 더 이상 나아가지 못했다.

여자의 여섯 호위무사가 대제자 앞을 가로막은 때문이었다.

"저분께 함부로 대하지 마시오."

무인 중 하나가 대제자를 쏘아보며 입을 열었다.

대제자의 시선이 방금 말한 무인을 노려보았다.

만약 그럴 수만 있다면 눈으로 무인을 씹어 삼켰을 눈빛이었다.

"또한 우리가 마도본가에서 나왔음을 잊지 않길 바라오."

하지만 호위무사의 기백은 당당했다.

무사의 입에서 마도본가란 말이 나오자 대제자의 신형이 순간 움찔거렸다.

한동안 씨근덕거리며 소이보를 노려보았지만 발걸음은 천천히 뒤로 물러서고 있었다.

'저분? 내가?'

소이보는 무사가 방금 말한 '저분'이 곧 자신을 가리키는 말이란 걸 알고는 입을 멍하니 벌리다가 곧 키득거렸다.

'정말 된통 당했군.'

마도본가인지 뭔지 몰라도 자신을 옴짝달싹 못하게 얽어매려 하고 있었다. 세상 모든 것을 소이보 앞으로 몰아세우고 있었다.

'좋아, 이왕 그렇게 흘러간다면.'

소이보는 푸른 하늘을 쳐다보았다.

어차피 세상 모든 것은 적이었다. 여자의 얕은꾀가 아니더라도 한번 부딪쳐야 할 세상이었다.

소이보가 이를 악물었다. 이빨 틈 사이에서 새어 나오는 소리는 거친 숨소리가 아닌 낮은 절규와도 같았다.

"마음에서 지면 몸도 지지. 그럼 죽을 수밖에."

그 말을 끝으로 소이보가 냉랭하게 몸을 돌렸다.

굳이 누구를 향해 한 소리는 아니었다. 소이보 스스로에게 다지는 각오였다.

하지만 소이보의 말이 만들어낸 파문은 깊고 넓었다.

제일 먼저 대제자의 손끝이 순간 파르르 떨렸다. 대제자를 굳건하게 막아섰던 여섯 호위무사의 신형이 움찔거렸다.

단지 방으로 돌아서 가던 여자의 투명한 눈만이 반짝이고 있었다.

돌아 나오는 소이보는 자꾸 웃음이 터져 나올 것 같았다.

또 그만큼 가슴이 답답해져 오기도 했다.

옆에 찬 검신을 손바닥으로 쓸었다.

그 느낌에 간신히 가빠져 오는 호흡을 고를 수 있었다.

'할아버지.'

문득 노인이 보고 싶었다.

노인을 떠올리자 모든 것에 자신이 생겼다.

노인의 검은 대자연(大自然)이었다.

이미 자신은 세상 만물과 칼을 겨루어본 것이다.

소이보 얼굴에 다시 웃음이 피어났다.

크게 입을 벌린 채 소리는 내지 않는 기묘한 웃음.

그리고 길 한쪽에서 한 여자가 그런 웃음을 인상을 찡그린 채 쳐다보고 있었다.

낯이 익었다.

"재주가 좋군. 성녀(聖女)도 꼬실 줄 알고."

언젠가 한 번은 만나야 할 여자였다.

홍예예. 별림에서 마주쳤던 여자였다.

아마도 자신의 발등에 젓가락을 꽂아 넣었던 소이보를 절대 잊을 수 없었을 것이다. 소이보 역시 마찬가지였다. 홍예예의 매서운 발차기는 절대 잊을 수 없었다.

갑자기 소이보의 입 안이 썼다.

카아악! 퉤!

목을 울려 가래를 모은 후 한쪽에 커다란 소리와 함께 내뱉었다.

'오늘따라 재수없는 년들만 만나는군.'

홍예예를 만나서가 아니었다.

투명한 여자가 성녀로 불린다는 사실은 처음 알았다.

하지만 문제는 방금 전 일을 홍예예가 알고 있다는 사실이었다.

어딘가 숨어서 조그마한 구멍에 눈알을 밀어 넣고 지켜봤던 게 틀림없었다.

대제자도 알고 홍예예도 안다면 요선보 모든 사람이 곧 알게 될 일이었다. 요선보가 안다면 마도칠가 모든 세력이 알게 될 것이다.

그럼 온 무림이 알 것이다.

그 사실에 더욱더 입 안이 쓰게 느껴졌다.

하지만 홍예예는 소이보의 가래침을 다르게 해석한 모양이었다.

별림에서보다 더욱 풍만해진 몸을 씰룩였다. 나이가 들었는지 눈가에 잔주름이 보였다. 홍예예가 눈을 찡그리자 잔주름의 골이 더욱 깊게 패였다.

"홍! 여기선 널 구해줄 우둔한 곰도 없을 텐데? 무당파 도사 흉내 내는 늙은이도 없고?"

홍예예가 한 손을 허리에 대고 입 꼬리를 묘하게 말며 웃었다.

소이보가 주위를 둘러보았다.

사람은 없었다. 아니, 있다고 해도 몸을 드러내지 않을 것이다.

성녀인가 뭔가 하는 계집과 만난 이후로 몸을 드러낸 사람은 없고 숨어 지켜보는 눈만 늘어난 것 같았다.

"그렇지? 사람을 죽이기에 딱 좋지?"

소이보가 이죽거리듯 고개를 끄덕이며 말했다.

홍예예의 한쪽 눈썹이 묘하게 치켜 올라갔다.

하지만 곧 나직한 한숨을 내쉬고는 한 손을 쳐들었다.

"내놔. 그럼 목숨만은 살려주지."

홍예예의 행동은 흡사 큰 선심을 쓰는 듯한 태도였다.

하지만 소이보는 대답 대신 자신의 허리춤을 툭툭 두들기고는 뒷짐까지 느긋하게 지었다. 자신있으면 와서 가져가 보란 뜻이었다.

소이보는 홍예예가 원하는 것이 무엇인지 알았다.

아마도 허리춤에 감은 이화림의 흡정편일 것이다.

자신이 찾아오기엔 면목이 서지 않으니 홍예예를 대신 보낸 듯했다.

홍예예의 아미가 움찔거렸다.

정말 손을 쓰려는 것인지 홍예예는 손을 몇 번이고 쥐었다가 펴는 것을 반복하고 있었다.

"휴, 운이 좋은 놈이군. 하필이면 명륜지연이 오늘 열리다니. 좋아, 오늘 네 패(牌)는 내 것이야. 그때 보자구."

홍예예는 한숨과 함께 몸을 돌렸다.

하지만 소이보는 그냥 보낼 수 없었다. 이렇게 찜찜한 기분일 때는 더 더욱.

"그년한테 전해. 직접 오라고."

기분이 더러웠다. 만약 이화림이 온다면 정말 피를 볼지도 몰랐다.

아니, 발끈한 홍예예라도 괜찮았다. 이번엔 발등이 아니라 목을 작살내 줄 각오였다.

하지만 웬일인지 홍예예는 뒤도 돌아보지 않고 서둘러 종종걸음을 걷고 있었다.

그 모습을 보니 이젠 입 안이 떫어질 지경이었다.

홍예예의 바쁜 걸음이 왜인지 알 것 같기 때문이었다.

아마도 이화림에게 소이보와 성녀 사이에 있었던 일을 보고하려는 게 틀림없었다. 흡정편보다 방금 전 일을 전하는 게 더 급한 모양이었다.

소이보는 다시 히죽 웃었다. 하지만 파랗고 잿빛인 두 눈만은 웃고 있지 않았다.

2

몇 걸음 걷지 않아 큰 대로로 나올 수 있었다.

마침 거기에서 소이보는 답답한 일을 물어볼 적당한 사람을 만날 수 있었다.

그 사람도 소이보를 찾아다닌 모양이었다.

소이보를 보자 환하게 미소를 띠며 콩콩 뛰듯 앞으로 달려와 조잘거렸다.

"동생, 그년 만나러 갔다며?"

곽예주였다. 이젠 아예 소이보를 동생이라 대놓고 부르고 있었다.

안 그래도 길가로 물러서서 소이보의 요안을 흘끔대던 사람들이 곽예주가 나타나자 아예 못 본 척 고개를 돌리고 걸음을 서둘러 떼고 있었다.

소이보는 퉁명스럽게 물었다.

"마도본가가 뭐냐?"

하지만 곽예주는 눈을 동그랗게 뜨고 고개를 갸우뚱거리며 소이보를 쳐다보았다.

"왜, 그년이 거들먹거려?"

그리고는 고개를 돌려 재수없다는 듯 침을 뱉고는 소이보의 어깨를 가볍게 두드렸다.

"괜찮아. 지랄하면 따먹어 버려. 그게 여자 길들이는 데는 최고야!"

곽예주는 자신은 여자가 아니라는 듯 남자들도 함부로 못할 말을 태연스럽게 하다 말고 눈이 동그래졌다.

치켜뜬 눈으로 소이보의 위아래를 한참이나 훑어보던 곽예주가 목소리를 뾰족하게 세웠다.

"어머! 그런데 너, 누가 이렇게 입혔어? 감각이 없어도 그렇지 어떻게……."

이제야 소이보가 걸친 붉은 옷을 본 모양이었다.

양 종아리와 양팔은 볼품없이 옷 밖으로 나오고 깃은 아래로 축 늘어져 있는 괴상한 모양새가 마음에 안 든다는 듯 인상까지 찡그렸다.

하지만 소이보의 관심은 다른 곳에 있었다.

"성녀는 또 뭐냐?"

그러나 곽예주의 관심 또한 다른 곳에 있는 모양이었다. 소이보의 물음에 그저 건성으로 대답했다.

"성녀가 뭐긴, 성녀가 성녀지. 그런데 이거 누가 가져다 줬어? 동생이 고른 건 아니지? 말만 해. 내 이 자식을 그냥."

곽예주는 종알거리면서도 소이보가 걸친 괴상한 붉은 옷에서 시선을 떼지 못했다.

소이보가 곽예주의 턱을 손으로 붙잡고 들어 올렸다.

그제야 곽예주의 동그란 눈을 바라볼 수 있었다.

소이보가 물었다. 으르렁거리듯 탁하고도 낮은 목소리였다.

"마도칠가는 또 뭐냐?"

그제야 사태가 심상치 않다는 걸 알았는지 곽예주가 고개를 끄덕이며 입을 열었다.

"마도칠가가 뭐긴 그냥 마도칠가지. 백도(白道)에 구파일방이 있듯 흑도(黑道)엔 마도칠가가 있지."

"그건 안다."

이미 들어 알고 있는 사실이었다. 강요맹을 처음 만났을 때 들었던 이야기이다.

"알면 됐네. 혹시 범 대장이 고른 건 아니겠지? 이 옷 말이야. 애를 버려봐도 유분수지 이게 뭐야?"

다시 이야기가 겉돌려 하고 있었다.

소이보는 고개를 내려 볼품없는 붉은 옷을 바라보려는 곽예주의 얼굴을 다시 당기고는 눈을 마주 보았다.

"그러니까 마도칠가가 뭐냐구?"

"으응? 마도칠가? 성녀를 호위하는 마도본가와 다른 여섯이지. 몰라? 우리 요선보와 군림가, 태활장과 기현소축, 그리고 수상방과 흑수문, 또 마도본가를 맡고 있는 예영당. 이렇게 일곱이야. 몰랐어? 어떻게 모를 수가 있지?"

소이보 손 위에 올려진 곽예주의 얼굴은 한심하다는 듯 찌푸려져 있었다.

소이보는 곽예주 얼굴에서 손을 떼고는 혼자 중얼거렸다.

"요선보, 군림가, 태활장, 기현소축, 수상방, 흑수문, 예영당……."

중얼거리는 소이보가 귀엽다는 듯 지켜보던 곽예주가 입을 열었다.

"알아둬 봐야 좋을 것 없어. 다 별 볼 것 없던 놈들이 인생 꽃핀 거지 뭐. 우리랑 한 판 붙을 군림가 놈들도 알고 보면 다 염효(鹽梟) 놈들이잖아. 쥐새끼마냥 밤길만 골라 걷던."

곽예주의 말에 소이보가 되물었다.

"염효?"

염효가 무엇인지 소이보도 알고 있었다.

소금은 나라에서 관리하는 품목으로 아무나 손을 댈 수 있는 물건이 아니었다. 때문에 나라에서 소금을 팔고 살 수 있는 권리를 얻은 자는 엄청난 부를 손쉽게 얻을 수가 있었고, 이들을 염상(鹽商)이라 불렀다. 이들은 모두 전운염사사(轉運鹽使司:소금의 전매 제도를 감독, 관장하는 관직) 아래에서 정당한 세금을 내고 소금을 다루었다.

그래서 권리를 얻지 못한 자들은 목숨을 걸고 소금을 밀거래했다. 이런 자들을 염효라 불렀다. 나라에 세금을 바치지 않아도 되니 이문이 몇십 배로 남는 장사였다.

만약 재수없어 관에 걸리면 목을 내놓아야 했으니 자연 독하고 잔인하며 악랄했다.

염효 몇 명이 모여 백골문(白骨門)이니 뭐니 명칭을 붙이고 조직적으로 활동하는 것은 본 적이 있었다.

하지만 군림가처럼 커다란 단체를 만들어냈다는 것은 처음 듣는 이야기였다.

"정말 몰랐어?"

하지만 놀람은 곽예주 쪽이 더 큰 모양이었다. 안됐다는 듯 인상까지 쓰고는 다시 중얼거렸다.

"몰랐구나. 좋아, 내가 주르륵 읊어주지."

곽예주는 혀로 입술을 핥고는 다시 종달새 우는 소리를 냈다.

"몇십 년 전, 그러니까 아주 오래전에 이상한 종파가 하나 있었어. 미륵불이니 광명신(光明神)이니 하면서 곧 헐벗고 없는 백성이 주인이 되는 시대가 온다고 난리를 폈지. 자연히 황제가 노발대발했고, 하나도 남김없이 죽이라고 한 거야. 그 일을 떠맡은 게 백도무림인이지. 구파일방 사람들 말이야. 결국 성녀는 도망을 다녔어. 아주 비참하게. 아 참, 성녀는 그 종교를 믿는 사람들의 우두머리를 말해. 사람들은 성녀가 신비한 능력을 지녔고, 진짜 예언을 한다고 믿었거든. 아무튼 한참 쫓겨 다니던 성녀가 대파산(大巴山)에 이르렀을 때 악에 받쳐 소리쳤지. 세상이 우릴 마(魔)라고 한다면 우린 그들에게 진정한 마의 모습으로 다가갈 거라고. 전 백성이 마의 이름으로 다시 태어날 거라고. 그래서 마도칠가가 생긴 거야."

곽예주는 대강 한숨을 돌리려는지 말을 끊고는 소이보의 요안을 다시 들여다보았다. 자신의 말을 이해했는지 살피는 모습이었다.

"왜?"

하지만 소이보는 이해하지 못해 되물었다.

성녀가 이끄는 이상한 종교 집단, 그리고 성녀를 없애려는 구파일방의 행동까진 이해됐지만 성녀의 한마디에 마도칠가가 생겼다는 건 이상했다.

왜 굳이 이름 앞에 마 자를 내세웠는지 알 수 있었지만 거대 문파 일곱 개가 성녀의 한마디에 세워질 수 있었다면 정녕 성녀는 하늘이 내린 사람이리라.

하지만 자신이 만나본 성녀는 재수없는 년에 지나지 않았다.

물론 아주 오래전 일이라고 하니 지금의 성녀와 그때의 성녀가 다른 사람인 것은 틀림없었다. 방금 전 만나본 성녀는 소이보 또래에 지나지 않았으므로. 아무튼 지금 성녀는 성녀란 이름과는 어울리지 않게 간교한 꾀와 얄팍한 수로 사람을 홀리는 계집이었다. 그것도 아주 재수없는.

"당연하지."

그러나 곽예주는 도리어 이해 못하는 소이보가 답답하다는 듯 더욱 목소리를 뾰족하게 세웠다.

"성녀 아래로 사람들이 많이 모였으니까. 주로 헐벗고 가난한 사람들이. 지들이 주인이 될 수 있다는 말에 귀가 솔깃해진 사람들 말이야. 그 사람들이 뭘 해먹고 살았겠어? 밤길 헤쳐서 소금이나 몰래 팔아먹다가 걸리면 산으로 도망가 산적이 되고, 강으로 도망간 놈들은 수적(水賊)이 되고, 뭐 그런 거지. 그놈들이 듣기엔 성녀 말도 솔깃하고 또 염효나 수적이라면 이를 갈아대는 구파일방이 성녀를 쫓으니 자연 성녀 아래에서 똘똘 뭉쳤지. 결국 지들 놀던 데서 안면 트고 지낸 놈들끼리 뭉쳐 일곱 단체가 생긴 거야. 그게 마도칠가지. 뭉치고 나니까 대가리 수로도 안 달리고 돈도 제법 되고, 여차하면 민란(民亂)을 넘어 반역도 성공할 만한 세력이 된 거야. 결국 황제도 깨갱대고 못 본 척 인정하는 단계에까지 온 거지. 우리 요선보만 해도 무당파 놈들 정도는 우습다고."

거기까지 들으니 소이보 역시 이해가 갔다. 하지만 궁금한 건 아직 많이 남았다.

"그럼 마도본가는 또 뭐냐?"

소이보의 물음에 곽예주는 소이보의 손을 잡았다.

"이러지 말고 가면서 얘기하자구. 아유, 정말 애 꼬라지 더럽게 만들어놨네."

곽예주는 잡아끌다시피 소이보의 손을 당겼다. 그리고는 휘적휘적 따라오는 소이보의 모습이 마음에 안 드는지 인상을 찡그리며 계속 종알거렸다.

"마도본가 말이지? 신경 쓸 거 없어. 애당초 마도칠가가 생길 때 성녀의 호위를 누가 맡느냐가 문제였지. 하나가 성녀의 호위를 맡고 다른 여섯 가문은 구파일방과 대적을 해야 했거든. 결국 무공이 가장 센 놈이 호위를 맡게 됐고 그놈이 이끄는 단체를 마도본가라고 부르게 됐어. 처음엔 그랬지. 그런데 그게 이상하게 변질이 돼서 지금은 다른 여섯 가문을 호령하는 위치가 된 거야. 성녀는 꼭두각시고 마도본가, 그러니까 지금은 예영당이 최고 우두머리지. 성녀? 별거없어. 내키면 따 먹으라니까? 그렇게 되면 마도본가는 우리 요선보가 되는 거지. 물론 예영당 놈들이 들고일어나겠지만."

거기까지 듣던 소이보가 고개를 돌려 물었다.

"마도본가를 되찾아온다는 게 그 말이었나?"

곽예주의 말에서 예전 강요맹이 자신을 보고 한 말이 기억난 때문이었다. 마도본가를 되찾아올 아이. 강요맹은 분명 자신을 보고 그렇게 말했다.

하지만 소이보의 질문에 곽예주가 까르륵 웃었다.

"누가 그래? 되찾아온다구. 한 번이라도 마도본가가 돼봤어야 되찾아온다고 하지. 하긴 처음엔 성녀의 호위를 돌아가며 맡았으니 그런 말도 할 수 있겠군. 그래도 예영당이 있는데 감히 누가. 에휴, 그리고 보면 예영당이 대단하긴 해. 예영당, 몰라? 예전 집이나 만들던 막일꾼들이 모인 곳이 예영당이잖아. 그때 한 도편수(都邊首)… 어라? 도편수 몰라? 막일꾼들의 우두머리를 도편수라고 부르잖아. 대목장(大木匠) 말이야. 아무튼 도편수 중 한 놈이 오래된 폐사(廢寺)를 허물다가 벽 안에서 무공비급 하나를 얻은 이후로 마도본가 자리는 예영당 것이 된 거나 마찬가지지 뭐. 벌써 수십 년째 계속되어 왔잖아. 몇 년마다 비무를 통해 마도본가를 뽑는다지만 항상 우승은 예영당이었지. 우리 보주는 대제자에게 기대를 잔뜩 하는 모양이던데 어림도 없어. 그놈 실력으로는. 아참, 그러고 보니 멀지 않았네?"

대강 어떻게 돌아가는 것인지 알 것 같았다.

일정한 기간이 지나면 한 번씩 돌아오는 비무. 그리고 우승자를 배출한 곳이 곧 마도본가가 되고 그 마도본가는 다른 여섯 가문을 통치했다.

그렇게 어려운 이야기도 아니었다.

하지만……

'결국 마도본가를 빼앗아올 아이라는 것은?'

소이보의 생각이 거기까지 미치자 저도 모르게 히죽 웃었다.

강요맹의 바람은 한마디로 소이보를 마도칠가의 최고 고수로 만들겠다는 이야기였다.

그때 자신의 나이 겨우 열둘이었다.

미치지 않고서야 강요맹이 그런 생각을 했다는 게 이상한 일이었다.

하지만 강요맹의 입에서 그 이야기가 튀어나온 후 그 말을 철석같이 믿고 있는 사람이 하나 있었다.

검고 짧고 땅딸한 사내, 바로 범우였다.

상념에 잠겨 있는 소이보의 손을 곽예주가 힘껏 잡아챘다.

"뭘 해? 이제 궁금한 거 없지? 궁금한 게 있어도 참어. 돈 벌어야 하잖아. 조금 후부터 명륜지연이라구."

궁금한 게 있어도 참으랬지만 소이보에게 궁금증은 하나 더 늘어 있었다. 홍예예 역시 명륜지연 운운하며 소이보의 패는 자신 것이라고 말하지 않았던가.

"명륜지연은 또 뭐야?"

소이보의 물음에 곽예주는 고개도 돌리지 않았다. 흥분했는지 뺨을 붉게 물들이고는 앞만 보고 걸음을 재촉하고 있었다.

"답답하긴, 뭐긴 뭐야? 놀고먹지 말고 항상 단련을 거듭하라는 보주 늙은이의 갸륵한 배려지."

곽예주는 말하다 말고 손을 가슴 옷깃 사이로 집어넣고는 무언가를 꺼냈다.

주먹 하나에 다 들어갈 만한 크기의 나뭇조각이었다.

나뭇조각 위엔 구멍이 뚫려 있고, 그 구멍에 건 끈은 목걸이처럼 곽예주의 목에 걸려 있었다.

무슨 중요한 일인 것처럼 걸음까지 멈춘 채 명패를 소이보 눈앞에 들어 올렸다.

"자, 보이지? 앞엔 혈랑대라고 적혀 있고 뒤엔 숫자 육(六), 그리고 내 예쁜 이름인 곽예주라고 쓰여 있지? 이게 바로 명패(命牌)야, 명패(名牌)가 아니구. 왜 이름 명(名)이 아닌 목숨 명(命) 자를 쓰냐 하면 뺏기면 죽음이거든. 혈랑대 서열 육위 곽예주의 생명줄이라고."

재미있는 듯 곽예주는 방긋 웃고는 다시 말을 이었다.

"그럼 명륜지연이 뭐겠어? 이 명패가 바퀴처럼 돌고 돈다는 거 아니겠어? 그러니까 이화림이란 계집은 이 명패를 빼앗아야 하고, 그 빼앗은 명패가 뭔지 교단서가 알아내야 하는 거지."

곽예주는 손에 든 명패를 끈을 잡고 빙글빙글 돌렸다.

"그 연놈들은 높아서 그런 짓 하기 싫어해. 우리 강 대주도 싫어하구. 하지만 체면은 소중하게 생각하지. 만약 혈랑대 놈들 중 요화림 년들에게 이 명패를 뺏기면 강 대주가 손수 죽일 거라고. 또 요화림 년들 중에 빼앗아 오지 못하는 년들이 있으면 이화림이 죽일 거고. 교단서는 말 안 해도 알지? 교단서 아래 있는 놈들은 비밀이 많거든. 오죽하면 어느 단(團)인지 이름도 안 알리겠어? 아마 간자들을 교육시키는 곳일 거야. 그러니 몰래 숨어서 어느 명패가 누구 손에 들어갔는지 알아내려고 들지. 아마 우리 혈랑대나 요화림 안에도 교단서 무리들이 숨어 있을 거야. 뭐, 추측이긴 하지만."

소이보는 그제야 고개를 끄덕였다. 왜 홍예예가 소이보의 패가 자신의 것이라고 말했는지도 이해가 갔다. 강요맹이 이끄는 혈랑대와 이화림이 이끄는 요화림은 정체를 드러냈지만 교단서가 이끄는 세력의 이름은 왜 비밀인지도 알았다.

곽예주는 다시 소이보의 손을 잡고 앞으로 뛰다시피 걸으며 말했다.

"그러니 뺏긴 놈이나 못 뺏은 년이나 못 알아낸 놈은 죽어나는 거야. 말로는 명륜지연이라고 했지만 그 연회(宴會)는 죽음의 연회거든. 이제 궁금한 거 없지?"

하지만 소이보는 아직 궁금한 게 많았다.

"그럼 요선보는 누가 모인 거지?"

곽예주의 머리통이 빙글 돌아 소이보를 쳐다보았다.

"뭐가?"

소이보는 히죽 웃고는 다시 물었다.

"군림가는 염효들이 뭉친 세력이라며. 그럼 요선보는?"

그제야 소이보의 물음이 무엇인지 알겠다는 듯 곽예주는 활짝 웃었다.

"우리? 우린 비적(匪賊)이었지. 멋지잖아?"

활짝 웃는 곽예주 얼굴엔 자부심마저 깃들어 있었다.

3

"늦진 않았군."

곽예주는 연무장을 보고 활짝 웃었다.

소이보가 고개를 돌리니 연무장엔 혈의를 입은 혈랑대원들이 가득 모여 있었다.

마치 창을 빼곡히 박아 넣은 듯 일정한 간격으로 선 혈랑대원들은 미동도 하지 않았다.

"늦었어요. 데리고 오느라……."

곽예주가 단상 위에 서 있는 범우를 향해 혀를 살짝 내밀고 웃었다.

범우의 시선이 곽예주를 향했다가 곧 소이보의 얼굴을 향했다.

무언가 할 말이 있는 듯한 눈이었다.

하지만 말없이 품속에 손을 넣어 무언가를 꺼내 소이보에게 던질 뿐이었다.

소이보가 허공에서 잡아채 보니 곽예주가 보여주었던 명패였다.

앞엔 붉은 글씨로 혈랑대라 써 있고, 뒷면엔 숫자는 없고 그저 소이보란 글자만 새겨 있었다.

고개를 든 소이보에게 범우가 말했다.

"서열은 명륜지연이 끝나면 정해진다."

범우는 짧은 말을 끝내고 곽예주를 쳐다보았다.

곽예주가 생긋 웃었다.

"설명해 줬어요, 명륜지연이 뭔지. 만약 뺏기면 일단 그 자리에서 반쯤 죽어나간 후 요화림에 명패를 되찾으러 가야 하고, 그래도 못 찾아오면 나머지 반마저 죽는다고요."

곽예주 말에 범우는 큰 한숨을 쉬듯 콧구멍을 벌렁거렸다.

고개를 돌려 소이보를 쳐다보고는 무슨 말을 할 것처럼 입술을 벌렸다가 곧 다물었다.

범우는 고개를 돌려 곧 연무장에 서 있는 혈랑대원들을 훑어본 후 끄덕였다.

"그럼 된 것 같군. 이제부터 명륜지연이다."

짧고 굵은 목소리에 간단한 말이었지만 범우의 말에 혈랑대원들은 일제히 침을 꿀꺽 삼켰다.

범우가 몸을 돌려 걸어나가자 혈랑대원들의 고개가 각을 맞춘 것처럼 일제히 숙여졌다.

걸어가던 범우의 눈이 스치듯 소이보의 눈과 마주쳤다.

그 눈 안에 성녀를 만난 일이 어찌 됐는지에 대한 염려와 조심하란 뜻이 들어 있음을 소이보는 볼 수 있었다.

"안녕히 가세요오~"

곽예주가 양쪽 옷깃을 잡아 활짝 펼치며 날아갈 듯 고개를 숙였다.

범우의 콧방울이 다시 씰룩거리는 듯했지만 걸음을 멈추진 않았다.

연무대 문밖으로 범우의 모습이 사라진 후에도 연무장에 모인 혈랑대원들은 움직이지 않았다.

도리어 무언가 더 중요한 것을 기다리는 것처럼 보였다.

"갔지? 멀리 갔지?"

날아갈 듯 고개를 숙이고 있던 곽예주가 소이보에게 확인하듯 작게 쫑알거렸다.

소이보가 고개를 끄덕이자 언제 숙였냐는 듯 곽예주가 허리를 펴고는 머리 장식을 정돈했다. 그리고는 조금 전까지만 해도 범우가 섰던 연단 위로 올라가 크게 외쳤다.

"나와라!"

소이보는 문득 궁금해졌다. 그래서 고개를 돌려 혈랑대원들을 살펴보았다. 있었다. 잘난 척 거들먹거리던 우문의가 혈랑대원들 맨 앞에 꼿꼿이 서 있었다. 서열로 따지자면 분명 곽예주의 위였다.

작은 권력에 집착하는 놈이었다. 서열이 낮은 곽예주가 자신 앞에서 단상 위에 우뚝하니 서서 오만하게 내려다보는 것을 참지 못할 게 분명했다.

하지만 오늘따라 우문의는 곽예주를 보고도 못 본 척 외면한 채 머쓱하니 서 있었다.

곽예주는 허리에 손까지 얹고 큰 소리로 다시 외쳤다.

"나오라니까!"

왠지 짜증이 조금 묻어 있는 목소리였다.

소이보는 곽예주의 외침이 몰래 기회만을 엿보고 있을 요화림의 계집들을 향한 것이라 생각했다. 하지만 대답은 소이보의 생각과는 전혀 다른 곳에서 튀어나왔다.

"범 대장, 갔어?"

멀리 전각 뒤에서 털보가 고개를 내밀고는 조심스럽게 물었다.

한껏 목소리를 낮춘 둔비였지만 말소리는 연무장을 울리며 메아리치고 있었다.

"……?"

소이보가 이유를 알 수 없어 멍하니 바라보는데, 둔비의 커다란 몸이 그제야 전각 뒤에서 빠져나왔다.

둔비 뒤로 홍안자(紅顔子) 부홍이 매달릴 듯 따라왔고, 긴 검을 등에 멘 사검정이란 중년인이 뒤를 이었다.

짧은 행렬의 맨 끝은 역시 지반월이란 게으름쟁이였다.

삼팔구 조원들이 걸어오자 서 있던 혈랑대원들의 대형이 썰물이 빠지듯 양쪽으로 물러섰다.

한가롭게 걸어온 둔비가 연무대 가운데에 서자 뒤따라오던 부홍이 둔비 옆에 들고 온 기다란 장대를 꽂았다.

"꺼억!"

막 식사를 끝내고 왔는지 둔비가 덩치에 어울리는 커다란 트림부터 토해내고는 입맛을 쩝쩝 몇 번 다신 뒤, 주위에 서 있던 혈랑대원들을 훑어보며 호탕하게 외쳤다.

"자자, 모여라! 가격은 다들 알지? 은자 스무 냥이다!"

둔비의 말이 끝나기가 무섭게 혈랑대원들이 우르르 몰려가 일렬로 줄을 섰다.

맨 앞에 서 있던 혈랑대원이 민망하단 표정과 함께 처음 사검정에게 돈을 건네고 목에 걸었던 명패를 벗어 그 옆에 선 지반월에게 맡겼다. 부홍은 지반월에게 건네진 명패의 이름을 종이에 적었다.

소이보가 곽예주를 쳐다보았다.

곽예주의 웃는 붉은 입술 사이로 가지런한 치아가 보였다.

"어때? 괜찮은 장사지?"

그제야 소이보는 왜 곽예주가 그렇게 서둘렀는지, 또 왜 삼팔구 조원들이 명륜지연이란 말에 환호성을 터뜨렸는지 알 수 있었다.

명패를 빼앗긴 혈랑대원을 진짜 죽이진 않을 것이다.

그래도 반쯤 죽어나간다는 곽예주의 말 또한 별로 틀리진 않을 것이다.

결국 삼팔구가 명패를 맡아 명륜지연이 끝날 때까지 요화림 손에서 지켜주고 돈을 받는 것이다.

자신이 없는 사람들은 명패를 비싼 가격임에도 삼팔구에게 맡기는 것이다. 제일 확실하고 또 제일 안전했으므로.

쓴웃음을 짓는 소이보 귀에 불만을 터뜨리는 목소리가 들렸다.

"왜 난 오십 냥이냐, 다들 스무 냥인데?"

고개를 돌린 소이보 눈에 얼굴이 시뻘겋게 달아오른 우문의가 보였다.

하지만 우문의의 항변은 둔비의 커다란 눈이 커지는 것과 비례해 점점 잦아들었다.

"높은 대가리는 스스로 지킬 줄 알아야지. 그게 싫다면 비싸게 내든가."

나른한 지반월의 목소리에 우문의는 할 말을 잃은 듯 씩씩대다가 거칠게 품속을 뒤졌다.

그 모습을 본 곽예주가 소이보 귀에 속삭였다.

"낼 거야. 내놓고는 딴소리를 하겠지. 실력이 없어 명패를 맡긴 게 아니라 혈랑대의 아름다운 미풍양속과 전통을 지키려 했다고 할 거야."

아니나 다를까, 곽예주의 말이 끝나기가 무섭게 우문의가 말했다.

"전통도 전통 나름이지. 제길! 정말이지, 전통만 아니었다면……."

벌게진 얼굴로 몇 마디 중얼거리며 몇 번의 헛기침과 함께 우문의가 은덩이 몇 개와 명패를 던지듯 내놓고는 한쪽으로 걸어갔다.

소이보는 왠지 그 모습이 꼭 도망치는 것처럼 보여 히죽 웃었다.

"저게 다가 아니야."

곽예주는 소이보의 귀에 대고 커다란 비밀을 말해 주는 것처럼 소곤거렸다.

"저렇게 한번 돈을 긁어내고 맡긴 저 명패를 가져다가 요화림 계집들에게 가져다 또 파는 거지. 명패 하나당 은자 서른 냥에. 우문의 거는 좀 비싸. 한 이백 냥에도 너끈히 팔릴 거야."

곽예주의 속삭임에 소이보가 히죽 웃으며 물었다.

"그리고는 다시 빼앗아오는 건가?"

돈을 받고 맡았으니 그냥 요화림 계집들에게 넘겨주진 않을 것이다.

만약 맡긴 물건을 더 비싸게 상대에게 팔아먹는 놈들이라면 혈랑대원들이 줄까지 서가며 다시 맡기진 않았을 게 틀림없었다.

어떻게든 되찾아왔을 것이다. 그리고 자신이 본 삼팔구 조원들은 팔았던 물건을 힘으로 강탈하다시피 되찾아올 만큼 뻔뻔했고, 두꺼운 낯짝만큼이나 실력도 있어 보였다.

아니나 다를까, 곽예주가 고개를 끄덕였다. 곽예주의 동그란 두 눈이 반짝이며 다시 속삭였다.

"그래, 그리고는 뺏어오는 거지. 바로 니가."

"나?"

소이보가 의외라는 듯 곽예주의 얼굴을 쳐다보았다.

하지만 곽예주는 다시 예쁘게 웃으며 고개를 끄덕였다.

"그래, 동생이 찾아와야 하는 거야. 이게 삼팔구 조원들의 신고식이거든. 제일 떠들썩하게 되찾아온 게 바로 부끄럼쟁이인 홍안자 부홍이야. 그때 요선보가 뒤집어졌었지. 다행히 동생은 수월할 거야. 동생이니까 내가 알려주는 건데……."

곽예주는 한참 돈을 걸고 있는 삼팔구 조원들을 흘낏 바라보고는 목소리를 더욱 낮추었다.

"이화림 계집년의 흡정편을 가지고 있잖아. 만약 맞바꾸자고 하면 얼씨구나 하고 바꿀걸? 만약 명패를 돌려주지 않고 날로 먹으려 하면 언제든 말만 해. 요화림 안에다 부홍 한 명만 풀어놓아도 그 즉시 돌려줄 테니까. 알았지? 다른 삼팔구 미친놈들에겐 비밀이야."

말을 끝마친 곽예주는 한쪽 눈까지 찡긋 감으며 웃었다.

소이보는 재미있었다. 요화림 손에서 지켜주겠다고 돈 받고 명패를 맡아놓고, 다시 요화림에 더 비싼 값으로 팔아먹는다. 그리고는 우격

다짐으로 쳐들어가 다시 명패를 되찾아오는 것이다.

힘있고 무식하고 낯짝이 두껍기만 하다면 밑천 안 들이고 꽤나 이문이 남는 장사가 분명했다.

"재미있게 노는군."

소이보는 히죽 웃고 몸을 돌렸다. 곽예주가 눈을 동그랗게 뜨고 물었다.

"무슨 뜻이야? 그럼 안 찾아올 거야?"

소이보가 뒤를 돌아보았다.

파랗고 잿빛인 두 눈동자가 반짝였다.

"그런 장난 취미없어."

멀어지는 소이보의 뒷모습을 멍하니 바라보던 곽예주가 걱정스럽다는 듯 입술을 물었다.

"그럼 미친놈들이 가만 안 둘 텐데. 둔비야 그렇다 쳐도 지반월이 가만히 안 있을 텐데……."

혼잣말처럼 중얼거리던 곽예주가 짜증이 난다는 듯 고개를 돌려 침을 뱉었다.

"정말 마음에 들었다 안 들었다 하는걸? 게다가 저 옷은 정말 마음에 안 들어. 제길, 누구 하난 죽어나가겠군."

하지만 곽예주의 생각과는 달리 소이보의 휘적휘적 걷는 발걸음은 태평스러웠다.

◈ 第五章 ◈
신고식

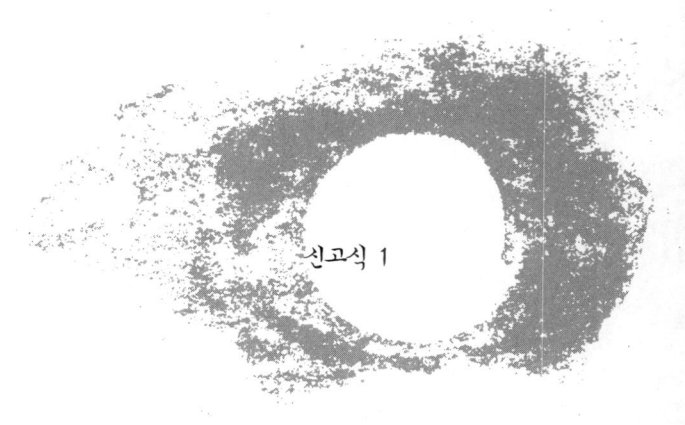

신고식 1

소이보가 휘적휘적 걸어가자 줄을 서 기다리던 혈랑대원의 신형이 움찔거렸다.

사검정 앞에 놓인 돈이 벌써 가득했지만 줄은 좀처럼 줄어들지 않았다.

소이보가 줄 서 있던 혈랑대원 중 한 명의 어깨를 잡았다.

얼굴이 사색이 된 사내가 소이보의 요안을 쳐다보며 눈을 끔뻑거렸다.

"어이, 밥은 어디서 먹나?"

소이보가 물었다. 어젯밤을 꼬박 새운 뒤 밥도 챙겨 먹지 못한 것이다.

하지만 대답 대신 커다란 질문이 튀어나왔다.

"그 옷, 어디서 구했나?"

둔비였다. 왕방울처럼 커다란 눈을 뒤룩거리며 소이보의 위아래를 훑어보고 있었다.

소이보와 눈이 마주치자 둔비가 씨익 웃으며 말했다.

"특이한 게 괜찮아 보인다. 나도 하나 구하고 싶네?"

한참 명패를 보자기에 쑤셔 넣던 지반월이 눈을 가늘게 뜨고는 소이보를 쳐다보았다.

"저걸?"

이해하지 못하겠다는 듯 반문하는 지반월을 향해 뭐가 어떠냐는 듯 둔비가 퉁명스럽게 대답했다.

"활동하기 편하게 생겼잖아. 안 그래도 손발 놀릴 때 옷이 거치적거리는 게 답답했다구. 아예 소매를 뜯어내고 바지는 무릎 위로 싹뚝 잘라 버릴까도 생각했는걸?"

둔비의 말에 지반월이 다시 명패로 시선을 돌리고는 중얼거렸다.

"어련하시겠어?"

둔비는 다시 소이보를 쳐다보았다. 손으로 턱을 긁으며 정말 마음에 든다는 듯 고개까지 끄덕이고 있었다.

소이보에게 어깨를 잡힌 혈랑대원이 눈을 감고 한쪽을 가리켰다.

"저… 저쪽으로 가시면… 그리고 갈림길에서 오른쪽으로… 가다가 보시면… 다시 왼편으로."

더듬거리며 이리저리 정신없이 손가락을 움직였다.

질끈 감은 눈을 보니 아마도 요안이 사람을 홀려 죽인다는 소문을 믿고 있는 게 틀림없었다.

하지만 이번에도 소이보의 물건에 호기심을 나타내는 사람이 불쑥 끼어들었다.

"그 검은 왜 골랐나?"

사검정이었다. 긴 수염을 가슴까지 기른 채 소이보의 검을 쏘아보고 있었다.

자신과 비슷한 장검(長劍)을 소이보가 사용한다는 게 신기한 모양이었다. 처음 마주쳤을 때도 장검을 공들여 닦던 사람이었다. 검 외에는 아무것에도 관심이 없어 보였다.

소이보는 자신의 검을 손바닥으로 툭 치고는 히죽 웃었다.

"익숙해서."

소이보의 대답이 마음에 안 들었는지 사검정의 검미가 움찔거렸다.

"검을 아는가?"

다시 사검정이 물었다.

사검정의 물음에 모든 사람의 행동이 굳어졌다.

둔비 역시 눈알만 뒤룩거릴 뿐 숨소리도 내지 않았다.

무인 입에서 저런 말이 튀어나올 때는 단 한 가지 이유밖에 없었다.

검의(劍意)를 묻는다는 것, 또한 그것에 대한 대답을 기다린다는 것.

그것은 비무를 통해서만 이루어지는 것이기 때문이다.

하지만 거기까지 소이보는 알 수 없었다.

소이보가 옆에 찬 검집을 손으로 쓰다듬으며 대답했다.

"검을 아느냐? 글쎄? 검을 모를 땐 죽였지. 하지만 알고 나선 죽인 적이 없는 것 같군."

소이보는 고개를 들어 사검정을 쏘아보며 다시 말을 이었다.

"다행히 지금까진 말이야."

사검정과 소이보의 눈이 허공에서 부딪쳤다.

한참을 쏘아보던 사검정이 시선을 돌리고 낮은 목소리로 중얼거렸다.

"뭐, 오늘 밤이면 드러나겠지. 진정 알고 있는지."

사검정의 말이 끝나자 둔비가 안도의 한숨을 토해냈다. 고개를 돌려 소이보를 보고는 털들에 파묻힌 두툼한 입술을 씰룩이며 씨익 웃었다.

커다란 둔비의 이빨이 얼굴 가득한 털 사이를 가득 채우고 있었다.

사검정의 말과 둔비의 웃음이 뭘 뜻하는지 소이보는 알았다.

아마도 요화림에 팔아넘긴 명패를 소이보가 어떻게 가져오는지 지켜보겠다는 뜻이었다. 만약 소이보가 거절한다면 손수 소이보를 손봐주겠다는 뜻도 되었다.

"웃기지도 않군."

소이보가 말과는 달리 히죽 웃어 보이고는 몸을 돌려 걸어갔다.

둔비 얼굴이 웃는 모습 그대로 딱딱하게 굳어졌다.

소이보의 뜻이 명백한 도전임을 알아차린 때문이었다.

지켜보던 부홍이 조심스럽게 둔비의 허리를 손가락으로 콕콕 찔렀다.

둔비가 고개를 돌리자 부홍이 우물쭈물하며 작은 목소리로 말했다.

"그냥 여기서 그만두자. 저놈, 보통이 아닌 거 같아. 우리도 이미 봤잖아. 그리고……."

부홍은 더욱더 붉어진 얼굴을 푹 숙이며 말을 이었다.

"마음에도 들고."

부홍의 말에 지반월이 눈을 가늘게 뜨며 말했다.

"말만큼 하는 놈이면 더욱 마음에 들겠지."

지반월의 나른한 시선이 멀어지는 소이보의 등에 닿았다.

잠시의 여유를 두고 지반월이 다시 말했다.

"난 그게 알고 싶을 뿐이야."

옆에서 듣고 있던 사검정이 지반월의 말이 맞다는 듯 고개를 끄덕였다.

소이보는 건물 모퉁이를 돌았다. 거기서 다시 걸어 갈림길이 나오자 왼쪽으로 접어들었다. 혈랑대원이 알려주었던 길과는 반대 방향이었다.

몇 걸음 걷지 않아 잘못 온 걸 깨달은 듯 머리를 툭 치고는 몸을 돌렸다.

하지만 되돌아가려던 몸이 기우뚱거리더니 위쪽 길로 접어들었다.

덥다는 듯 담벼락에 기대어 펄썩 주저앉더니 손으로 부채질을 하며 눈을 가늘게 떴다.

'괜찮군.'

큰길가에서 이곳을 보기엔 어려웠다. 길게 늘어진 추녀 그림자가 소이보의 몸을 덮고 있었다. 담 뒤에서도, 큰길가에서도, 나무 뒤에서도 소이보를 감시하기 어려운 곳이었다.

소이보는 결심이 서자 빠르게 몸을 일으켰다. 곧 발을 뒤로 굴러 가볍게 담장 위로 올라갔다.

야묘(夜猫)처럼 둥글게 등을 말고는 보폭은 짧고 발걸음은 빠르게 움직였다.

담장 끝에 닿자 대량(大樑:대들보)을 가볍게 발로 차 몸을 띄웠다.

그 상태에서 연목(椽木:서까래)을 손으로 가볍게 찍자 소리없이 지붕 위로 오를 수 있었다.

그 즉시 소이보는 배를 기와에 붙이고 납작하게 엎드렸다.

길게 숨을 조심스럽게 토해내며 소이보는 지붕 위에서 한참 동안을 머물렀다.

속으로 삼백까지 숫자를 센 뒤 소이보는 엎드린 자세를 유지하며 옆으로 빠르게 기었다.

그림자처럼 지붕에 붙어 옆으로 흘러가던 소이보의 신형이 아래로 꺼졌다.

처음 올라온 방향과 반대 방향인 지붕 처마 바로 밑이었다.

지붕이 비스듬히 기울어졌고, 그 아래를 기둥이 받치고 있었다. 그 기둥 아래로는 또 다른 지붕이 이어졌고, 바로 그 사이에 소이보가 유령처럼 흘러든 것이다.

소이보는 발을 가슴 쪽으로 당긴 후 두 손으로 감싸 안았다.

최대한 몸을 작게 만들어 처마가 만들어낸 좁고 어두운 공간 안으로 밀어 넣었다.

“후~”

처음으로 소이보 입에서 작은 한숨이 토해졌다.

누구도 들을 수 없는 작디작은 한숨이었다.

그제야 소이보는 주위를 둘러보았다.

먼저 혈랑대가 머무는 사각형의 전각이 들어왔다. 그 전각 가운데 있는 연무장엔 아직도 붉은 옷을 걸친 사람들이 돌아다니고 있었다.

소이보가 머물러 있는 처마가 제법 높은 편인지 혈랑대 사람들의 몸이 자그마하게 보였다.

혈랑대가 머무는 전각 위 저 멀리 요선보주가 있는 처소가 위용을 자랑하듯 우뚝 솟아 있었다.

그리고 그 처소 오른쪽 아래엔 보주의 막내제자가, 그리고 그 반대

편 깊숙한 곳엔 성녀가 머무는 함양원이 있었다.

'미치겠군.'

소이보는 새파랗고 잿빛인 두 눈동자를 반짝이며 히죽 웃었다.

보기 좋게 걸린 것이다.

애당초 소녀, 그것도 신분이 높아 철딱서니없는 여자라고 판단한 게 잘못이었다.

아니, 무공을 익힌 이후 하늘 높은 줄 몰랐던 자신감이 문제일지 몰랐다.

하지만 지금에 와서 문제가 무엇인지 따지는 것은 부질없었다.

일단 눈앞에 닥친 일부터 해결해야 했다.

소이보의 눈앞에 펼쳐져 있는 요선보는 거대했다.

이 거대한 요선보의 모든 촉각은 자신을 향해 곧 뻗어와 목줄을 움켜쥘 것이다.

그리고는 성녀와 나눈 대화가 무엇인지에 대해 물을 것이다.

대답을 하지 않아도 죽을 것이고 대답을 해도 죽을 것이다.

다른 사람이 비밀을 아는 것을 막기 위해서.

'강요맹이나 범우에게 털어놓을까?'

제일 먼저 떠오른 생각이었다. 하지만 소이보는 거칠게 머리를 흔들었다. 범우가 할 수 있는 일은 없었다. 그저 자신을 지켜주려 할 것이다. 강요맹은 정말 아무런 말도 없었냐고 의심부터 할 것이다.

그리고는 자신을 지켜주기보다는 그것으로 다른 세력과 흥정을 하려 들 것이 분명했다.

결국 요선보 내에서 힘을 얻어내는 것은 포기했다.

애당초 처음 온 목적이 요선보를 꺾기 위함이었으니 아쉬울 것도 없었다.

하지만 다른 마도칠가는?

요선보 아래가 아닐 것이다. 아니, 요선보보다 더욱 거대한 세력이라고 계산했다. 그래야 실수가 없었다.

전 마도칠가의 신경이 곤두설 것이다. 그리고 자신을 쫓을 것이다.

그리고 그 힘은 엄청날 것이다.

마도칠가가 움직인다면 구파일방 역시 움직일 것이다.

그리고 그 힘은 거대할 것이다.

결국 마도칠가와 구파일방이 자신을 뒤쫓을 것이다. 그 말은 모든 무림인들이 소이보를 노린다는 말도 되었다.

소이보는 거기까지 생각하고 히죽 웃었다.

생각할 시간과 그 시간을 만들 안전한 공간.

그 두 가지를 빌리기 위해 몸을 웅크리고 숨었지만 뾰족한 수가 보이지 않았다.

아니, 숨은 것이 아니었다. 더 이상 숨어 살 수는 없었다.

그저 혼자 있고 싶었다.

소이보는 다리를 뻗고는 뒤로 벌러덩 누웠다.

들보에 아슬아슬하게 누워 깍지 낀 손으로 머리를 받쳤다.

멀리 푸른 하늘 아래 흰 구름이 지나는 게 보였다.

"마음에서 지면 몸도 지지. 그럼 죽을 수밖에."

소이보는 중얼거렸다. 조금 전 질투심에 불타던 대제자 앞에서 내뱉기도 한 말이었다. 하지만 그때가 처음은 아니었다. 여덟 살 때부터 항상 되뇌이던 말이었다. 뼈에 새긴 문구였다. 영혼 속 깊숙이 박아 넣은 말이었다. 독기를 피울 때마다, 죽음을 각오할 때마다, 그리고 요행히 살아남았을 때마다 중얼거리던 말이었다.

소이보의 새파란 눈동자가 새하얀 화염을 내뿜듯 불타올랐다.

수축된 잿빛 동공에 죽음의 그림자가 짙어졌다.

한 사람이 막아서면 베면 됐다. 열 명이 막으면 열 명을, 백 명이 막으면 백 명을, 전 무림이 막아서면 또 그렇게…….

불가능할지도 몰랐다. 하지만 언젠가는 부딪칠 일이었다.

각오했던 일이다. 단지 그 시간이 빨리 온 것뿐이었다.

결심과 각오가 서자 소이보의 몸이 유령처럼 어둠 속에서 옆으로 움직이기 시작했다.

가까운 곳의 작은 숨소리가 소이보의 솜털을 건드리고 있었기 때문이다.

2

여자였다. 여자는 가까운 곳에서 소이보가 지켜보고 있다는 걸 전혀 눈치채지 못한 듯했다.

여자는 지붕 처마 바로 아래에 몸을 바짝 디밀고 고개를 숙인 채 옷섶을 가느다란 두 손으로 헤치고 있었다.

겉에는 검은 옷을 걸쳤지만 그 안으로 흰색, 마지막으로 회색의 옷을 걸쳤다.

여자는 그 세 가지 옷 중 무엇을 겉에 걸쳐야 좋을지 고민하는 것 같았다.

하지만 다른 사람 눈에 가장 띄지 않는 색을 고르기가 쉽지 않은 듯 한참이나 옷섶만 만지작거리고 있었다.

어둠에 몸을 숨긴 채 몰래 잠행을 준비하고 있는 여자를 보자 소이보는 히죽 웃었다.

'요화림의 계집인가 보군.'

아마도 혈랑대원의 명패를 훔치기 위해 온 여자일 것이다.

어둔 밤이나 은밀한 장소를 택하지 않고 대낮, 그것도 혈랑대원이 잔뜩 몰려 있을 때를 고른 걸 보니 계집치고는 대범했다.

'대범한 만큼 실력도 있겠지.'

소이보는 품에서 명패를 꺼냈다.

그리고 곽예주가 그랬듯 위로 쳐들고는 끈을 잡고 빙글빙글 돌렸다.

명패의 움직임이 바람을 만들어냈고, 그 바람이 귀밑머리를 흔든 후에야 여자는 소이보를 발견했다.

곧 눈이 동그랗게 변했고, 그 즉시 여자의 손톱이 소이보의 명패를 잡아채 왔다. 여자는 경황없는 중에도 때맞춰 적절한 행동을 보여주고 있었다. 자질도 제법 괜찮았고, 고된 훈련 또한 거친 게 분명해 보였지만 아쉽게도 상대는 소이보였다.

소이보는 손끝을 흔들어 명패를 채어 잡고는 손가락 하나를 꼿꼿이 폈다.

여자는 계속 손을 뻗다가는 명패는 고사하고 손바닥에 구멍이 뚫릴 거란 걸 알자 재빨리 몸을 뒤로 물리고 한 발을 길게 앞으로 뻗어냈다.

흔하디흔한 고퇴(叩腿)라는 수법이었다. 하지만 여자의 임기응변은 뛰어나 작은 공간 안의 지금 같은 상황에선 가장 적절한 한 수로 변했다.

소이보는 고퇴가 뭔지 몰랐다. 하지만 이대로 있다가는 여자의 발목에 자신의 발뒤꿈치가 걸려 앞으로 당겨질 거란 건 알았다.

곧 발끝을 들고 도리어 먼저 여자의 발등을 밟으며 펴 든 손가락으로 여자의 미간을 노렸다.

여자는 무릎을 접어 발을 빼내고는 머리를 뒤로 젖힌 채 두 주먹을 얼굴 앞에서 둥글게 흔들었다.

그 순간 여자의 얼굴 앞 두 주먹 사이에서 무언가가 반짝였다.

소이보는 손가락을 뒤로 물렸다가 다시 더 빠른 속도로 앞으로 내뻗었다.

여자가 주춤 뒤로 물러서며 다시 두 주먹을 둥글게 흔들었다.

소이보는 히죽 웃었다.

'재미있는 장난감이군.'

여자는 두 주먹으로 팽팽하게 당겨진 은선(隱線)을 잡고 있었다.

은선이 반짝이지 않았다면 소이보로서도 미처 알아보지 못했을 만큼 줄은 얇고 팽팽했다.

여자는 두 손으로 은선을 잡고 벌써 몇 번이나 허공에 원을 그려냈다. 은선으로 소이보의 손가락을 감아 잘라놔야 원이 풀리겠다는 듯 지금도 두 손을 둥글게 말아 또 하나의 원을 만들고 있었다.

소이보는 재미있다는 듯 웃었다.

소이보는 지금 여기 있다는 걸 누구에게도 알리고 싶지 않았는데, 그것은 여자도 마찬가지였다. 혈랑대원들이 우글거리는 전각 바로 옆이었다. 공연히 소란을 피워 이목을 집중시키는 것은 바보 짓이란 것쯤은 알았다.

그래서 소이보와 여자의 대결은 아무런 소리도 과장된 행동도 없었다. 절제된 행동으로 빠른 결말을 보기 위해 소리없이 움직였다.

숨소리도 없었고, 바람을 가르는 파공성도 없었다. 하지만 일격필살(一擊必殺)의 잔인한 수법들이 빠른 속도로 두 사람 사이에 오고 갔다.

여자는 암습과 습격을 주로 맡는 요화림의 사람이었고, 이런 싸움엔 능숙했다. 하지만 어둠 속 소리없는 싸움은 소이보가 한 수 위였다.

여자의 은선이 드디어 소이보의 손을 감았다.

손가락 하나가 아닌 손등 전체를 감는 데 성공한 것이다.

그래도 안심이 안 되었는지 재빠르게 손을 놀려 은선을 세 번이나 더 감은 후에야 여자는 자신있는 태도로 은선을 잡아당겼다.

'……!'

여자의 눈이 화등잔만하게 커졌다. 은선이 잘라낸 것은 아무것도 없었다. 흡사 진흙을 잘라낸 듯한 물컹한 느낌만 은선을 통해 전해졌다.

소이보의 하얗고 기다란 손가락이 은선 사이를 비집고 여자의 목을 움켜쥔 시간은 매우 빨랐다.

마치 물줄기 사이를 헤치는 잉어를 닮은 몸짓이었다. 아니, 바람결을 파고드는 가벼운 깃털처럼 부드러운 손놀림이었다.

소이보가 손바닥 위에 깃털을 올려놓은 채 얼마나 무수한 밤을 지새웠는지 여자는 결코 알지 못했고, 그래서 크게 놀라야 했다.

단지 조금 형태를 바꾼 무당의 면장(綿掌)이 이런 모습이란 걸 여자는 영원히 알지 못할 것이다.

소이보는 커다랗게 부릅뜬 여자의 눈을 보며 히죽 웃었다.

여자의 눈이 두 배쯤 더 커졌다.

그제야 소이보의 파랗고 잿빛인 요안을 본 모양이었다.

목이 졸린 탓인지, 아니면 놀람 때문인지 여자의 입술이 크게 벌어졌다.

"쉿!"

순간 소이보는 손가락을 들어 입술 앞에 가져다 대고는 낮게 속삭였다.

"이왕이면 비명을 신중하게 고르렴. 그게 네 마지막 유언이 될 테니."

말을 끝낸 소이보가 히죽 웃자 여자의 눈가에 파르르 경련이 일었다.

"꿀꺽."

갈증 때문인지, 아니면 놀람 때문인지 여자는 크게 침을 삼켰다.

여자의 울대가 크게 위아래로 움직이는 게 손바닥 아래에서 느껴졌다.

그때였다.

"저런, 또 죽이겠군."

낯선 목소리. 하지만 왠지 친숙하고 부드러웠다. 그리고 그 목소리는 소이보에겐 절대 잊을 수 없는 목소리였다.

소이보의 눈동자가 옆으로 향하자 항상 그 자리에 있었던 것 같은 사내 하나가 서 있었다. 하얀 탈을 쓰고서.

흰 털로 덮인 탈의 한가운데 빼꼼이 내민 구멍 두 개, 그리고 그 구멍 사이로 보이는 눈알 두 개, 그리고 두 개의 얼굴······.

교단서에겐 부훼광이란 이름으로, 다른 요선보 사람들에겐 하얀 올빼미로 불리는 얼굴의 탈과 그 안에 있는 문기서란 이름의 또 다른 탈.

요선보의 사람들은 그저 문기서의 하얀 탈바가지를 볼 뿐이었다. 그 안에 있는 얼굴을 본 사람은 아예 손가락으로 꼽을 정도였다.

하지만 탈로 숨긴 웃음 띤 얼굴이 진짜 탈이라는 것은 아무도 모를 것이다.

그리고 문기서의 사람 좋아 보이는 얼굴로 감싼 진짜 얼굴이 어떤 것인지 소이보만은 알 수 있었다.

따뜻한 미소와 사람 좋아 보이는 웃음, 그리고 차가운 잔인함과 섬뜩한 흉포함은 문기서에게 결코 두 개의 얼굴이 아니었다.

언제든 바꿔 쓸 수 있는 진정한 두 개의 탈이었다.

'물론 문기서란 이름도 진짜는 아니겠지······.'

소이보는 시골에서의 기억을 더듬으며 히죽 웃었다.

하얀 탈의 고개가 옆으로 돌아가 소이보 손에 매달려 있는 여자를 보았다.

"그 아이의 이름은 예보보(芮寶寶)지."

문기서는 낮은 한숨을 토해놓고 말을 이었다. 하지만 이어지는 말은 소이보를 향한 게 아니었다.

"너는 경망스러운 게 문제라고 내가 항상 말했지? 돌아가 기다려라. 오늘 일은 나중에 묻겠다."

아무런 감정도 들어 있지 않은 목소리였다. 하지만 다시 고개를 돌린 문기서의 눈빛은 소이보가 여자를 놔줄 거라는 확신에 차 있었다.

소이보가 고개를 옆으로 비스듬히 숙여 문기서를 쳐다보았다.

"내가 왜······."

탁하고 껄끄러운 소이보의 목소리가 끝나기도 전에 문기서는 고개를 끄덕이며 말했다.

"마음에 안 든다는 이유로 자신의 팔다리를 자르는 사람은 없으니까."

한숨 고르려는 듯 잠시 여유를 둔 뒤 문기서의 말은 계속되었다.

"쓸모가 많은 아이야, 내게 있어선. 그렇다면 또한 네게도 그렇겠지."

문기서의 말은 여러 가지 의미를 띠고 있었다.

자신과 여자는 소이보의 수족이라는 것, 언제든 주인의 말에 따를 준비가 되어 있다는 것, 그리고……

'앞으론 사람을 만날 때 조심해야겠군.'

소이보의 파랗고 잿빛인 눈이 반짝였다.

문기서가 부리는 사람이 요화림에도 있다면 혈랑대 내에도 있다고 봐야 했다. 아마도 자신의 일거수일투족 모두 그 즉시 문기서 눈과 귀로 흘러들어 갈 것이다.

문기서는 흘낏 옆을 보더니 말했다.

"애가 다 죽게 생겼군."

그제야 소이보가 손에 들린 여자를 보았다.

숨과 기혈이 막혀 얼굴이 시퍼렇게 변해 있었다. 눈은 까뒤집고 입술 밖으로 튀어나온 혀 역시 검푸른색이었다.

숨 몇 번 고르는 시간이 지난다면 영영 황천길로 떠나 버릴 게 틀림없었다.

소이보가 손가락의 힘을 약간 뺐다.

"트휴~"

숨통이 트이는지 예보보는 검푸른 입술 사이로 괴상한 소리를 토해냈다.

문기서는 아무런 감정 없는 눈길로 예보보를 보다가 말했다.

"그래도 쓸모는 많은 애야. 상당히 예민하고 영리하면서도 정확하다. 한두 마디만 들어도 상대방의 의도를 금세 파악한다. 성품이 곧고

민첩하며 단정하면서도 날카롭고 정확하다."

문기서의 말은 높낮이가 그리 크지 않았다. 딱딱한 어투로 문서를 읽어나가는 듯했다. 아마도 문기서가 내린 예보보에 대한 평가, 아니, 올라온 보고서를 통해 알고 있는 정보를 읊는 것 같았다. 문기서의 말은 계속 이어졌다.

"충분히 조심스럽고 넘치도록 재능있는 아이지. 물론 상대가 누구냐가 문제겠지만."

말을 마친 문기서는 소이보를 쳐다보았다. 하지만 소이보의 물음은 엉뚱했다.

"그 탈이 맘에 드는 모양이군."

소이보의 말에 순간 문기서의 눈빛이 흐릿해졌다가 다시 또렷이 초점이 맺혔다.

"어떨 때는 이 탈을 쓸 때가 더 편하더군. 특히 속마음을 말할 때는."

소이보는 말없이 문기서의 탈을 바라보았다. 탈 너머의 문기서의 얼굴을, 또 한 겹 얼굴 가죽 아래의 진짜 속마음을 꿰뚫어 보려는 듯한 눈빛이었다.

한참을 바라보던 소이보가 손에서 힘을 뺐다. 그러자 예보보의 신형이 빈 옷가지가 떨어지듯 땅으로 털퍼덕 소리와 함께 무너져 내렸다.

목을 잡고 컥컥대며 한참이나 숨을 몰아쉬던 예보보가 물기 어린 눈으로 문기서를 쳐다보았다. 하지만 문기서는 예보보 쪽으론 시선도 돌리지 않았다. 그저 소이보를 향해 한마디를 던질 뿐이었다.

"느려 터진 주인이군."

어쩌면 늦게 손을 놓은 데 대한 가벼운 책망일 수 있었다. 하지만 그 안에 든 뜻은 결코 가볍지가 않았다. 바로 어젯밤 건넸던 말이 허언이 아님을 밝히는 것이기 때문이었다. 소이보에게 충성하겠다는.

예보보가 길게 숨을 내쉬고는 바닥에 떨어진 은선을 갈무리했다.

힐끗 소이보 쪽으로 시선을 던지다 곧 문기서 쪽으로 고개를 숙이고는 뒷걸음질을 쳤다. 가벼운 발자국 소리와 함께 그림자 사이로 멀어지는 예보보를 바라보던 소이보가 가볍게 웃으며 말했다.

"아무리 해도 주인이란 말은 익숙해지지 않는군."

문기서가 무슨 뜻인지 알겠다는 듯 고개를 끄덕이고는 말했다.

"산은 깃들여 사는 생물을 고르지 않는다. 그저 품을 뿐이다. 너 역시 그러면 된다."

소이보가 문기서의 말이 마음에 안 든다는 듯 뒷목을 쓰다듬었다.

무언가 생각하는 것처럼 먼 곳을 보다가 혼잣소리처럼 중얼거렸다.

"충성(忠誠), 대의(大義), 도리(道理) 따위를 입에 올리는 놈들 가슴을 베어보면 텅 비어 있더군. 그런 것들은 가슴에 담아두어야지 가볍게 입에 올릴 물건이 아니야."

문기서가 다시 고개를 끄덕이고는 말했다.

"내 말은 믿어야 해."

"왜지?"

소이보는 다시 한 번 웃었다. 난데없이 나타나 충성을 맹세한 것도 뜬금없었다. 그런데 자신의 말이니까 믿어야 한다는 문기서의 말은 웃기지도 않았다.

하지만 탈 안으로 보이는 문기서의 눈엔 웃음기가 없었다. 도리어 한마디 한마디마다 힘을 주어 또박또박 말했다.

"왜냐하면 적(敵)이니까. 난 너의 적이므로 내 말은 믿어야 한다."

문기서의 눈빛에 기묘한 광채가 흘렀다.

소이보가 눈을 가늘게 뜨고 문기서를 쳐다보며 말했다.

"충성을 맹세하는 적이라, 재미있군."

하지만 문기서는 전혀 재미있는 일이 아니라는 듯 한 자 한 자 박아 넣듯이 더욱 힘주어 말했다.

"친구에겐 농(弄)을 걸어도 적에겐 허언을 하지 않는다. 네게 말한 그 순간 뼛속 깊이 충성 두 글자를 새겨놓았다. 할 수만 있다면 뼈를 헤쳐 보여주고 싶군."

하지만 문기서와는 다르게 소이보는 전혀 진지하게 듣는 표정이 아니었다. 도리어 히죽 웃으며 옆에 찬 검을 손바닥으로 툭 내려치며 말했다.

"괜찮아. 갈라보면 알겠지, 네 뼛속을."

소이보의 말에 문기서의 행동은 의외였다. 문기서에 대해 조금은 알고 있다고 생각했던 소이보마저도 놀랐다는 듯 고개를 갸우뚱거릴 정도였다.

문기서는 당연하다는 듯 고개를 끄덕이고는 지붕을 밟고 올라서 용골 옆에 털썩 앉았다.

언제든 내킬 때 칼로 머리를 베라는 뜻을 몸으로 나타내고 있었다.

잠시 그 모습을 이채 어린 눈빛으로 바라보던 소이보가 물었다.

"왜 나지?"

하지만 문기서의 시선은 먼 곳을 향했다. 하늘 위에 떠가는 구름을 보는 듯도 했고, 요선보주가 깃들여 산다는 높은 전각을 바라보는 것 같기도 했다. 어쩌면 지나온 세월을 반추하는 듯한 허허로운 모습이기도 했다.

소이보는 잠시 여유를 두고 다시 물었다.

"왜 나지?"

"너니까."

문기서의 답변은 짧으면서도 힘이 있었다. 도리어 고개를 뒤로 돌려 소이보를 쏘아보며 되물었다.

"그럼 누구여야 하지?"

소이보가 히죽 웃고는 대답했다.

"요선보주는 어때?"

문기서가 다시 고개를 돌려 먼 곳을 응시하며 대답했다.

"아직 보주를 안 만난 모양이군."

"……."

소이보는 아무런 말도 하지 않았다. 문기서가 맞았다. 소이보는 보주를 만나보지 못했다. 적어도 눈으로 확인하지 않은 사람에 대해 말하는 것은 무의미했다.

"대주는?"

소이보의 물음에 문기서의 대답은 코웃음이었다.

"흥, 강요맹? 강하지. 독한 데다 집요하기까지 하지. 하지만 그 사람은 아니야."

문기서 말에 소이보는 아무런 말도 하지 않았다. 문기서가 다시 말을 이었다.

"그 사람이 보는 세상은 도박이야. 아니, 도박꾼의 눈으로 세상을 본다고 해야 맞겠군. 노름꾼은 처음에 돈을 걸고 돈이 떨어지면 마누라를 걸지. 결국 최후에 판돈으로 걸어야 하는 것은 잘려 나간 자신의 목이야. 세상을 살다 보면 승부를 걸어야 할 때가 있지. 하지만 난 승부가 도박이라 생각하지 않아. 더 더욱 노름꾼과 승부를 함께하진 않고."

"이화림은?"

"여자지. 그것 때문에 안 돼. 자고로 여자가 내세우는 것은 가랑이밖에 없어. 남자를 상대로 일을 벌이든가, 아니면 남자 앞에서 가랑이를 벌리는 것뿐이지. 보통 두 가지를 함께하려 들고, 결국 제대로 벌리는 것은 아무것도 없게 되지."

소이보는 히죽 웃었다.

"네 주인도 배반하고?"

"교단서? 단주 말인가?"

소이보가 고개를 끄덕였다. 대답을 들은 문기서는 재미있다는 듯 웃고 있었다. 얇게 쪼개진 하얀 탈 틈으로 문기서의 눈이 그렇게 웃었다.

"호랑이 새끼가 양 젖을 먹는다고 해서 호랑이의 어미가 양이 되는 것은 아니지. 더욱이 호랑이가 양이 되는 것도 아니고. 비밀이 많은 자는, 또 비밀리에 뒤로 숨어 일을 꾸미는 자는 어디서도 환영받지 못해. 큰일을 앞에 두고도 작은 일을 뒤에서 꾸미지. 스스로 배의 구멍을 뚫는단 말일세. 자신이 타고 있는 배를. 천하란 배는 주인의 도량이 달라야 하지."

문기서는 말과 함께 소이보를 쏘아보았다. 소이보의 파랗고 잿빛인 두 눈을, 그 뒤로 자리잡고 있을 두개골을, 그리고 그 안에 자리잡고 있을 모든 생각을 꿰뚫어 보려는 듯이. 아니, 소이보의 머리 속을 온통 휘젓겠다는 듯 그렇게 쳐다보며 말했다.

"그래서 너다."

"……."

소이보는 그저 히죽 웃었다. 하지만 더 이상 웃고 있지 않았다, 하얀 탈 틈으로 보이는 문기서의 눈은.

"호랑이 옆에 있는 여우를 아나? 호랑이를 등에 업은 권력을 누리는 여우 말이야. 그 여우는 자신의 권력을 휘두르는 게 아니라 호랑이로

부터 나온 권력에 빌붙어 살지. 즉, 빌붙은 호랑이의 힘이 강하면 강할수록 여우도 힘이 세지는 걸세."

문기서의 고개가 다시 정면을 향했다. 그리고 낮은 목소리로 부드럽게 허공을 향해 스스로에게 말하듯 중얼거렸다.

"난 여우네. 하지만 다른 여우와는 다르다고 생각하지. 즉, 적어도 호랑이인 척은 할 수 있는 여우 말이야. 만약 그 단계를 넘어서 호랑이의 힘을 온전히 가질 수 있는 여우가 된다면 능히 천하를 다스릴 만하지 않을까? 세상은 머리로 되는 게 아니듯 힘으로만 되는 것도 아니야. 난 여우와 호랑이는 많이 봤어. 그보다 못한 족제비, 너구리, 곰도 보았지. 머리로는 여우를 못 따르고 힘으로는 호랑이를 못 따르는. 하지만 난 자넬 보았네. 여우보다 더 계교와 심기가 깊은 새끼 호랑이를. 만약 여우의 계교와 호랑이의 힘을 함께 가지고 있다면 어쩌면 용이 될 수 있을 거야. 내가 그것이 되고 싶어. 자네를 이용해서. 자네가 가질 수 있는 모든 것을 가지는 그때, 바로 그때, 내가 원하던 모든 것을 자네가 가졌을 때 내가 뒷등을 찌를 거야. 그리고 빼앗을 것이네. 하지만 그전까진 누구보다 노력할 걸세. 자네에게 천하를 주어야 하니까. 내가 뺏을 천하를……."

말은 느렸지만 그 안의 뜻은 더욱 뜨겁게 열기를 더해갔다. 가벼운 열병을 앓는 듯 문기서의 몸은 가볍게 떨리기까지 했다.

그런 문기서를 보던 소이보가 정말 재미있다는 듯 히죽 웃으며 물었다.

"어떻게?"

낮고 걸끄럽고 탁한 목소리의 물음. 하지만 문기서는 당연하다는 듯 고개를 끄덕이며 대답했다. 흡사 그 질문을 바라고 있었던 것처럼 보일 정도였다.

"획권(劃拳)을 아나? 술자리에서 하는 장난 말이야. 한 사람이 숫자를 부르며 손가락을 펴고, 상대 역시 손가락을 펴서 그 손가락의 합계가 부른 숫자와 맞으면 벌주(罰酒)를 마시는 장난. 술자리의 여흥이지만 예전 내가 살던 동네에선 다른 방식이었다네. 중추절이 오면 한 가족이 등을 서로 붙잡고 길게 늘어서서 다른 가족들과 획권으로 승부를 낸다네. 지는 가족이 술을 대접한 후 이긴 가족 뒤로 붙고, 그렇게 줄은 점점 길어지지. 결국 결과적으로 남는 것은 두 줄이야. 한참이나 길게 이어진. 밤이 깊어질 때쯤에야 최후의 승부가 나고 획권왕(劃拳王)이 맨 앞에 선 기다란 줄이 이루어진다네. 한마을 모든 사람이 줄줄이 엮인 줄이지. 어느 날 잔치를 열고 획권왕을 정했을 때 난 재미난 걸 보았네, 최후의 한 줄이 남을 때까지 담 밑에서 엿보고 있던 한 사람을. 동네 건달패 형이었는데 가족이 그밖에 없으니 단 한 명이라도 탓할 순 없었지. 그래서 우습게도 그 형 하나와 획권왕이 된 줄 알았던 사람이 최후의 승부를 열었고, 끝내 그 건달은 획권왕이 될 수 있었네. 한 사람이 끝까지 기다려 끝내 획권왕이 된 거야. 단 한 번의 승부로."

문기서가 소이보를 돌아보았다.

"난 그때서야 깨달을 수 있었네. 최후의 승부가 중요하다는 것. 난 그래서 요안 소이보와 최후의 획권을 할 생각이네. 세상이 요안 뒤로 긴 줄을 이루었을 때, 바로 그때."

"그래서? 그렇게 해서 뭘 할 수 있지? 그렇게 세상을 얻어서 뭘 할 건데? 천산에서 황하 끝까지 말 타보려구? 그쯤이야 지금도 할 수 있어. 안 그런가?"

소이보의 물음에 문기서가 재미있다는 듯 웃었다.

"세상은… 마음대로 가지는 물건이 아니네. 가지고 싶다 해서 가지는 게 아니고 가지기 싫다 해서 버릴 수 있는 물건도 아니지. 호랑이는 숲에서 사네. 숲을 선택할 수는 있어도 숲에서 살기 싫다거나 다른 곳에선 살지 못하네. 자넨 어쩔 수 없이 세상을 가져야 하네. 그게 자네 운명이니까."

소이보가 다시 웃고는 턱을 긁었다.

"얘기가 자꾸 겉도는 것 같은데… 그러니까 내 말은… 왜 내가 그것을 해야……."

소이보의 말을 문기서가 잘랐다. 문기서의 날 선 목소리는 벼락처럼 치고 들어와 소이보 가슴에 깊은 화인을 남기고 싶다는 듯 열정으로 가득 차 있었다.

"난 그게 나인 줄 알았어. 아니, 나여야만 했지. 나 외에 그 누구도 그럴 순 없다고 생각했어. 능력과 실력 모두 있다는 자부심에 차 있을 때, 그때 난 한 사람을 봤지. 시골에서. 파랗고 잿빛인 두 눈을. 그 사람이라면 돼. 세상을 움켜쥐지. 그 사람 뒤에서라면 세상에 가장 가까이 가고, 단 한 번의 기회를 성공한다면 세상 모든 것을 가지는 거지."

"결국 눈 때문인가?"

소이보의 파랗고 잿빛인 두 눈이 번질거렸다. 하지만 문기서의 눈은 또다시 웃고 있었다.

"얼마나 멋있는 눈인가? 사람들이 요안이라고 말하는 이유가 뭔가? 자네 눈엔 힘이 있어. 그건 세상을 뒤흔들어 일곱 가문을 만들어냈던 성녀의 말 한마디보다 더욱 중요하지. 사람들은 보기보다 우매하네. 보통의 것과 전혀 다른 이질적인 것은 배척하거나 따르거나 둘 중 하나지. 자네가 힘을 가졌을 때, 세상을 가졌을 때 그 눈으로 한마디만 한다면 모두가 자네를 따를 걸세. 신의 목소리로 여길 테니까."

문기서의 고개가 다시 앞을 향했다. 아스라한 무엇을 쳐다보는 듯, 아마도 자신이 꿈꾸는 미래를 그려보는 듯한 눈빛이었다. 그리고 부드럽고 정감있는 목소리로 노래 부르듯 말했다.

"세상엔 이런 말이 떠돌 거야. 어두운 달밤, 붉은 달이 지면 파란 잿빛 달이 뜬다. 세상이 그 빛으로 물들면 사람들의 영혼은 요안의 것이 된다."

미묘한 어조의 노래를 끝내고는 소이보를 쳐다보았다.

"내 장담하지. 앞으로 석 달 안으로 중원 모든 곳에선 이 노래가 흘러넘칠 거야."

그래서? 웃겼다. 그래서 소이보는 웃으며 생각했다. 노랫가락이 뭐 어떻다고. 하지만 문기서는 생각이 달랐다.

"세상과 요안 그 두 글자를 세상 모든 사람들이 안다면 반은 성공한 거지. 네 세상에 반쯤 가까워졌다는 거야. 그 말은 나 역시 반쯤 다가갔다는 것이고. 나머지 반은 누가 가질지는 모르겠지만……."

마주친 이후 문기서의 눈이 그때 처음 웃었다. 그저 웃음기가 감도는 눈이 아니라 화려한 폭죽이 터지듯 해맑게 웃고 있었다.

"넌 호랑이고 난 여우다. 넌 모든 걸 가질 능력이 있고 난 뺏을 능력이 있지. 그게 다야. 넌 호랑이다. 그래서 그렇게 크면 된다. 나머진……."

문기서가 깊이 숨을 들이키고는 내뱉었다.

"내가 알아서 한다. 내가 모두. 단지 넌 네가 호랑이란 것만 깨달으면 돼. 모든 게 거기서부터 시작하니까."

문기서가 몸을 돌렸다. 볼일을 모두 마쳤다는 듯 가뿐한 발걸음이었다. 그리고 문기서는 마지막 말을 흘리듯 남겨놓고 사라졌다.

"그리고 그 옷은 정말 눈에 거슬리는군. 갈아입는 게 낫겠어."

소이보는 그저 히죽 웃을 뿐이었다.

하지만 파랗고 잿빛인 두 눈만은 웃고 있질 않았다.

3

모퉁이를 넘어오면서 소이보는 문기서의 말을 되씹고 있었다.

문기서의 말과 호흡 사이, 그리고 중간에 눈빛 하나라도 흘려버려선 안 되었다.

상대를 알아야 이길 확률이 컸다.

손톱 끝만큼의 차이가 승부를 갈랐다.

더구나 언제든 뒤통수를 노리는 상대에겐 더욱더.

더욱이 태연히 그 뜻을 드러내는 적수에겐 더욱더.

다시 길을 건너고 혈랑대가 있는 연무장에 접해 있는 골목을 막 빠져나왔을 때였다.

제일 먼저 소이보를 맞은 것은 뾰족한 여자의 목소리였다. 곽예주의 높고 가느다란 특유의 목소리가 담 너머로 들리고 있었다.

"그러니까 내 말은 빨라야 한단 말이야! 어이, 거기! 뭐가 빨라야 한다구?"

곽예주 말 뒤를 둔탁한 목소리, 하지만 잔뜩 기합이 들어가 딱딱한 목소리가 이었다.

"넵, 손이 빨라야 합니다."

딱!

"으흑."

경쾌한 타격음이 들리고 앓는 목소리가 뒤를 이었다.

"넌 여자들이 제일 싫어하겠다."

다시 곽예주의 목소리.

"왜 그렇습니까?"

조금은 억울한 듯한 조금 전 남자의 목소리.

"빨라서. 말 빠른 놈들이 그 짓도 빠른 법이지. 하나, 둘, 셋! 찍! 끄응, 미안해. 맞지?"

곽예주의 말에 사내들의 웃음소리가 와 하니 터져 나왔다.

사내를 조루라고 놀리는 곽예주의 '끄응, 미안해' 란 앓는 듯한 신음성은 너무도 사실적이어서 소이보마저도 피식 웃음이 나올 정도였다.

수컷들만 즐비한 곳엔 항상 음담패설이 흘러넘치게 되어 있고, 그 얘기가 여자 입에서 튀어나오면 더욱 자극적인 법이다.

혈랑대원들이 삼팔구를 그토록 어려워하고 무서워하는 이유 역시 대강 알 것 같았다.

혈랑대원들의 실질적인 무공 교두가 삼팔구인 듯했다.

원래 미친 스승을 좋아하고 따르는 제자는 드문 법이었다.

곽예주의 말이 다시 담을 타 넘었다.

"손이 빨라봐야 용두질만 편하지. 발이 빠른 거야 쓸모있어. 도망가야 하니까. 하지만 눈치없는 놈은 도망도 못 가. 알아? 눈치가 빨라야 한다구. 눈치 빠른 놈은 절에 가도 비구니들만 즐비한 델 고르지. 자, 니들 눈치와 손발이 얼마나 빠른지 볼까?"

잠시 후 걷고 있는 소이보 귀에 날카로운 파공성이 들렸다.

문득 고개를 들었지만 이미 찢어지는 바람 소리를 만들어낸 물건은 찾아볼 수가 없었다.

하지만 그것이 무슨 물건인지 알 수 있었다. 그 작고 빠른 물건이 튀어나온 것은 곽예주의 목소리 쪽이었기 때문이다.

아니나 다를까, 곽예주의 목소리는 그 물건이 짐작대로 작고 앙증맞은 화살임을 알려주고 있었다.

머리 장식으로 쓰고 있는 자그마한 각궁으로 쏘아 보낸.

"자, 봤지? 눈치가 빠르면 어느 쪽으로 날아갔는지 알아차렸을 것이고, 발이 빠르면 떨어진 곳으로 냉큼 달려갈 것이고, 손이 빠르면 남보다 먼저 줍겠지. 먼저 주워 오는 놈은 내가 예뻐해 준다. 줍지도 못한 주제에 가장 늦게 오는 놈은 내가 무진장 예뻐해 준다. 자, 출발."

곽예주 입에서 출발이라는 말이 끝나는 동시에 우르르 발을 굴리는 소리가 들렸다.

그리고 그와 동시에 소이보가 정문을 들어서고 있었다.

소란스런 소리가 더욱 커지는 듯하더니 갑자기 조용해졌다.

연무장 안에 뽀얀 흙먼지가 가라앉고 나서야 소이보는 자신이 무척 유명해진 것을 다시 한 번 확인할 수 있었다.

소이보 앞에는 대략 삼십여 명의 붉은 옷을 걸친 혈랑대원이 눈을 있는 대로 부릅뜨고 있었다.

혈랑대원들은 한밤중에 뒷간에 가다 귀신을 마주친 새색시와 같은 얼굴 표정을 하고 있었다.

아마도 혈랑대원들 사이에선 곽예주가 '무진장 예뻐해 주는' 일보다 요안과 마주치는 일이 더욱 무섭다고 느껴지는 게 틀림없었다.

소이보가 히죽 웃었다. 하지만 그 웃음을 보는 혈랑대원들의 얼굴은 울상으로 변해갔다.

"왔어?"

곽예주가 소이보를 보고 싱긋 웃었다. 하지만 그 미소에 염려와 걱정이 깃들어 있음을 알 수 있었다.

'아마도 명륜지연을 빙자한 신고식 때문이겠지.'

소이보는 그렇게 생각하며 다시 히죽 웃었다.

삼팔구가 소이보를 벼르고 있다는 걸 너무도 잘 알고 있는 곽예주였다. 중간에 끼인 신세가 된 곽예주로서는 누구 편도 들지 못하고 저런 표정이 될 수밖에 없었으리라.

소이보는 품을 뒤져 무언가를 꺼낸 뒤 울지도 웃지도 못하는 묘한 표정을 짓고 있는 곽예주를 향해 던졌다.

곽예주가 허공에서 잡아채 살펴보고는 눈을 동그랗게 뜨고 중얼거렸다.

"아니, 이걸 어떻게?"

곽예주의 손엔 조금 전 쏘아 보낸 화살이 들려 있었다.

"오다 주웠어."

소이보는 짧게 말하고는 웃었다. 소리없이 입은 한껏 벌린 채.

"후아~"

그와 동시에 멈춰 서 있던 혈랑대원들 사이에선 감탄의 한숨이 새어나왔다.

과연 요안다웠다. 아니, 듣던 것보다 더욱 굉장했다.

곽예주의 앙증맞은 장난감 활은 결코 만만하게 볼 물건이 아니었다.

특히 이마와 목 한가운데를 꿰뚫려 죽은 많은 사람들은 귀신이 돼서도 입에 거품을 물고 고개를 끄덕일 정도로 위력이 있었다.

미찰극(未察隙) 영염라(迎閻羅).

그 틈을 보기도 전에 염라대왕을 만난다는 여섯 글자가 매달려 있는 활과 화살이었다.

위를 향해 쏘면 옥황상제 거시기 털도 맞출 거란 우스개가 떠돌 정도로 사거리가 길고 정확도가 높았다.

그런 화살을 숨 두 번 몰아쉬기도 전에 손으로 잡아채 왔다니 혈랑대원들이 놀라는 것도 무리가 아니었다.

정작 쏘아 보낸 곽예주마저도 눈을 동그랗게 뜨고 중얼거릴 정도였으니.

"어떻게……?"

하지만 곽예주의 질문에 대한 답은 한쪽 구석에 나른하게 쪼그려 앉아 있던 지반월의 입을 통해 나왔다.

"오다 주웠다잖아."

지반월은 짧게 말하고는 나른하게 기지개를 켰다. 늘어지게 하품을 해선지 눈엔 눈물마저 그렁그렁 달고는 흘깃 소이보를 보며 말했다.

"단 지금 주워 든 게 아니라는 거 재미없게 만들지만 말이야."

소이보가 지반월을 보고 히죽 웃었다.

하지만 파랗고 잿빛인 두 눈동자는 반짝이고 있었다.

빠른 사내였다. 행동은 게으른 듯했지만 곽예주가 강조하던 빠른 눈치를 가진 사내였다.

지반월의 추측대로 곽예주의 화살은 어젯밤에 주운 것이었다.

막내제자의 발밑에 박혀 깃털을 파르르 떨었던 화살.

길길이 뛰며 '미친 연놈' 운운하는 막내제자를 향해 본때를 보이려 쏘아 보낸 화살이었다.

소이보가 지반월을 보며 말했다.

"눈치는 빠르군."

지반월이 소이보의 웃음을 흉내 내려는 듯 히죽 웃고는 대답했다.

"너 역시."

소이보는 재빠르게 일의 앞뒤를 살핀 지반월의 재주를 말하는 것이었고, 지반월은 남몰래 화살을 갈무리해 둔 소이보의 세심함과 치밀함을 말하는 것이었다.

언제 어디서 적으로 마주칠지 몰라 곽예주의 화살을 주워 살핀 소이보의 깊은 계산과 은밀한 행동에 놀랍다는 듯 지반월이 눈을 가늘게 뜨고 소이보를 쳐다보고 있었다.

하지만 아직 아무것도 눈치채지도 못하고 이해는 더 더욱 못하는 사람이 커다랗게 물었다.

"무슨 일이야? 뭐가 어떻게 돌아가는 거야?"

커다란 눈을 끔벅대며 둔비가 지반월과 소이보를 번갈아 쳐다보면서 물었다. 곧 옆에 있는 부홍이 얼굴을 붉게 물들이고는 둔비의 옆구리를 손가락으로 콕콕 찌르고 한쪽 방향을 가리켰다.

모든 사람의 고개가 일제히 부홍의 손가락이 가리킨 방향으로 향했다.

그리고 거기 있었다. 붉은 옷을 걸친 차디찬 얼굴의 여자가 얼굴보다 더 차가운 미소와 함께 걸어오고 있었다.

둔비가 이상하다는 듯 고개를 갸우뚱거리며 중얼거렸다.

"림주? 저년이 왜?"

분명 혼잣소리가 틀림없었지만 연무장 내에서 둔비의 목소리를 듣지 못한 사람은 아무도 없었다.

당연히 림주 이화림 역시 한쪽 눈썹 끝을 치켜 올리고는 둔비를 쏘아보았다.

하지만 오늘은 명륜지연이 있는 날이었다.

이화림이 거느리고 있는 요화림과 강요맹의 혈랑대 사이에 명패를 두고 피 튀기는 싸움 중인.

만약 삼팔구를 건드린다면 아이들 놀이판에 어른이 나타나 훼방을 놓는 꼴이었다. 더구나 손봐줘야 할 아랫놈이 위아래를 몰라보는 미친 삼팔구가 아닌가.

이화림은 가볍게 한숨을 코로 불어 내쉰 뒤 소이보를 쳐다보았다.

"물건을 되찾으러 왔다."

소이보는 히죽 웃었다. 이화림이 말하는 물건이 흡정편이란 걸 알기 때문이었다. 소이보가 웃는 입술 모양 그대로 말했다.

"언제든지."

이화림의 입 꼬리도 미묘하게 치켜 올라갔다. 자신이 말하는 즉시 모든 것이 이루어져야 한다는 듯 오만한 태도로 말했다.

"바로 지금."

소이보가 옆에 찬 검을 손바닥으로 툭 치고는 다시 웃으며 말했다.

"능력껏."

이화림의 눈썹 끝이 파르르 떨리고 목소리는 조금 뽀족해졌다.

"어리다고 봐줬더니 건방지구나!"

그 순간 햇살에 무언가 반짝였고 이화림은 급히 고개를 뒤로 젖혔다.

이화림이 눈을 있는 대로 부릅떴다. 조금만 더 치켜뜬다면 눈 꼬리 가 찢어질 것처럼 보일 정도였다.

하지만 이화림의 시선을 받는 곽예주는 태연히 손등을 이마에 붙이고는 주위를 두리번거리며 중얼거렸다.

"어머? 방금 전 화살이 시위를 잘못 먹여 튀어나갔는데 너희 혹시 못 봤니? 하여튼 늙은 년 피부와 오래된 활시위는 축 늘어져 못 쓴다니까. 얘들아, 혹시 못 봤냐니까?"

하지만 정작 지켜보던 혈랑대원들은 일제히 꿀 먹은 벙어리마냥 두 눈만 끔뻑거릴 뿐이었다. 누가 사실대로 '저, 제가 볼 땐 림주 쪽으로 날아갔는데요. 까딱 잘못했으면 계집년 하나 죽일 뻔했습니다. 그런데 아무래도 진짜 죽이려고 쏜 것 같던데요?' 라고 말할 수 있단 말인가.

한 명은 미친 삼팔구요, 다른 하나는 요선보의 세 축 중 하나인 이화림이 아닌가.

급수(級數)부터 다른 사람들이었다. 혈랑대 위에 삼팔구, 삼팔구 위에 범우 대장, 범우 대장 위가 강요맹 대주였다. 적어도 이화림은 강요맹과 급수를 맞춰야 했고 삼팔구는 광견병 걸린 미친개와 급수를 맞춰야 했다.

높은 신분의 사람과 광견병 걸린 미친개의 드잡이질을 구경해 줄 용의는 있어도 싸움에 참가하고 싶은 생각은 정상적인 사람이라면 당연히 들지 않아야 했다.

결국 혈랑대원들이 그저 고개를 숙여 꼼지락거리는 자신의 엄지발가락만 쳐다보고 있을 때였다.

날카로운 시선을 던지던 이화림이 갑자기 교소를 터뜨렸다.

"쿄호호, 재미있구나."

순간 이화림의 신형이 바람으로 변했다. 연기로 화했다. 뿌연 붉은 환영이 곽예주를 덮쳐 갔다. 그와 동시에 곽예주가 일 장여 뒤로 물러섰고, 곽예주가 서 있던 공간을 이번엔 둔비가 덮쳤다.

정확히는 곽예주가 서 있던 자리를 점하고 있는 이화림을 향해서였다.

이화림은 변화가 심했고, 곽예주는 재빨랐으며, 둔비는 무식했다.

그저 두 팔을 넓게 벌리고 그 안에 들어오는 것이면 무엇이든 두 동강이를 내주겠다는 뜻을 온몸으로 나타내고 있었다.

붉은 그림자가 둔비의 가슴을 차고 하늘로 올랐다.

하얀 세 개의 섬광이 붉은 그림자를 향해 쏘아져 갔다.

섬광을 피해 붉은 그림자가 허공에서 휘돌고는 땅에 내려앉았다.

그리고 붉은 그림자 앞엔 사검정이 서 있었다.

긴 수염 앞에 꼿꼿이 새파란 예기를 뽐는 검을 들고서.

순간 모든 움직임이 멎으며 주위는 정적에 휩싸였다.

이화림이 사검정을 보고 싱긋 웃었다.

그리고 주위를 둘러보았다.

이화림의 앞엔 사검정이, 등 뒤엔 어느새 곽예주가 작고 앙증맞은 활을 들고 등을 겨누고 있었다.

이화림의 왼쪽 옆에선 지반월이 막 튀어나가려는 고양이처럼 쪼그리고 앉아 있었다. 두 손은 가슴에 교차한 채 어깨 어림까지 들려 있었고, 움켜쥔 손가락 사이엔 비도 여덟 자루가 들려 있는 채였다.

아마도 붉은 그림자를 향해 쏘아진 하얀 세 개의 섬광은 비도가 분명했고, 지반월의 솜씨가 만들어낸 것임에 틀림없었다.

반쯤 감긴 지반월의 눈은 여전했지만 그 얇은 틈 사이로 보이는 눈동자는 너무도 분명히 초점이 맺혀 있었다. 이화림을 향해서.

부홍만이 예외였다. 지반월과 마주 보는 자리, 이화림의 오른쪽 옆에선 부홍이 예상 밖의 일이라는 듯 눈을 동그랗게 뜨고는 안절부절못하고 있었다. 흡사 잔뜩 겁이라도 집어먹은 것처럼 부들부들 떠는 손을 올려 입에 물고는 기다란 손톱을 물어뜯고 있었다.

혈랑대원들은 어떻게 일이 돌아가는지 몰라 눈을 멍하니 뜨고 두리 번거리고 있었지만 소이보만은 분명히 볼 수 있었다.

이화림이 손톱을 세우고는 곽예주의 가슴을 뜯어내려 했다. 정확히 는 곽예주의 명패를 노린 게 틀림없었다.

곽예주가 서둘러 물러섰고, 둔비가 덮쳤지만 이화림은 당황하지 않 고 바늘 끝처럼 둔비 품으로 파고들었다. 이번에도 이화림의 목표는 둔 비의 가슴이었다. 정확히는 둔비의 목에 걸린 명패. 맞선 둔비의 주먹 에 처음 시도가 실패하자 곧 허공에 몸을 띄우고는 비틀어 팔을 뻗었 다. 둔비의 가슴 쪽으로. 두 번째 시도였다. 그 순간 지반월의 비도가 하늘을 날랐고 이화림이 피해 땅으로 내려섰다. 결국 이화림의 두 번째 시도 역시 무위로 돌아갔지만 긴장한 채 서 있는 것은 삼팔구 쪽이었 다.

그 모든 것이 시작되고 끝나는 것은 재채기 한 번 할 시간에도 미치 지 않았다. 그리고 무공의 우위가 드러났다.

이화림은 삼팔구 개개인보다 실력이 위였다. 하지만 삼팔구 중 세 명이 손을 합한 것보다는 아래였다. 그러나 꼭 그렇게만 볼 수도 없었 다.

이화림이 노린 게 명패가 아니라 생명이었다면?

또 삼팔구가 이화림의 의도를 알아차리지 못하고 전력을 다해 실력 을 쏟아 부었다면?

거기까지 생각하고는 소이보는 히죽 웃었다.

'생사에 관해 입과 머리로 논하는 것만큼 어리석은 것은 없지.'

아무도 모를 일이었다, 직접 겨뤄보기 전까지는.

◆ 第六章 ◆
출동

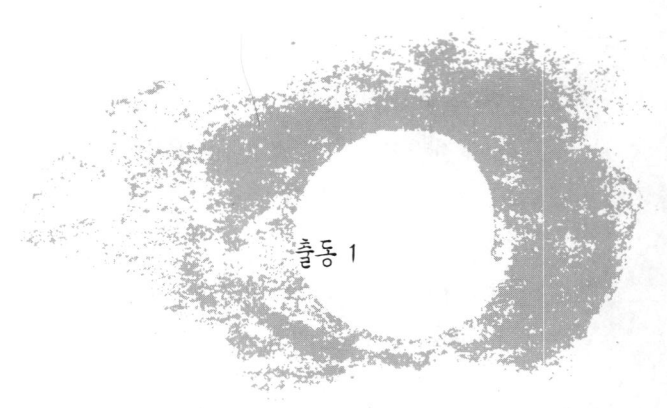

출동 1

"**무**슨 일인가?"

딱딱하고 낮은 목소리가 들렸다. 범우가 어느새 나타나 묻고 있었다. 범우의 시선이 이화림을 향했다가 다시 삼팔구 한 사람 한 사람을 훑었다.

지반월이 나른하게 감긴 눈으로 웃으며 대답했다.

"림주께서 심심하신가 봅니다. 그래서 놀아드린 것뿐입니다."

하지만 말과는 달리 지반월 손가락 사이에 끼어 있는 비도는 햇빛에 반사된 새하얀 빛이 더해질 뿐이었다.

이화림이 싱긋 웃으며 고개를 끄덕이며 말했다.

"그래, 재미는 없었지만."

지반월 역시 미소를 머금고 고개를 끄덕였다.

"언제든, 원하실 때마다, 능력껏 놀아드리지요."

지반월의 토막난 말 사이마다 묘한 여운이 깔려 있었다.

짧게 잘린 말들이 조금 전 소이보가 이화림에게 건넨 말들로 이어졌다는 것을 누구도 알 수 있었다.

"무슨 일이십니까?"

범우가 딱딱한 안색을 지우지 않고 이화림을 향해 물었다.

이화림이 머리카락을 귀 뒤로 넘기며 생긋 웃었다. 차가운 얼굴에 미소가 어리니 또 다른 매력이 있었다.

"아, 흡정편을 되찾으러 왔지. 저 아이에게서."

이화림이 가리킨 곳엔 소이보가 있었다. 범우는 말없이 소이보를 쳐다보았고, 그 순간 소이보는 이화림에 대한 평가를 조금 더 후하게 쳐줘야 한다는 것을 깨달았다.

무인은 이상한 존재였다. 적어도 소이보가 아는 무인은 그랬다. 무인으로서 무림에서 살아남았다는 것은 한 수의 재주가 있다는 걸 증명했다. 그 재주를 닦으려면 보통의 수련으로는 충분치가 않았고 치열한 고련을 겪어내려면 외곬수라야만 했다.

그리고 소이보가 아는 외곬수의 특징은 바로 하늘을 찌를 듯한 자부심이었다. 자존심이었다. 지기 싫어하는 옹졸함이었다.

적어도 자신의 무기를 상대에게 빼앗겼다면 부끄럽게 여기고 목숨을 걸고 되찾아야 할 일이었다.

하지만 이화림의 말과 행동은 흡사 맡긴 것을 되찾으러 온 사람의 태도였다. 그건 진정한 강자만이 보여줄 수 있는 태도였다.

주인이 아끼는 물건을 키우는 개가 물어갔다고 해서 자신을 개만도 못하다고 느끼는 주인은 없었다. 그저 개를 혼내고, 그것도 귀찮으면 그냥 물건을 뺏어와 잘 정돈해 둘 뿐이었다.

이화림이 보는 소이보는 그저 잘 물고, 잘 짖고, 잘 지키는 개에 지나지 않았고, 흡정편을 갈가리 물어뜯기 전에 얼른 가져와야겠다는 생각밖에 없는 듯했다.

범우가 소이보를 보며 물었다. 하지만 그 질문은 이화림을 향한 것이었다.

"흡정편 말입니까?"

말은 꼬박꼬박 올렸지만 마음에서 우러나온 것은 아니었다.

그저 자신보다 상관이니 그렇게 해야 한다는 듯한 태도였다.

"응."

하지만 이화림은 개의치 않고 고개를 끄덕였다. 범우가 강요맹을 대할 때의 태도 역시 마찬가지인 걸 알기 때문이다.

도리어 미묘하게 웃으며 말을 덧붙였다.

"급하게 쓸 데가 생겨서. 군림가까지 성녀를 데려다 줘야 해. 팔자에도 없는 호위를 맡게 됐거든."

이화림의 말에 소이보의 눈이 반짝였다. 하기야 성녀 정도라면 이화림이 배웅을 하는 것이 격에 맞았다. 하지만 왠지 모를 이상한 예감이 들었다. 뒷머리를 간질이는 이상한 예감이.

범우가 고개를 끄덕이자 소이보는 히죽 웃었다.

그리고는 길이는 짧고 품은 넓은 옷을 풀어헤치고 허리에 감은 흡정편을 끌렀다. 다른 사람이면 몰라도 범우가 원하는 일이었다.

범우가 원하는 일이라면 어쩔 수 없었다. 개인적인 인연 때문이 아니었다. 뺏긴 물건을 되찾는 일이다. 그것도 상사가 아랫사람에게 요구하는 일이었다. 그래서 범우가 고개를 끄덕인 것이다. 범우가 행하는 모든 것은 명분이 있었고, 규칙이 있었고, 위아래가 분명했다. 만약 아니라면 범우가 먼저 막았을 것이다.

"이문이 남지 않는 장사군. 아까워."

둔비가 투덜거렸지만 어쩔 수 없는 일이었다.

소이보가 흡정편을 던지자 이화림이 허공에서 잡아챘다.

아무렇게나 던져진 채찍이었지만 이화림 손에 들어간 채찍은 곧 생명을 다시 얻었다. 대가리를 꼿꼿이 세운 뱀처럼 허공 중에 꿈틀대더니 묘한 굴절과 함께 곽예주의 목을 감았다.

곽예주는 피하지 않았다. 그렇다고 가만히 있지도 않았다.

손에 든 작은 각궁을 좀 더 위로 치켜들어 이화림의 미간을 노릴 뿐이었다. 순간 둔비의 어깨가 움찔하자 지반월 손가락 사이의 비도가 다시 새하얀 빛을 토해냈다. 사검정의 검은 수염이 파르르 떨렸고, 부홍의 손가락을 물어뜯는 속도가 빨라졌다.

하지만 정작 태연한 것은 범우와 곽예주였다.

범우는 흡정편에 살기가 깃들이지 않은 것을 보았기 때문이고, 곽예주는 언제든 이화림의 미간을 꿰뚫을 자신이 있었기 때문이다.

채찍으로 자신의 목뼈를 부러뜨리려면 채찍을 잡고 있어야만 했다. 채찍을 들고 있는 이화림과 곽예주 사이는 불과 일 장여도 안 되는 거리.

그 정도 거리라면 충분했다. 자신있었다.

또한 목뼈가 부러지는 시간보다 활의 시위를 놓는 시간이 빨랐다.

그것 역시 자신있었다.

하지만 이화림의 표정은 여유있었다. 자신을 겨누는 활은 쳐다도 보지 않았다. 이화림의 시선은 소이보를 향해 있었다. 눈도 깜빡이지 않고 소이보를 보던 이화림이 말했다.

"야차녀(夜叉女)의 뺨을 때렸다더니 배짱은 좋군. 말 안 듣는 계집은 그렇게 다뤄야지."

순간 소이보는 혼란스러웠다. 야차녀라니? 이화림의 말과 표정은 분명 성녀를 말하고 있었다.

하지만 성녀라는 신성한 이름 대신 튀어나온 것은 야차녀란 말이었다. 그것이 성녀를 욕하기 위해 뒤에서 수군대는 말인지, 아니면 성녀를 부르는 또 다른 말인지 판단하기 어려웠다.

이화림의 채찍에 힘이 들어갔는지 곽예주 목에 더욱 친친 감겨들었다. 곽예주의 얼굴이 시뻘겋게 달아올랐다.

팽팽하게 당겨진 채찍만큼 곽예주가 들고 있는 활의 시위 역시 더욱 뒤로 잡아당겨지고 있었다.

하지만 이화림은 곽예주의 활에는 시선조차 주지 않고 다시 말했다.

"야차녀가 잘 있냐고 묻더라. 네가 무척 잘 있더라고 내가 꼭 전해주마."

소이보는 히죽 웃었다. 약간은 허탈했다.

성녀가 놓은 덫을 피하기 위해 뺨을 때렸다. 하지만 그것마저도 사람들의 호기심을 더 자아낸 지금 아무런 해명도 할 수 없었다.

도리어 호기심은 더욱더 증폭되리라.

이화림은 소이보의 웃음을 보자 하얀 이를 드러내고 웃으며 말했다.

"활의 시위와 여자의 피부는 늘어지면 안 된다는 말을 조금 전 들었다. 어때, 맞는 말 같지 않느냐? 아무래도 얼굴이 탱탱한 시체가 보기도 더 좋을 것 같으니 말이다."

곽예주 목에 감겨든 채찍이 더욱더 팽팽해졌다. 조여든 만큼 곽예주의 활시위 역시 뒤로 팽팽히 당겨졌다. 곽예주의 얼굴이 술 취한 사람처럼 붉어지고 관자놀이의 혈관이 도드라졌다. 작은 각궁은 부러질 것처럼 허리를 휘고 있었다.

이젠 범우도 태연히 두고 볼 수 없는지 무심한 시선으로 이화림을 쳐다보았다. 아무리 상관이라도 함부로 부하의 목숨을 취할 수는 없었다. 그것은 교훈 삼아 내리는 벌이 아니었고, 규칙에 위배되는 일이었다.

채찍이 곽예주의 목을 부러뜨리는 것보다 곽예주의 활이 더욱 빠를 것이다. 하지만 곽예주의 활보단 이화림 면상으로 날아갈 범우의 주먹이 더욱더 빠를 게 틀림없다고 소이보는 생각했다. 적어도 별림에서 겨뤄본 범우의 주먹은 소이보의 생각이 맞다는 걸 증명하고 있었다.

하지만 이화림은 소이보만을 쳐다보고 있었다. 세상에 소이보와 자신밖에 존재하지 않는다는 듯이.

이화림이 입을 열어 말했다.

"네 생각을 듣고 싶구나. 감히 야차녀의 뺨을 때린 너에게서."

이화림의 눈이 반짝였다. 소이보가 히죽 웃었다. 주먹을 들어 입으로 바람을 훅 하고 불고는 소이보가 말했다.

"그년만큼 단단할 거 같군, 네 아구통도."

소이보 말에 목에 채찍을 감은 곽예주가 '풋' 하는 웃음소리를 냈다.

이화림 역시 의외라는 듯 눈을 동그랗게 떴다가 어이없다는 듯 피식거렸다.

그 두 개의 웃음이 살기가 가득했던 분위기를 한결 누그러뜨렸다.

채찍이 다시 꿈틀거리더니 뒤로 물러나 이화림의 손목으로 감겨들었다.

곽예주가 가느다란 한숨을 내쉬며 각궁을 아래로 내렸다.

이화림이 생긋 미소를 띠고는 말했다.

"야차녀를 배웅하고 돌아와서 한번 보자꾸나. 누구 아구통이
더……."

말하다 말고 이화림이 다시 피식거리는 웃음을 웃었다. 자신이 생각
하기에도 우습기 짝이 없는 모양이었다.

자신이 언제 이런 시정잡배들이나 쓰는 말을 썼는지 까마득했다.

쓴 적이 있었던 것 같기도 했다. 하지만 까마득한 기억일 뿐이었다.

누구도 감히 자신과 눈을 맞추지 못할 정도로 신분이 높아진 후엔
없었던 것 같았다. 물론 미친 삼팔구는 제외해야 하지만.

이화림의 얼굴엔 화색이 돌았다. 가벼운 흥분마저 느끼는 것 같았
다. 이화림뿐만 아니라 범우 역시 콧구멍을 씰룩거렸다.

소이보는 이해할 수 없어 이화림을 바라보다 문득 곽예주가 했던 말
이 기억났다.

'우리? 우린 비적이었지. 멋지잖아?'

그랬다. 이들은 비적이었다. 아무리 겉으로 멋들어진 건물과 세력을
지녔다 해도 천성은 바꿀 수 없었다.

상스런 욕설과 피 튀기는 화끈한 전투.

요선보 사람들의 피를 뜨겁게 하는 두 가지이리라.

사람들이 모이고 세력이 커지고 규칙이 생기면서 점차 사라졌던 것
들. 세련된 품위와 고상한 몸짓들 사이로 멀어졌던 두 가지를 소이보
에게서 본 것이다.

무엇에도 지기 싫어하고, 모든 것에 반항하며, 내일은 생각하지 않
는 길들여지지 않는 삶.

한 마리의 늑대와 이리처럼 번질거리는 생기가 소이보에게 있었다.

그것이 강요맹이, 또한 범우가 소이보를 선택하고 끌어당긴 힘일지 몰랐다.

이화림이 웃음을 거두고는 소이보를 보고 말했다.

"그때 보자구. 그때. 피 튀기게 싸우고, 배를 가르고, 누구 창자가 더 긴지 재어보는 거야. 후회없이 그렇게."

이화림이 다시 말을 끊고 미소를 떠올렸다. 듣기에도 섬뜩할 만큼 흉포한 말이었지만 이상하게 살기는 보이지 않았다. 도리어 무슨 신나는 일을 계획한 것처럼 달뜬 표정으로 물었다.

"그런데 그년 아구창은 정말 단단하던가?"

소이보가 히죽 웃으며 대답했다.

"충분히."

이화림이 한쪽 눈을 찡긋 감으며 고개를 끄덕였다.

"좋았어."

이화림이 말 한마디를 남기고 몸을 돌려 걸어가다가 문득 멈추어 섰다.

부홍의 눈이 동그랗게 변해 자신 앞에 서 있는 이화림을 쳐다보았다.

이화림이 고개를 숙이고 부홍을 보며 싱긋 웃었다. 손가락 하나를 올려 자신의 입술에 가져다 대고 천천히 왼쪽에서 오른쪽으로, 다시 오른쪽에서 왼쪽으로 문질렀다.

촉촉하고 새빨간 이화림의 입술에서 부홍은 시선을 떼지 못했다.

"아직도 그 병은 못 고쳤지?"

이화림이 요사스럽게 웃으며 부홍에게 물었다.

부홍이 비칠비칠 옆 걸음을 걸어 커다란 둔비 뒤로 몸을 숨겼다.

그 모습을 본 이화림이 재미있다는 듯 웃었다.

"네놈이 우리 아이들에게 한 짓을 들어 알고 있단다. 결코 잊지 못하지. 너도 참 안됐다. 내가 피 값 하나는 제대로 받아내거든."

부홍이 아예 눈을 질끈 감고 고개를 둔비 등에 처박고는 흡사 학질이라도 앓는 것처럼 온몸을 부들부들 떨었다.

소이보는 고개를 갸우뚱거렸다.

지금 부홍의 모습이라면 곽예주의 말은 틀린 것이다.

제일 요란스럽게 신고식을 치렀고, 부홍 한 마리만 풀어놓아도 안심이라던 말과 지금 겁에 질려 떨고 있는 부홍은 전혀 어울리지 않았다.

'지켜보면 알겠지.'

소이보는 그저 말을 끝맺고 멀어지는 이화림의 등과 떨고 있는 부홍을 바라볼 뿐이었다.

소이보를 지켜보던 둔비가 조그맣게, 하지만 고막을 쩌렁쩌렁 울리는 목소리로 중얼거렸다.

"거참, 맘에 들었다 안 들었다 하는군."

둔비의 말은 분명 소이보를 가리키고 있었다.

범우가 삼팔구를 하나하나 둘러보다가 조용히 말했다.

"차라리 잘됐군. 출동이다."

짧고 딱딱한 말과 함께 범우는 몸을 돌렸다.

"으헥? 출동이요?"

둔비가 갑자기 무슨 말이냐는 듯 왕방울만한 눈을 크게 뜨고 되물었다.

범우가 고개를 끄덕이고는 다시 짧게 말했다.

"지금 즉시."

둔비가 미친 것 아니냐는 듯 고개를 갸우뚱거리며 되물었다.

"아니 그럼 명패를 파는, 아니, 명륜지연은요?"

"길어야 이틀이다."

범우는 뒤도 돌아보지 않고 대답했다. 명륜지연은 삼 일 동안이었다. 결국 하루가 남으니 걱정할 것 없다는 뜻이었다.

쪼그려 앉아 있던 지반월이 기지개를 나른하게 켜며 자리에서 일어났다.

"서둘러야겠군."

입맛을 다시며 지반월이 중얼거리고는 소이보를 힐끗 쳐다보았다.

소이보의 요안과 마주치자 지반월이 혼잣소리처럼 말했다.

"하루 동안에 명패를 팔고 또 되찾아오려면 말이야. 또 그동안 저놈 교육도 시키려면 빠듯해."

소이보는 그 순간 알았다, 다른 것은 몰라도 삼팔구는 한 번 문 것은 놓지 않는다는 것을. 아직도 소이보의 신고식을 포기하지 않은 것이다.

2

소이보가 곽예주를 쳐다보았다.

곽예주는 소이보의 생각을 알겠다는 듯 어깨를 가볍게 치고는 싱긋 예쁘게 웃었다.

"화끈하게 한 판 벌인다는 거야. 조금 전 미친년 때문에 생긴 울화를 어디에 풀어야 하나 하고 걱정했는데 잘됐지 뭐."

범우 입에서 출동이란 말이 튀어나온 이상 중요한 일이 벌어진 게 틀림없었다. 명륜지연을 제쳐 놓을 만큼 중요한.

하지만 삼팔구 사람들의 태도는 한가하기 짝이 없어 그저 휘적휘적 걸어갈 뿐이었다. 결국 출동을 준비하는 삼팔구보다 더 바쁘게 숨이 턱에 닿도록 뛰어다니는 것은 혈랑대원들이었다.

모여 있던 몇십 명이 조를 나누어 각기 방향을 달리해서 달려나가고 곧 얼마 되지 않아 더 많은 수로 불어나서 헐레벌떡 뛰어왔다.

삼팔구가 연무장에서 정문을 빠져나가는 동안 숨이 차 콧구멍을 벌렁거리는 혈랑대원 대여섯이 각자 무언가를 들고 양옆에 도열했다.

왼쪽에 셋, 오른쪽에 셋, 그리고도 무리 지어 뛰어오는 혈랑대원들 역시 처음 섰던 대원들 옆에 나란히 줄을 맞추어 서서 어느덧 긴 두 줄이 생겼다.

그 사이 길로 삼팔구 조원들이 털레털레 걸어나갔다.

흡사 나란히 도열해 출정(出征)을 나가는 장수의 환송식(歡送式)을 벌이는 듯한 모습이었다.

처음 선두는 지반월이 섰고, 맨 뒤가 부홍이었다. 그보다 몇 걸음 더 뒤는 소이보와 소이보의 소매를 잡은 곽예주였다.

곽예주는 어디로 튈지 몰라 겁이 난다는 듯 소이보의 소매를 잡아채다시피 꼭 부여 쥐고 있었다.

지반월의 게슴츠레 뜬 눈이 옆을 향했다. 발걸음도 멎어 있었다. 그러자 맨 앞에 도열해 있던 혈랑대원이 한 발 걸어나와 두 손을 공손히 앞으로 내밀었다.

혈랑대원 손에서 긴 천이 드리워졌다.

색은 보라색, 폭은 한 뼘이 넘고, 길이는 양팔을 활짝 편 것만했다.

그리고 그 사이에 그것이 있었다.

새하얀 단도.

조금 전 이화림을 상대할 때 지반월 손가락 사이마다 끼워져 있던 것과 같은 모양의 단도가 비단 천에 가로로 주루룩 끼워져 있었다.

폭은 두툼한 손가락만하고, 길이는 한 뼘이 조금 넘어 끼워진 천 양쪽 끝에 삐죽이 나와 있었다.

비도의 폭은 점점 날렵하게 줄어들어 도첨은 바늘 끝 같았다. 도척(刀脊:칼날 반대편 날이 없는 부분)은 오각으로 둥글게 깎여 있고, 도신엔 혈조가 파도 모양으로 파여 있었다.

하지만 칼의 무게를 줄이거나 상대의 피가 흐를 수 있게 파놓는 보통의 혈조와는 달랐다.

'아마도 소리 때문이겠지.'

소이보는 그렇게 생각했다. 칼이 바람을 가르며 날 때 일으키는 파공성을 없애기 위해 그 모양으로 파놓은 게 틀림없었다.

도파(刀把:칼의 손잡이)만 봐도 알 수 있었다. 손으로 잡고 흔들기에도 적당했지만 그보다는 손가락 틈새에 끼고 던지기에 더 적당한 모양새였다.

칼을 들어 베고 찌르는 것보단 날려 적에게 상처를 입히는 게 주목적인 수리검(袖裡劍)과는 또 다른 형태였다.

도인(刀刃:칼날)은 새파랗게 날이 서 있었다. 하지만 맨 아래쪽에 매달린 여덟 개는 날카로운 예기를 숨긴 검디검은 묵빛이었다.

'아마도 밤에 사용하는 것이겠지.'

소이보의 요안이 번뜩였다.

상대의 병기, 그것도 언제 부딪칠지 모를 상대의 병기라면 하나하나 눈여겨보아야만 했다.

소리없는 재빠른 비도. 더구나 그믐밤에 마주친다면 더욱 곤란해질 물건이었다.

지반월은 눈을 더욱 가늘게 뜨고 비단천을 조심스럽게 건네받았다.

비단천은 지반월의 손에 들려지자 몇 개의 조각으로 나누어졌다.

지반월은 붉은 옷을 헤치고는 제일 긴 천을 가슴과 배에 감고, 나머진 양 소매 안과 발목에 나누어 감고 옷을 추렸다.

소이보는 천에 매달려 있던 비도의 개수를 세고 다시 그 개수만큼을 더했다. 그리고도 다시 그 개수의 절반을 더했다.

조금 전 이화림의 대결에서 보았듯 이미 지반월에 몸속엔 방금 갈무리한 비도 외에 또 있을 거란 생각에서였다.

예측은 정확해야 했다. 부정확하다면 최악의 상황을 가정해야 했다.

지반월이 품속에 품은 비도의 정확한 개수를 모른다면 아예 지반월을 고슴도치라고 생각해 두는 편이 나았다.

지반월이 비도를 갈무리하는 사이 둔비 역시 자신의 무기를 건네받고 있었다.

둔비의 무기는 주인을 닮은, 아니, 더욱 무식해 보이는 것이었다.

짧은 쇠뭉치가 사슬로 연결된 기다란 봉이었다. 힘 좋아 보이는 혈랑대원 셋이 들고도 콧구멍을 벌렁거리며 힘들어할 정도로 크고 무거웠다.

편곤(鞭棍)이었다. 검은색의 기다란 봉인 편(鞭)은 길이가 육 척이 넘었고, 거기에 사슬로 매인 子편(子鞭)의 길이는 일 척 이 촌 정도였다.

한눈에 보기에도 무인의 무기라기보다는 말을 탄 병사들이 마상(馬上)에서 휘두르기에 더 적당해 보였다.

하지만 둔비가 더운 콧김과 함께 한눈에 보기에도 묵직해 보이는 편곤을 한 손으로 덥석 들어 올리고는 가볍게 돌리자 무시무시한 무기로 변했다. 부우웅 하는 바람 소리가 덩치에 걸맞게 으르렁댔지만 둔비 손에서 휘둘려지는 편곤은 가볍기 그지없는 몸짓을 보여주고 있었다. 그저 스치기만 해도 뼈가 부스러질 게 틀림없었다.

몇 번 가볍게 휘둘러 보고는 만족스럽다는 웃음과 함께 편곤을 땅에 곧추세워 내리자 쿵 하는 진동이 소이보의 발바닥을 간질였다.

편곤은 보는 것보다 더욱 무거웠고, 둔비의 신력(神力)은 상상을 가볍게 뛰어넘고 있었다.

곽예주 역시 마찬가지였다. 혈랑대원 한 명이 굳어진 얼굴로 무언가를 내밀었고, 곽예주는 화사하게 웃었다. 혈랑대원의 얼굴이 더욱 굳어졌다. 혹시 곽예주가 자신이 마음에 들어 '너무도 예뻐해 주는 일'이 생길까 걱정하는 표정이었다.

곽예주가 집은 것은 건(韃:활과 화살)이었다.

처음엔 작고 예쁘장한 요대(腰帶) 두 개인 줄 알았다.

하지만 허리에 처음 찬 것이 고건 또는 동아(筒兒)라고 불리는 동개임을 알아보자 자연히 두 번째 물건 역시 알아볼 수 있었다.

동개란 활과 화살을 꽂아 넣어 등에 메는 물건으로 활 꽂이와 화살 꽂이가 따로 있었다. 활 꽂이는 활이 반쯤 들어가는 통 모양이었고, 활 꽂이에 연결된 화살 꽂이에는 화살의 아랫도리만 들어가는 게 일반적인 모양이었다. 또한 차는 방법 또한 동개를 왼쪽이나 오른쪽 허리에 오도록 하고 화살 꽂이는 반대쪽으로 멘다.

하지만 곽예주는 달랐다. 먼저 활 꽂이가 없었다. 꽂아둘 활이 없기 때문이었다.

곽예주가 흑(黑), 녹(綠), 홍(紅), 금(金) 등의 색으로 아름답게 꾸며진 요대의 양끝을 잡고 발로 둥글게 휜 부분을 눌렀다. 곧 요대는 반대 방향으로 휘어졌고, 한쪽 끝에 매단 시위를 요대의 다른 반쪽에 걸자 커다랗고 날렵한 대궁(大弓)으로 변했다.

크기와 단단함으로 미루어보면 꼭 활을 쏘아 보내는 것만은 아닌, 손에 잡고 치고 후리고 내려쳐 부수는 것에도 사용하는 게 틀림없었다.

동개의 화살을 꽂는 부분은 더욱 아름다웠다. 칠채 보석을 박아 넣은 반달형 패각(貝殼)을 등에 메고 기다란 화살을 꽂자 곽예주 머리 뒤로 화살 끝이 삐죽이 나와 보였다. 그 모습이 공작이 꼬리를 화사하게 편 모습과도 같아 곽예주의 미모를 더욱 돋보이게 하고 있었다.

활시위를 당겨 탄력을 시험해 본 곽예주는 마음에 든다는 듯 웃었다. 곧 시위를 내려 다시 둥근 요대로 만든 후 허리에 차자 하늘에서 예쁜 여신장(女神將)이 내려온 듯했다.

'가까이 붙어 끝을 내야겠군.'

그런 곽예주를 보며 소이보는 고개를 끄덕였다.

적어도 곽예주와 한 판 붙으려면 거리를 둔다는 것은 치명적이었다.

손끝에서 팔꿈치 사이의 공간만 두어야 했다.

커다란 대궁으로는 백여 장 밖에서도 죽일 수 있었고, 머리에 얹은 작은 각궁으로는 백여 장 안의 공간을 점할 수 있었다.

자신이 직접 본 곽예주의 궁술은 신기에 가까웠기에 곽예주가 활을 잡은 손을 뻗을 수 있는 공간을 준다는 것은 목숨을 내맡기는 일이었다.

소이보의 시선이 이번엔 사검정을 향했다.

사검정은 그저 도열한 혈랑대원들 사이를 묵묵히 걸어갈 뿐이었다.

'하긴……'

소이보는 고개를 끄덕였다. 커다랗고 기다란 고검.

사검정의 무기는 그것뿐이었다. 하지만 그 검의 기세가 주인의 반만이라도 닮은 몸짓을 보여준다면 그것 역시 굉장할 게 틀림없었다. 절대 만만히 볼 물건이 아니었다.

사검정뿐만 아니라 부홍 역시 아무런 무기도 들지 않았다.

그저 도열한 사람들 사이를 지나간다는 것이 부끄럽다는 듯 고개를 푹 숙인 채 걷고 있었다. 혈랑대원 그 누구와도 시선을 맞추지 않으려는 게 틀림없었다.

부홍이 혈랑대원의 시선을 피하려 한 것처럼 혈랑대원들 역시 한 사람의 시선을 피하고 있었다.

새파랗고 잿빛인 두 눈동자. 바로 소이보였다.

시선이 어쩌다 스쳐도 곧 고개를 돌려 먼 곳을 보거나 아예 두 눈을 질끈 감아버렸다.

아마도 요안이 사람들의 영혼을 홀린다는 말을 철석같이 믿거나, 아니면 공연히 눈을 맞춰봐야 득 될 게 없는 개 같은 성질의 소유자로 소이보를 점찍은 게 분명했다.

그리고 전혀 의외의 인물이 있었다.

혈랑대원들이 두 줄로 도열한 끝. 바로 거기에서 너무도 반갑다는 듯 함박웃음을 웃으며 삼팔구 조원들을 기다리고 있었다.

문기서였다.

하얀 탈은 쓰고 있지 않았다. 하지만 드러낸 맨얼굴이 진짜 탈이라는 것을 소이보는 잘 알고 있었다.

맨 끝에 서서 삼팔구에겐 너무도 낯선 물건인 웃음을 얼굴에 한가득 물고 있었다. 적어도 요선보 안에서 그토록 반가워 미치겠다는 듯 웃으며 삼팔구를 지켜보는 물건이란 없었으니까.

예기치 않은 인물을 전혀 뜻밖의 모습으로 기대하지 않은 곳에서 마주치는 것은 전혀 익숙해질 수 없는 경험이었다.

제일 먼저 지반월의 눈이 얇게 감겼다.

"저놈은?"

둔비가 커다랗게 속삭였다.

"그놈이지?"

둔비는 자신이 본 게 맞냐는 듯 곽예주를 보며 커다란 두 눈을 뒤룩거렸다.

곽예주가 고개를 끄덕였다.

"맞아, 재수없는 놈."

하지만 문기서는 삼팔구의 기대와는 전혀 다른, 아니, 감히 상상조차 할 수 없는 또 다른 모습을 보여주고 있었다.

두 손을 깍지 끼고는 정신없이 가슴패기 위에서 흔들어댔다.

흡사 십 년 만에 서방을 만난 아낙네가 흥분에 겨워 어쩌지 못하고 몸을 배배 꼬고 있는 모습을 보는 듯했다.

아니, 모습뿐만이 아니었다. 문기서의 사람 좋아 보이는 얼굴이 한 사람 한 사람을 들여다보고는 크게 외쳤다.

"정말 반갑고도 고마운 일입니다! 이런 영웅들과 함께 일할 수 있다는 것이!"

의도된 과장된 태도였지만 문기서를 처음 본 사람이라면 전혀 가식이라고 느껴지지 않을 게 분명했다.

태도에는 반가움이 흘러넘쳤으며 얼굴의 화사한 미소에는 정이 담뿍 담겨 있었다. 가식적인 표정과 행동이라고는 어디를 들여다봐도 보이지 않았다.

어이없다는 듯, 아니, 재수없다는 듯 지반월이 얼굴을 찡그리며 중얼거렸다.

"일? 함께? 그 재수없는 놈, 아니, 교 단주도 이번 일에 관심을 가지는지 몰랐군."

문기서가 교단서 아래에서 일하는 놈임을 알기에 물은 것이었다.

하지만 문기서의 대답은 전혀 기대 밖이었다.

"으응? 무슨 말입니까? 교 단주라니요?"

눈을 크게 뜨고 영문을 모르겠다는 듯한 표정으로 문기서가 반문했다.

만약 지반월이 문기서를 모르고 있었다면 '아, 그랬군. 미안허이'하고 대답했을 정도로 문기서의 표정에선 거짓이 없었다.

지반월의 눈이 더욱 가늘어졌다.

하얀 탈을 쓰고 있는 하얀 올빼미는 오래전부터 알고 있었고, 탈을 벗은 모습 역시 보았었다.

당연한 일이었다. 오래전도 아니고 바로 어젯밤이었다. 아니, 오늘 새벽에 보고 들었다.

웃음 띤 얼굴과는 전혀 어울리지 않는 살기에 젖은 음성과 눈빛.

하지만 지금 보고 있는 문기서는 전혀 다른 사람 같았다.

둔비 역시 같은 느낌이었는지 왕방울만한 눈알을 굴리며 물었다.

"이건 또 무슨 장난이냐? 참신하긴 하다만……."

하지만 문기서의 눈알 또한 데구룩 굴렀다.

그리고는 이해 못하겠다는 듯 고개까지 갸우뚱거리며 대답했다.

"장난이라뇨?"

그리고는 곧 주먹을 쥐고는 가슴을 쿵쿵 내려치며 힘있게 말했다.

"다른 건 몰라도 혈랑대원은 거짓말을 안 합니다."

"으잉?"

둔비의 눈알이 더욱 커졌다. 아니, 튀어나올 듯 부릅떠졌다.

언제 문기서가 혈랑대원이 됐단 말인가?

하지만 문기서의 옷은 붉었고, 표정은 결의에 차 있었다.

붉은 옷은 분명 혈랑대원이 입는 복장 그대로였고, 결의에 찬 표정 또한 삼팔구를 마주친 혈랑대원이 짓는 표정 그대로였다.

문기서가 곧이어 토해낸 말에 둔비의 눈은 아예 찢어질 듯 부릅떠져야 했다. 문기서가 더욱 결의를 다지는 듯 주먹을 힘껏 부여 쥐고는 외친 때문이었다.

"더우기 삼팔구로서는 더욱더. 나 문기서 혈랑대 삼팔구로서 거짓말은 절대 하지 않습니다. 적어도 명예가 뭔지는 아는 놈이니까요."

한동안 정적이 흘렀다.

하릴없는 바람만이 불어왔다가 곧 얼어붙은 분위기를 감지하고는 멀리 줄행랑을 놓았다.

모두 굳어진 채 아무런 말도 없었다.

언제 문기서가 혈랑대 삼팔구가 됐단 말인가?

"이건 또 무슨 개 같은 경우냐!"

둔비가 커다란 한숨을 덩어리로 토해놓았다.

문기서가 교단서 아래에 있던 하얀 올빼미라는 것을 모르는 혈랑대원들만이 멍한 표정으로 두리번거릴 뿐이었다.

문기서가 아무리 담이 커도 이런 장난을 칠 순 없었다.

무언가 알지 못할 이유가 있었고, 아마도 그건 흉흉한 계략일 게 틀림없었다.

삼팔구 조원들의 얼굴엔 하나같이 묘한 표정이 어렸다.

낙담한 듯, 분노한 듯, 우습지도 않다는 듯, 헷갈려 죽겠다는 듯한 모든 감정을 한데 섞어 얼굴에 처바른다면 나올 만한 기기묘묘한 표정이었다.

문기서가 그 표정이 재미있다는 듯 다시 함박 웃고는 소이보를 쳐다보았다.

소이보와 눈이 마주치자 문기서는 한쪽 눈을 찡긋 감았다.

표정만을 본다면 걱정 말라는, 아니, 이제부터 재미있는 일이 벌어질 테니 기대하라는 듯한 악의없는 웃음과 눈짓이었다.

소이보의 파랗고 잿빛인 두 눈이 반짝였다.

3

문기서가 물었다. 문기서 따위는 꼴도 보기 싫다는 듯 앞만 보고 걷고 있는 지반월을 향해서였다.

"어디로 가는 겁니까?"

지반월은 시선도 돌리지 않은 채 대답했다.

"범 대장 만나러."

둔비가 맞다는 듯 크게 고개를 끄덕이고는 더운 콧김을 내뿜으며 말했다.

"따져 봐야 해. 제길, 만약 저놈이 진짜 삼팔구에 들었다면 범 대장이고 뭐고 없어."

하지만 둔비의 뜻은 이루어지지 않았다. 맞닥뜨린 범우는 삼팔구 조원들의 얼굴과 문기서의 해맑게 웃는, 티끌 한 점 찾아볼 수 없이 윤기 나는 얼굴을 본 뒤 알겠다는 듯 고개를 끄덕이고는 단 한 마디를 내뱉은 때문이었다.

"강 대주 뜻이다."

그 말을 듣자마자 둔비는 콧구멍을 벌렁거렸다.

범 대장까진 어떻게 해볼 수 있어도 강요맹은 버거운 상대였다.

"무슨 생각인지 모르겠군, 교 단주는."

하지만 둔비와는 달리 지반월은 그저 나지막하게 뇌까릴 뿐이었다.

둔비가 그렇다는 듯 고개를 끄덕였다.

"치매야. 치매가 분명해. 치매도 지랄맞은 치매에 걸린 거라고, 대주는. 그런데 왜 단주야, 강 대주지?"

둔비가 지반월을 봤지만 지반월은 무언가 생각에 잠긴 듯 아무런 대답도 없었다.

곽예주가 고운 이마를 찡그리며 말했다.

"윗대가리끼리 통하는 게 있겠지 뭐."

문기서가 자신의 상관인 교단서를 움직였고, 교단서는 강요맹에게 부탁한 게 틀림없었다. 지반월과 곽예주의 생각이 그랬고, 그리 틀린 데는 없을 것이다.

강요맹 역시 나름대로 생각이 있겠지만 곽예주는 마음에 들지 않았다.

만약 그랬다면 문기서는 더욱 뛰어난 인물이었다. 자신보다 윗사람인 두 사람을 자신의 손바닥 안에 넣고 흔들 정도의. 그것도 강요맹과 교단서란 절대 호락호락하지 않은 두 사람을 말이다.

강요맹, 이화림, 교단서는 보주를 도와 요선보를 움직이는 실세였다. 그중 둘을 움직일 정도라면 요선보를 쥐고 흔들 수도 있다는 말도 되었다.

하지만 정작 문기서는 무슨 말이 오가는지 이해하기 힘들다는 듯 멀뚱멀뚱 서 있다가 범우를 보고 웃으며 말했다.

"출동이면 아무래도 말을 타는 거겠죠?"

범우는 아무런 말도 없었다. 그저 고개를 끄덕일 뿐이었다.

강요맹이 시킨 일이었다. 그래서 자신은 그저 문기서를 삼팔구에 집어넣었을 뿐이라는 태도였다. 범우는 항상 그런 사내였으니까.

정작 발끈한 태도는 둔비를 통해서였다.

"그럼 말을 타지 말이 너를 타겠냐?"

무슨 음모인지 몰라도 강요맹과 교단서가 짝짝꿍이 되어 만든 일이었다. 가서 따지기엔 상대가 너무도 컸고, 그래서 부아는 더욱더 치밀어 오른 것이다.

그러나 문기서는 다시 왜 그러는지 모르겠다는 듯 멍하니 서 있다가 사람 좋아 보이는 웃음을 웃을 뿐이었다.

삼팔구에게 말은 익숙했다. 하지만 모두 그런 것은 아니었다.

소이보에겐 말은 돈 많고 행세깨나 하는 사람들이 타는 물건이었고, 그래서 멀리 피해 돌아가야 할 물건이었다.

자신이 그 물건에 떡하니 올라탈 일이 생길지는 전혀 몰랐다.

"어머? 말을 못 타?"

곽예주가 별 신기한 걸 다 본다는 듯 소이보를 쳐다보았다.

그리고는 곧 인상을 찡그리고는 말했다.

"아참, 저 자식 때문에 너 옷 바꾸는 걸 깜빡했네. 하도 정신이 없어서."

인상을 찡그리는 것은 소이보도 마찬가지였다.

사타구니가 쓸려 나가는 듯한 그 통증 때문이었다. 사어피(沙魚皮: 상어 가죽)를 덧대어 만든 안장 때문이었다.

게다가 안장에 가만히 올라앉기만 해선 소용없었다. 말이란 움직이는 동물이었고, 소이보는 떨어지지 않기 위해 모든 힘을 다해야 했다.

말을 모는 일에도 기교가 필요한 법이다. 그것은 물속을 헤엄치는 자맥질처럼 무공과는 상관없는 일이었다.

도리어 힘껏 잡아당긴 고삐 때문에 말은 더욱 날뛰었고, 떨어지지 않기 위해 허벅지에 잔뜩 힘을 주었기에 말은 비틀거렸다.

높은 무공과 넘치는 힘이 도움은커녕 방해만 되고 있었다.

'제길!'

소이보는 속으로 이를 갈았다.

지금 타는 말은 소이보로서는 처음 보는 형태였다.

말은 승마용, 마차용, 경작용으로 각각 용도에 따라 얹은 마구가 달랐다. 하지만 지금 소이보가 타는 말은 그것과도 달랐다.

재갈과 고삐, 그리고 고삐를 말 머리에 부착하는 말굴레[馬勒]와 안장만이 같을 뿐 다른 기구들은 전혀 달랐다.

말 아래 길마나 멍에가 없으니 짐을 싣거나 수레나 쟁기를 끌기 위한 말이 아니었다.

또 붉은 마탁(馬鐸:말방울)만 하나 걸려 있을 뿐 굴레에서 재갈 쪽으로 늘어뜨리는 면식(面飾)이나 가슴걸이 장식이 없으니 부잣집에서 굴리는 승마용 말도 아니었다.

말의 얼굴과 가슴과 배를 가리기 위한 마주(馬冑)와 마갑(馬甲)으로 보아 전투에 쓰이는 것 같았지만 화려하고 작은 형태로 보아 꼭 그런 것만도 아닌 묘한 형태였다.

단 한 가지만은 분명했다.

말을 오르는 데 쓰이는 등자(鐙子)는 얇고 길었으며 안장의 앞은 낮았다. 안장 밑에 받치는 언치, 안장을 고정하는 뱃대끈[馬帶]과 가슴걸이[馬鞦]는 얇고 굵었다.

전체적으로 편안히 타는 것보다는 속력을 내어 달리는 게 주목적이었고, 무작정 달리는 것보다는 치고 빠지는 민활한 행동에 더 적합했다.

'당연하겠지. 이놈들은 비적이니까.'

소이보는 이를 물며 생각했다.

비적 중에도 그냥 비적이 아닌 향마(響馬)로 불리던 악랄한 마적(馬賊)이 틀림없었다. 북방의 대도들이 말을 타고 종을 울려 서로 암호를 전한다던 향마가 바로 이들이었다. 자연히 걷는 것보다 말 타는 게 더 익숙한 종자들이었고, 그래서 소이보의 낑낑대는 모습을 재밌다는 듯 지켜보고 있었다.

하지만 소이보에겐 말이란 '탄다'는 개념보다 '떨어지지 않는다'란 개념이 더 필요한 물건이었다.

말의 높이란 생각보다 높아서 타고 보니 땅에서 한참이나 높았다.

곽예주가 끊임없이 고삐를 잡아채라, 중심을 낮춰라 하고 잔소리를 해댔지만 말이란 머리로 익숙해지는 물건이 아닌 손발이 익숙해져야 하는 물건이었다.

가벼운 말발굽 소리와 함께 문기서가 소이보 옆으로 다가왔다.

지켜보다 영 안 되겠는지 고삐를 잡아채어 나란히 걸어가며 말했다.

"무공에서 중심을 지킨다는 말은 아시지요?"

알다마다.

"바로 그것입니다. 말을 탄다는 건 중심이 셋이 되는 겁니다. 나의 중심, 말의 중심, 그리고 말과 나의 중심. 그중 지켜야 하는 중심은 맨 마지막 겁니다."

입으론 쉽지.

"말도 꽤 중심을 잘 잡는 동물입니다. 그렇지 않다면 빨리 뛰질 못 했겠죠. 고수 역시 중심을 매우 잘 잡습니다. 그렇지 않다면 살아남질 못했겠죠. 그래서 두 중심이 부딪쳐 어그러지면 말도 힘들고 기수(騎手)도 힘듭니다. 훌륭한 고수일수록 힘들고, 좋은 말일수록 어렵죠. 중심을 놓아버리세요. 말에게. 그럼 말 역시 중심을 옮길 겁니다. 그래서 세 번째 중심이 생기는 겁니다. 말과 기수의 중심이라는."

이론은 그럴듯하군.

소이보는 미간을 찡그렸다. 하지만 보기보다 문기서는 꽤 훌륭한 교관이었고, 말 역시 훌륭했다. 요선보 같은 거대 문파, 그것도 향마 짓을 하던 문파에서 허수룩한 말은 뽑지 않을 게 분명했으니까.

소이보의 말 다루는 솜씨가 곧 능숙해졌다. 하지만 그래 봐야 달리는 것은 엄두도 내지 못하고 그저 떨어지지 않고 편안하게 앉아 있다는 것뿐이었다.

그나마 익숙해지자 문기서가 이번엔 더욱 어려운 문제를 냈다. 이번엔 달려야 한다는 거였다.

"그리 어렵진 않습니다. 중심을 맞추었으면 뜻이 통해야지요. 말과 기수가 한마음이 되는 겁니다. 뜻만 맞으면 고삐를 채지 않아도 제 갈 길로 가고, 눈을 감고 졸아도 정인의 집으로 향하곤 하지요. 말이란 게 영물이거든요."

말이 영물이란 말은 틀리지 않았다. 아니, 지나치게 똑똑했다.

자신이 위에 올린 물건이 말에 대해 전혀 모르는 물건이란 걸 눈치 채고는 앙탈을 부리기 시작했다. 무엇보다 말 스스로가 불편하기 때문이다.

거친 투레질과 함께 몸을 앞뒤로 흔들어 어떻게든 소이보를 눈치 못 채게 떨궈 버리려 하고 있었다. 문기서는 입가에 웃음을 가득 매달고는 말했다.

"아, 살살, 아주 살살 다뤄야 합니다. 여자를 올라탈 때처럼요. 처음이 어렵지 나중엔 하품 나올 정도로 간단한 일입니다. 여자 역시 뜻만 통하면 스스로 옷을 벗듯 말 역시 마찬가지입니다."

모르는 소리.

소이보는 말도 처음 타보는 것이었다. 사실 여자 역시 마찬가지였다. 어릴 때 몰래 엿보기만 했지 타본 적은 없었다.

그래도 문기서의 말은 일리가 있었다. 특히 뜻이 통해야 한다는 말은.

말이 조심조심 걷는 듯하더니 곧 뒷발질을 크게 했다.

소이보의 몸이 의지와는 달리 허공으로 붕 하고 떠올랐다.

하지만 잡은 고삐는 놓치지 않았다. 허공에서 몸을 돌려 앞으로 신형을 옮겼다. 떨어져 내리는 가운데 한쪽 손으로 말의 목을 쓸어내렸고, 다른 손으론 말의 어깨를 잡고는 말의 무릎을 가볍게 걷어찼다.

쿵!

믿어지지 않게도 말의 커다란 몸이 빙글 돌아 땅에 처박혔다.

추수(推手)였다. 별림의 할아버지와 손발을 얽고 씨근덕거렸던 세월이 가볍지 않았다. 힘으로 말을 패대기치기란 둔비에게도 쉽지 않은 일이었다. 하지만 소이보에겐 쉬웠다.

중심을 무너뜨리고 잡아당기다가 밀면 이렇게 되었다.

만약 태산이라도 어깨와 팔과 몸통과 발이 있다면 무너뜨릴 자신이 있었다.

말이 놀랐는지 거품을 물었다. 커다란 눈을 끔뻑거리며 상황을 잠시 파악하는 듯하더니 곧 앞 발굽을 허공에 차고는 버둥거리며 일어나려 했다.

소이보가 말의 갈기를 붙잡고 다른 한 손으론 재갈을 힘껏 부여 쥐었다.

말이 커다란 대가리를 털어내려는 듯 흔들다가 도리어 아가리와 갈기가 뜯겨지는 고통 때문에 멈추었다.

커다란 동굴처럼 뚫린 콧구멍에선 씩씩 더운 김을 내쉬며 말은 소이보를 쏘아보았다.

하지만 적어도 노려본다는 것에 있어선 소이보가 윗길이었다.

파랗고 잿빛인 두 눈과 마주치자 말의 요동은 어느새 거짓말처럼 멎어 있었다. 아니, 온몸이 꽁꽁 얽매인 듯 경직된 채 도리어 작은 경련이 푸드득거리며 말의 목을 타고 온몸으로 퍼졌다.

그 모습을 보던 둔비가 이해를 못하겠다는 듯 곽예주에게 물었다.

"말은 색을 구분하지 못하잖아?"

"색이 아니라 살기에 반응한 거겠지."

곽예주의 답변에 둔비가 고개를 끄덕였다.

살기에 반응을 한 것인지 아니면 소이보의 재주가 늘어난 것인지 몰라도 말은 곧 온순해졌다.

아직 소이보의 뜻대로 움직이진 않았지만 어떻게든 맞추려고 노력은 하고 있었다.

그 모습을 보던 문기서가 박수를 치며 웃었다.

"좋은 방법이군요. 자고로 말을 다스리는 사람이 천하를 다스린다 하지 않았습니까."

문기서의 말은 묘한 데가 있었다. 단순히 '강을 다스리는 사람이 천하를 다스린다〔能治水者治天下〕'는 말에서 물〔水〕 자와 말〔馬〕 자를 바꿔 말했지만 듣는 삼팔구로선 무던히 넘길 수 없었다.

말을 다스린다〔治馬〕는 뜻은 향마라 불리는 비적들에게 있어 노요(老搖), 즉 두목을 뜻하는 말이었다.

문기서는 농담 중에 소이보를 요선보의 주인과 동격으로 올려놓은 것이다.

향마 무리인 삼팔구로선 무던히 듣고 넘길 일이 아니었다.

지반월이 히죽 웃고는 큰 소리로 말했다.

"하나만 알고 둘은 모르는 군〔只知其一 不知其二〕!"

역시 널리 알려진 속담이었다.

곽예주가 지반월의 말을 받아 외쳤다.

"장수를 잡으려면 말부터 쏘아야지〔射人先射馬〕!"

곽예주가 문기서를 노려보며 한 말 역시 널리 알려진 속담이었다.

이번에는 말[馬] 자는 바꾸지 않았지만 뜻은 바뀌었다.

바로 문기서를 뜻하는 말이었다. 자꾸 마음에 안 들게 행동하면 혼내주겠다는 뜻이 들어 있었다. 소이보를 따르는 것은 좋지만 건방지다면 너부터 손봐주겠다는 뜻이 분명한데도 문기서는 그저 사람 좋아 보이는 웃음만 웃을 뿐이었다.

둔비가 질 수 없다는 듯 크게 외쳤다.

"암! 과부 사정은 과부가 아는 법이지[寡婦的難處, 寡婦知道]!"

큰 목소리로 내뱉고는 어떠냐는 듯 주위를 자랑스럽게 둘러보았다.

하지만 모두 생뚱맞은 표정으로 둔비를 쳐다보고 있었다.

둔비가 머리를 긁었다.

'아닌가?'

아무래도 아닌 것 같았다. 억지로 눈을 씰룩거리며 저마다 알고 있는 속담 한마디를 돌아가며 내뱉는 거 아니었냐? 하는 시선을 던져 봤지만 곽예주는 아예 외면해 버린 흐였다.

다행히 머쓱한 분위기를 소이보가 깨버렸다.

"부러질지언정 굽히지 않는다[寧死不屈]."

껄끄럽고 탁한 목소리.

역시나 잘 알려진 속담이었다. 그러나 지금 분위기대로라면 광오하기 짝이 없는 말이었다.

하지만 그 목소리의 주인은 그런 말을 할 자격이 있었다.

누구를 머리 속에 그리며 말했지는 몰라도 번질거리는 파랗고도 잿빛인 두 눈동자만 봐도 알 수 있는 일이었다.

말이 달리는 속도가 조금 빨라졌다. 하지만 그렇다고 소이보가 말에 익숙해진 것은 아니었다.

익숙해지지 않는 것은 말뿐만이 아니었다.

문기서 역시 마찬가지였다.

문기서는 여러 개의 얼굴을 가지고 있었다.

그 여러 개의 얼굴을 때와 장소, 그리고 필요할 때마다 번갈아 쓰고 있었다.

눈, 코, 입은 같지만 표정은 달랐다.

화를 내면 분노가 극에 달한 듯했고, 웃으면 너무도 우스워 땅을 구를 때의 얼굴이었다.

지금 역시 그랬다. 지금 쓰고 있는 얼굴에 굳이 이름을 붙인다면 '친숙함'과 '정감'이리라.

아무나 옆에 다가가 해닥거리고, 뒤에서 짐을 싣고 오는 사람들에게까지 다가가서 웃으며 짐을 옮겨 싣기도 했다. 고생 많다고 어깨를 두드리기도 했다.

뒤따라오던 이십여 명의 혈랑대원들 얼굴에서 드디어 미소가 번졌다.

미친 삼팔구에 이제야 제대로 된 인물이 들어온 것이다.

지랄맞은 미친 교두들만 보다가 이제야 인품도 괜찮고, 실력도 괜찮으며, 게다가 인간적으로 끌리는 괜찮은 교두를 맞이한 것이다.

하지만 그 모습을 보고 있는 소이보는 그저 히죽 웃었다.

혈랑대원들은 제일 지랄맞고 무서운 인물이 들어온 걸 전혀 모르고 있었기 때문이다.

◆ 第七章 ◆
실종

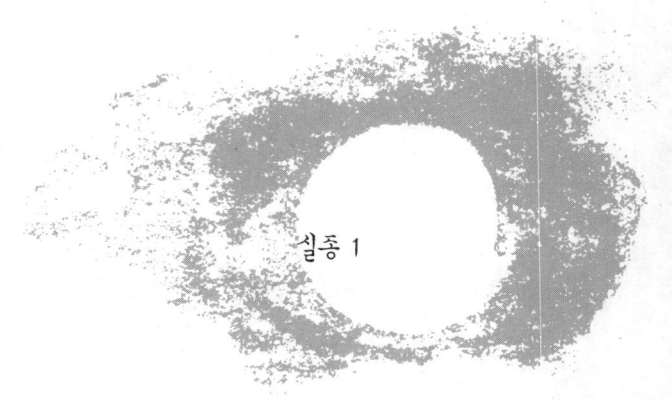

실종 1

일행의 행렬은 조촐했다. 하지만 우습게 여길 무림인은 하나도 없을 것이 분명했다. 행렬의 중심점이 요선보의 삼팔구이기 때문이다. 그것도 범우가 이끄는 혈랑대라면 문제가 완전히 달랐다.

범우와 삼팔구, 그리고 혈랑대원 스무 명 남짓이었다.

하지만 무게중심은 삼팔구에 있었다. 나머지 혈랑대원들은 그저 수하로 부리기 위해 동행한 게 틀림없었다.

그것은 혈랑대원들이 이끄는 말 등에 잔뜩 짐이 실려 있는 것만 봐도 알 수 있었다.

소이보가 말과의 씨름을 어느 정도 끝냈을 때 일행은 멈추었고, 곧 식사 준비를 하기 시작했다.

혈랑대원들이 말 등에서 짐을 끄집어 내리고는 쇠로 된 발(鉢)을 그릇 삼아 음식을 나누고 불을 지폈다.

둔비는 당연히 기뻐하는 표정이었고, 곽예주는 기분 나쁜지 인상을 찡그리고는 투덜거렸다.

"꼭 이래야 하는 거야?"

편안히 올 수 있었다. 대로를 지나 크고 멋진 객잔에서 맛있고 풍성한 음식을 먹을 수도 있었다. 그것도 아니라면 강물을 따라 배 위에서 편안히 누워 올 수도 있었다.

하지만 묘하게도 산길, 그것도 인적이 드문 곳만 밟아 길을 헤쳐 온 것이다.

"뒤통수를 치려면 어쩔 수 없지요."

문기서가 달래듯 웃음과 함께 말을 건넸지만 곽예주의 표정은 풀어지지 않았다.

"물론 군림가겠지?"

곽예주의 말에 문기서가 당연하다는 듯 고개를 끄덕였다.

"당연하지요. 그래야 재미도 있고."

문기서의 웃는 얼굴은 너무도 밝고 맑고 훤해서 젊은 처자들의 마음을 흔들어놓을 만했다. 생긴 것도 그만하면 미남이었고, 풍채와 목소리도 듣기 좋으니 풍류남아(風流男兒)가 가져야 할 모든 것을 지닌 셈이었다.

하지만 정감이 담뿍 어린 문기서의 시선에 곽예주는 나른한 기지개를 켜며 입맛을 다시는 걸로 대답을 대신했다.

소이보는 땀을 닦고는 한쪽 편에 앉았다.

곧 구수한 음식 냄새와 함께 쇠로 만든 주발이 소이보에게 건네졌다.

보기에도 살이 잘 오른 고기 몇 점이 잘린 채 국물 위에 떠 있었다.

그저 입에 가져다 대고는 국물은 꿀꺽꿀꺽 삼키고 국물 따라 입 안에 들어온 고기는 몇 번 씹어 넘기면 끝이었다.

만들기 편했고, 먹기 쉬웠으며, 휴대하기 간편한 방법이었다.

"그럼 군림가를 치러 가는 건가?"

소이보가 물었다. 곽예주가 눈을 동그랗게 떴다가 소매로 입가를 쓰윽 닦고는 대답했다.

"그걸 이제야 묻는 거야? 당연하지. 군림가 애들이 아니면 우리가 왜 이렇게 나서고, 이런 곳에서 이따위 음식이나 먹겠어?"

소이보의 눈이 반짝였다. 드디어 마도칠가에 속하는 다른 세력을 눈으로 보게 되는 것이다.

곽예주는 다시 입에 주발을 대고 몇 번 크게 들이킨 뒤 말했다.

"사실 우리보다는 군림가 애들이 불쌍하지."

곽예주가 군림가와 요선보 사이에 얽힌 일을 이야기하는 동안 소이보는 말없이 문기서를 쳐다보았다.

문기서는 정신없이 여기저기를 돌아다니고 있었다. 하지만 그것이 부산스럽다거나 경망스럽게 여겨지진 않았다. 발걸음에도 여유가 있었고, 웃음마다 기품이 넘쳤다.

혈랑대원들의 음식에 관심을 가졌는지 들여다보았다. 그리고 몇 마디 말을 건네자 혈랑대원들이 일제히 '와' 하고 웃는 소리로 떠들썩했다.

혈랑대원들의 어깨를 일일이 두들겨 주고는 자리를 옮겨 한쪽 구석에 앉아 있던 범우 곁으로 다가갔다.

문기서가 밝은 표정으로 뭐라고 한참을 중얼거리자 범우의 콧구멍이 몇 번 벌렁거렸다.

무언가 재미있는 이야기임에 분명했다. 그것도 아주 재미있는. 아니라면 범우의 콧구멍이 저런 반응을 보이진 않을 것이 틀림없었다.

그 뒤로도 범우의 콧구멍을 몇 번 더 씰룩거리게 만든 뒤에 문기서가 일어서자 이번엔 사검정 옆에 다가갔다.

아무리 노력한다 해도 사검정에게 반응을 이끌어내는 일은 불가능해 보였다. 소이보가 아는 사검정은 그저 고검을 매만질 뿐 콧구멍도 씰룩이지 않을 사람이었기 때문이다. 하지만 문기서는 노련했다.

사검정 곁에 앉자마자 감탄한 얼굴로 사검정이 매만지는 검을 가리키며 뭐라고 중얼거렸기 때문이다. 사검정의 고개가 돌아가며 머리를 끄덕였다. 다시 경쾌한 웃음소리와 함께 문기서가 몇 마디를 건네자 놀랍게도 사검정의 입술이 열렸다.

무언가 심각한 이야기라도 하는 듯 사검정의 표정은 굳어 있었지만 쉽게 입을 닫지는 않았다. 사검정의 표정과는 달리 문기서의 얼굴엔 해맑은 웃음이 가득 담겨 있었다.

문기서가 다시 사검정의 검을 손가락으로 가리키고 검법을 펼치는 것처럼 손을 허공에 몇 번 긋자 사검정이 고개를 저었다.

사검정의 입술이 다시 열리고 문기서는 감탄했다는 표정으로 고개를 끄덕였다. 너무도 성의있는 태도였다. 하지만 소이보는 알고 있었다, 적어도 문기서는 사검정 검법의 시작과 끝을 꿰뚫고 있으리라는 것을. 그리고 문기서의 검법이 사검정을 넘어설 거란 것 역시.

문기서가 커다란 가르침에 감사하다는 듯 해맑은 웃음과 함께 포권을 취하자 사검정의 고개가 다시 끄덕여졌다.

자리를 옮긴 문기서가 이번에 택한 것은 둔비였다.

자신에게 다가오는 문기서를 둔비는 커다란 눈알을 씰룩이며 노려보았다. 하지만 결코 음식이 담겨 있는 주발을 내려놓지는 않았다. 아니, 누가 뺏어갈까 걱정돼 이로 물고 있는 듯 보일 정도였다.

소이보는 그것이 일곱 번째로 먹고 있는 주발이란 사실을 알았고, 무슨 대화가 오가는지 처음으로 들을 수 있었다.

문기서가 나긋나긋한 태도로 뭐라고 중얼거리자 둔비가 크게 웃으며 고개를 끄덕였다. 어느새 일곱 번째 주발은 입에서 떨어져 있었다.

"내가 좀 그래! 하하! 자랑 같지만 말이야!"

둔비의 속삭임은 너무도 컸고, 그래서 둔비 얼굴에 왜 저런 표정이 떠올라 있는지 쉽게 알 수 있었다. 하지만 얼마 안 가 둔비의 얼굴이 곧 찌푸려지며 중얼거렸다.

"그런 놈들은 다 패대기쳐 죽여야 해!"

다시 문기서의 입술이 움직이자 둔비의 표정이 밝아졌다.

"그야 네놈한텐 어렵겠지. 하지만 나한텐 식은 죽 먹기라고."

이젠 아예 먹고 있던 주발을 땅에 내려놓은 뒤였다. 물론 둔비는 깨닫지 못했겠지만. 둔비는 단순했다. 단순한 만큼 한심했다. 소이보가 볼 때 문기서가 머문 시간은 둔비가 가장 적었다. 하지만 결과는 둔비가 가장 확실했다.

자리를 털고 일어서는 문기서를 향해 손까지 들어 올리며 크게 외쳤기 때문이다.

"언제 한번 술 한잔 하면서 얘기하자구. 내가 확실하게 알려줄 테니."

그리고 이번에 문기서가 고른 것은 지반월이었다. 아마 이때까지 만난 사람 중 가장 어려울 게 틀림없다고 소이보는 생각했다.

그때였다.

"듣고 있어?"

곽예주가 소이보를 보며 물었다. 한참을 이야기하는 중에 소이보가 딴청을 피우는 것처럼 보였기 때문이다.

소이보는 고개를 끄덕였다. 신경을 곤두세워 문기서의 행동을 지켜보고 있었지만 그렇다고 곽예주의 얘기를 흘려버리고 있는 건 아니었다.

군림가와 요선보는 앙숙이었다. 둘 사이가 앙숙이란 것은 마도칠가뿐 아니라 구대문파 역시 알 정도였다.

하지만 처음부터 앙숙은 아니었다. 사실 군림가와 요선보가 부딪칠 일은 없었다. 하나는 소금을 다루는 염효였고, 다른 하나는 그저 도적, 그중에서도 향마 떼에 지나지 않았다.

또한 군림가는 강소(江蘇) 양주(楊州)를 근거지로 했다. 천하의 물류가 모두 뱃길을 다투어 모이는 곳이 양주였고, 그중 소금이 가장 많이 모였기 때문이다.

요선보의 근거지는 호북(湖北) 무한(武漢)이었다. 하는 일도 빈둥대다가 남 등쳐 먹는 일밖에 없었다. 가끔 가다 호북의 패권을 두고 무당파와 아웅다웅하는 일밖에 없었다.

지역도, 하는 일도 달랐다. 겹치는 것은 하나도 없었다.

그럼에도 둘은 앙숙이었다. 앙숙일 수밖에 없었다. 요선보가 주로 등쳐 먹는 것이 바로 군림가의 등이기 때문이었다.

자고로 다른 사람을 도와주고, 그 이문을 얻는 것은 당연하고도 자연스러운 일이었다.

하지만 도와주기는커녕 가만히만 있어도 감사해야 하는 사람들도 있었다. 바로 도적들이었다. 비록 물건을 훔쳐 가진 않아도 존재만으로도 충분한 훼방꾼 노릇을 하기 때문이다. 군림가에게 있어 요선보가 바로 그런 존재였다.

소금을 강북과 중원에 내다 팔면 두세 곱절은 넘게 받았다.

아니, 수완만 좋다면 열 곱절까지 되는 일이었다.

그 이윤 중에 삼 할을 수적 떼들에게 내고 강을 건넌 후, 다시 삼 할을 녹림패들에게 내고 산을 넘는다 해도 팔 수가 없었다.

물목이 지나는 길목마다 버티고 서서 일일이 통행세를 받는 것이 바로 요선보였기 때문이다.

결국 울며 겨자 먹기로 거의 모든 이윤은 요선보 차지가 되었다. 물론 요선보에 떼인다 해도 소금 밀매는 이윤이 엄청나게 남는 장사였다. 하지만 이대로 간다면 결국 재주는 군림가가 넘고 돈은 요선보가 버는 게 된다.

군림가 역시 만만한 곳이 아니라 언제고 들이받을 기회만 엿본 지 오래였다. 그러나 대규모로 사람을 풀어 들이친다면 이번엔 마도본가를 맡고 있는 예영당이 가만히 있지 않을 것이다.

마도칠가의 중재 역을 자임하는 예영당이 잘됐다 싶어 군림가를 삼키려 들 게 뻔하기 때문이다.

이래도 안 되고 저래도 안 되어 이를 갈고 있는 게 군림가였다.

"하지만 이번에 좋은 기회를 맞이한 거죠. 바로 성녀의 행차."

문기서가 대화에 끼어들었다. 절묘한 시기였다.

이때까지 중얼대던 곽예주가 막 숨을 고르는 틈이었고, 말 역시 호기심을 잔뜩 당기고 있었다.

문기서는 활짝 웃으며 소이보와 곽예주를 번갈아 쳐다본 뒤 다시 입을 열었다.

"성녀를 맞이한다는 이유라면 훌륭하지요. 예영당의 눈치를 보지 않고도 대규모의 무인들을 풀어낼 수 있으니까. 성녀의 보호자를 자처하는 마도본가인 예영당이 어떻게 딴지를 걸겠습니까? 너무도 융성한 대접이고 넘치는 예의라 기분 나쁘다, 이렇게 말할 수는 없는 거니까."

"많아? 얼마나?"

곽예주가 묻자 문기서가 답했다.

"모르죠. 아마 수백은 넘는 걸로 알고 있습니다. 그래서 이 림주께서 비림을 움직였지요. 강 대주님도 흑랑대(黑狼隊)를 풀었구요."

일 대 일 드잡이질에 걸맞은 혈랑대보다는 전투 진형으로 대규모 기마전에 익숙한 흑랑대였다. 게다가 이화림과 이화림이 부리는 비림이라면 군림가의 무인이 수백이라도 충분했다.

"그럼 우린 왜? 군림가 놈들 언젠간 손봐줘야겠지만 그 정도면 충분할 거 같은데?"

곽예주가 잘됐다는 듯 문기서에게 물었다. 교단서 밑에 있던 놈이라 그런지 문기서의 정보력은 대단했고, 왜 삼팔구가 출동해야 하는지 이유도 알 수 있었기 때문이다.

보통 때의 출동에선 없었던 일이다.

범우는 그저 목표물과 죽여야 할 사람을 지적하는 게 전부였다. 언제, 어떻게, 어디에서 누구를 죽여야 하는지는 알았지만 '왜' 라는 이유는 빠져 있었다. 어찌 보면 정작 범우 역시 알지 못할지도 몰랐다.

"그야 물론입죠. 더욱이 성녀를 배웅하고 또 맞아오는 일인데 군림가 놈들의 간이 아무리 커도 도발은 감히 꿈도 못 꾸죠."

문기서가 웃으며 대답했다. 하지만 곽예주는 고개를 갸우뚱거렸다.

"그런데 왜 우리까지?"

"그 세력 중 일부가 옆으로 빠졌거든요. 대략 스무 명의 고수가 한 쪽으로 은밀히 빠져나와 신현(新縣) 쪽으로 향했으니 그게 문제지요."

"신현? 거긴 함풍장(含豊莊)이 있는 곳이잖아. 설마 그놈들 담이 크다 해도 군림가와 손잡을 리 없는데. 우리와 수상방 놈들 사이에 양다리를 걸치고는 있지만. 그거야 우리가 이해를 하니까 별문제 안 되고."

곽예주의 의문에 문기서가 고개를 끄덕이며 말했다.

"더우기 명문정파라고 거들먹거리는 놈들이니 그런 일이야 있겠습니까? 하지만 그 집에 두 명의 호교법신(護敎法身)이 들어갔으니 그게 문제지요."

"성녀의 호위를 맡고 있는?"

"예, 여섯 중 둘이 함풍장에 은밀히 잠입했다는 보고를 봤습니다요. 게다가 군림가 놈들도 함풍장 쪽으로 가니 무슨 일이 벌어질 건 당연한 거지요."

"잡아서 조져 보면 알겠지 뭐."

그제야 이해가 간다는 듯 곽예주가 고개를 끄덕였다.

그때쯤 식사와 휴식, 그리고 용변 보는 일까지 끝마쳤는지 행렬이 다시 꾸려졌다.

다시 말 등에 올라탄 소이보가 곽예주에게 작은 목소리로 물었다.

"호교법신이 뭐냐?"

곽예주가 눈을 동그랗게 뜨고는 대답했다.

"들었잖아. 성녀의 호위를 맡고 있다고. 아참, 너도 봤을 텐데?"

누군지 대강 알 만했다. 성녀라는 되바라진 년 옆에 충견처럼 붙어 있던 하얀 복장의 여섯이란 것을. 하지만 소이보가 묻는 것은 그게 아니었다.

"아니, 그 호교법신이란 게 성녀 쪽 사람이냐, 아니면 예영당 사람이냐구."

"그거야 예영당에서 파견된 사람이지."

소이보가 말의 고삐를 쥐었다 풀었다를 반복했다. 말을 모는 일에는 아무래도 빨리 익숙해지지 않았다. 익숙해지기엔 너무도 짧은 시간이었지만 그래도 마음에 들지 않았다.

조금 시간이 흐른 후 소이보가 다시 물었다.

"그럼 예영당에 충성을 하나? 아니면 성녀에게?"

곽예주가 잠시 생각해 보더니 고개를 저었다.

"글쎄? 아무래도 예영당 쪽 아니겠어? 그래도 혹시 모르지. 예영당은 그래도 신자가 많은 편이거든. 우리나 군림가는 성녀를 똥으로도 안 본 지 오래됐지만. 그런데 그게 뭐 중요한 일이라고 궁금해해?"

소이보는 가볍게 한숨을 내쉬었다. 하지만 새파랗고 잿빛인 두 눈빛은 더욱 분명해졌다.

소이보에겐 그게 중요했다. 자신의 예감과 생각이 맞다면 그것보다 더 중요한 것은 없었다. 어쩌면 자신의 목숨이 얽힌 일이었다.

2

소이보가 말을 타고도 거친 산길을 헤치는 게 익숙해질 무렵, 강 두 개를 건너야 했다. 미리 준비해 둔 듯 배가 마련되어 있었고, 그제야 서른 명도 안 되는 인원도 꽤나 많다는 걸 알았다.

급히 서둘러 비밀리에 준비해 둔 것치고는 제법 큰 배인데도 몇 번을 움직여야 도강(渡江)에 성공했기 때문이다.

제법 떠들썩했고, 이렇게 하다간 기습이란 말이 부끄러울 지경이었다. 애당초 뱃길을 헤쳐 오는 것만도 못했다.

하지만 삼팔구는 전혀 귀찮다는 표정이 아니었다.

요선보 사람이라면 당연히 말을 타야 한다고 생각하는 게 틀림없었다. 아마도 깊은 강물 속에 빠져도 말 등에 꼭 붙어 강바닥을 걸어 빠져나와야 직성이 풀리는 게 아닐까 싶을 정도였다.

아무리 겉모습이 바뀌어도 비적일 때의 습성을 버리지 못한 탓이었다.

어쩌면 조금 후 맞닥뜨릴 군림가 사람들 역시 뒤에 소금 포대를 짊어지고 있을지도 모를 일이었다. 아무리 거창하게 군림가란 이름을 내걸어도 염효였던 예전 버릇은 버리지 못했을 게 틀림없었으니까.

쥐새끼 같은 인상의 사내들이 포대 자루를 등에 짊어진 채 거창하게 자신들이 군림가 사람들이라고 부르짖는 장면을 상상하고는 소이보가 히죽 웃었을 때였다.

앞서 가던 범우가 손을 들어 올렸다.

모든 사람들의 동작이 일순 멈추었다.

말 역시 잘 훈련됐는지, 아니면 긴장된 분위기에 전염돼서인지 투레질 한번 하지 않았다.

범우의 고개가 뒤로 돌아가 한 사람 한 사람 얼굴을 살피더니 손가락을 펴 부홍을 가리켰다. 곧 속삭이듯 잔뜩 낮춘 목소리로 말했다.

"안선(眼線)!"

짧은 말과 함께 손가락을 옮겨 지반월을 가리켰다.

"찰구자(扎口子)!"

부홍을 안선으로 지반월을 찰구자로 선택한 것이다.

부홍과 지반월이 고개를 끄덕이고는 빠른 걸음과 함께 숲 사이로 사라졌다.

곽예주가 설명을 해주려는 듯 소이보를 쳐다보았다. 하지만 소이보가 히죽 웃으며 먼저 입을 열었다.

"염탐, 경계."

최대한 목소리를 죽여서 그런지 더욱 껄끄러운 느낌의 목소리였다.

곽예주가 맞다는 듯 고개를 끄덕이며 웃었다.

마도칠가니 성녀니 하는 말은 몰라도 안선과 찰구자란 말은 알았다. 어쩌면 요선보에 들어온 이후 처음 제대로 알아들은 말이었다.

바로 녹림의 은어였고, 뒷골목 도둑들의 흑화(黑話)였기 때문이다.

뒷골목에서 자란 소이보가 비적들의 은어를 알고 있는 건 그래서 당연했다.

도적 떼거리 중 안선이란 염탐을 하는 사람을 뜻했고, 찰구자란 주위의 경계를 맡은 사람을 뜻했다.

뒷골목의 잡스런 도둑들 세계나 요선보처럼 거대 문파의 세상이 다르지 않다는 것은 소이보에게 신선하게 다가왔다.

그리고 보면 무림 또한 다르지 않았다. 아무리 예쁘게 포장한들 퀴퀴한 냄새와 함께 질퍽한 썩은 구정물이 흐르는 뒷골목이었다.

염탐과 경계를 맡아 떠났던 부홍과 지반월이 돌아온 것은 예상보다 늦은 한 시진 후였다.

범우가 말없이 지켜보자 지반월이 웃으며 말했다.

"뭐, 별거없습니다. 군림가 놈들이 노리는 물건이 꽤 덩어리가 크더군요."

옆에 서 있던 부홍이 말없이 맞다는 듯 고개를 끄덕였다.

성질 급한 둔비가 물었다.

"그게 뭔데?"

"글쎄, 나도 모르지. 하지만 힘 좋은 표사 열둘이 간신히 들 정도로 무거운 궤짝 안에 무엇이 들었을까?"

"표사? 그럼 표국이?"

둔비의 물음에 지반월의 나른한 대답이 이어졌다.

"더구나 중원 오대표국 중 하나인 용성표국(龍聲鏢局)의 국주인 마진충(馬進忠)이 직접 나서고 총표두인 조충(曹沖)과 용성표국의 삼표두라는 양지(楊志), 왕웅(王雄), 관승(關勝)이 모두 나설 정도의 표물이라면?"

지반월의 대답에 둔비가 꿀꺽 침을 삼키고 대답했다.

"욕심을 내볼 만하지!"

용성표국이 중원에서 다섯 손가락 안에 들어가는 표국이 될 수 있었던 것은 단순히 마진충이 소림의 속가제자라는 점에 있지 않았다.

마진충의 무공이 뛰어나 소림 속가제자 중 세 손가락 안에 들어가기 때문만도 아니었다. 총표두인 조충과 표두인 양지, 왕웅, 관승 때문이었고, 그들 또한 소림의 속가제자들이었다.

그저 표두에 머물기엔 아까운 사람들이었다. 관승 한 명만 보더라도 커다란 표국을 만들어 국주 노릇을 해야 어울릴 정도였다.

하지만 그 모든 것이 용성표국이었기에 가능한 일이었다.

구파일방의 태산북두인 소림사의 전폭적인 지원을 받는 곳이 바로 용성표국이었기 때문이다.

그런 용성표국이 모든 밑천을 빼내다시피 비밀리에 운반한 표물이 무엇일지 상상이 가지 않는 것이다.

곽예주가 흥분으로 뺨이 발그레해져서는 말했다.

"모르긴 몰라도 대단한 것만은 틀림없어! 분명 무거웠다고?"

지반월이 미소를 띠며 고개를 끄덕였다.

"분명히. 들고 들어갈 땐 열둘이었지만 나올 때 궤짝은 단 두 사람이 가뿐히 들더군. 그렇게 무거운 게 무엇이 있을까?"

곽예주의 달뜬 대답이 뒤를 이었다.

"금이지!"

지반월이 고개를 끄덕이고 다시 물었다.

"군림가 놈들이 침을 질질 흘릴 만한 물건은?"

"금이지!"

"용성표국 모든 사람이 동원될 만한 물건은?"

"금이지! 아니면 황제밖에 없어, 그 궤짝 안에 있을 만한 물건은!"

그때 소이보의 요안이 번쩍였다. 급히 말을 몰아 지반월 쪽으로 다가갔지만 정작 멎은 곳은 부홍 앞이었다. 아직 말을 몰고 멈추는 일에 서툴기 때문이다. 그러나 소이보의 요안이 번질거리고 있었다.

손을 들어 부홍의 멱살을 잡고 앞으로 당겼다. 부홍이 당황한 듯 얼굴이 빨개졌다. 요안 소이보의 얼굴이 바로 코앞에 있었기에.

소이보가 긴장했는지 혀로 입술을 핥고는 물었다.

껄끄럽고 탁한 목소리였다.

"호교법신 둘이 함풍장에 들어간 게 시작이었지?"

부홍이 눈을 동그랗게 떴다. 갑작스런 행동에 느닷없는 질문이었다. 더구나 부홍은 알지 못하는 일이었다. 문기서와 소이보, 그리고 곽예주 사이에 오간 이야기이기 때문이었다. 물론 범우와 지반월 등등은 문기서의 말을 귀 기울여 듣긴 했지만 부홍은 아니었다.

다행히 문기서가 대신 대답했다.

"그래, 둘."

문기서의 얼굴이 굳어졌다. 말끝도 올리지 않았다. 긴장한 채 묻고 있는 사람이 요안 소이보였기 때문이다. 지옥 같던 시굴에서 가장 먼저 철문을 살펴봤던 소이보였다. 이번에도 무언가를 알아차린 듯 긴장한 채 묻고 있었다. 부홍을 선택해 묻는 것 역시 궁금해서라기보다 생각을 정리하려는 의도인 것 같았다.

소이보가 다시 물었다.

"군림가 놈들이 함풍장 쪽에서 무언가를 꾸미고 있고?"

"스무 명의 고수가. 그것도 은밀히."

다시 문기서가 대답했다. 소이보가 부홍의 얼굴에서 시선을 떼지 않고 물었다.

"그래서 우리가 출동한 거로군. 군림가 놈들이 뭘 하나 알아보려고."

하지만 정작 부홍은 겁에 질린 듯 두 눈을 질끈 감았고, 대답은 문기서 입에서 튀어나왔다.

"물론. 마주치면 인사말이 오가야 하고 말이 오가다 보면 곧잘 주먹이 왔다 갔다 하곤 했지. 그러니 요선보에서 신경을 곤두세울밖에."

대강 무슨 말이 오가는지 알겠다는 듯 둔비가 크게 말했다.

"우리가 주먹이 왔다 갔다 하는 일에 제법 조예가 있거든."

하지만 둔비의 말에 호응해 주는 사람은 없었다.

모두 긴장된 눈으로 소이보를 지켜볼 뿐이었다. 소이보가 껄끄러운 목소리로 다시 묻고 있었다.

"그런데 와보니 굉장한 표국이 무거운 표물을 함풍장 안으로 들여가 더라 이 말이군. 그것도 굉장한 사람들이 손수 옮긴."

소이보의 말에 이번엔 곽예주가 뾰족한 목소리로 지저귀었다.

"금, 금일 거야. 군림가 놈들도 그걸 노리고 온 게 틀림없어. 모두 조져 버리고 우리가 가지는 거지."

하지만 곽예주의 흥분은 오래가지 않았다. 소이보가 고개를 돌려 히 죽 웃는 얼굴로 곽예주를 쳐다보며 중얼거렸기 때문이다.

"결국 비밀은 하나도 없군. 모두가 은밀히 행동했는데도."

곽예주가 종달새 부리처럼 입을 뾰족이 내민 채 굳어졌다.

그러고 보면 그랬다. 확실히 소이보 말대로였다.

함풍장도, 용성표국도, 군림가도, 요선보도 모두 은밀히 행동했지만 모르는 사람은 이 중에 없었다.

요선보가 군림가의 행동에 신경 쓰는 것처럼 군림가 역시 요선보의 행동을 지켜봤으리라. 작은 군소 방파인 함풍가는 신경을 곤두세우고 주위를 살폈을 것이다. 용성표국 역시 일이 이렇게 되리라고 생각한 게 틀림없었다. 아니라면 마진충이 인재들을 탈탈 털어 함께 오진 않 았을 것이므로.

소이보가 고개를 돌려 부홍을 노려보았다.

"용성표국이 어디로 향했지? 함풍장을 나온 후에."

부홍이 눈을 뜨고 소이보를 쳐다보았다. 갑자기 웬 뜬금없는 질문인 지 모르겠다는 표정이었다.

소이보가 혀로 입술을 다시 핥았다. 파랗고 잿빛인 요안이 반짝였다. 껄끄럽고 탁한 목소리가 입술 사이를 비집고 나왔다.

"아니, 정확히는 궤짝이 어디로 향했지?"

부홍이 더듬거리며 대답했다.

"서, 서북쪽으로. 그런데 그거 비었을 텐데… 빈 궤짝은 왜?"

하지만 대답해 줄 소이보는 없었다. 서북쪽이란 말이 튀어나온 그 순간 고삐를 죄고는 말 엉덩이를 쳤기 때문이다. 말은 앞으로 튀어나 갔고, 소이보 역시 금세 멀어졌다.

"아!"

문기서가 그제야 알겠다는 듯한 감탄사를 내뱉었다.

곽예주가 멍한 표정으로 멀어지는 소이보를 보다가 문기서에게 급히 말했다.

"금은 내려졌다잖아! 빈 궤짝은 왜?"

문기서의 눈빛이 차가워졌다. 이번에도 지고 만 것이다. 요안 소이보에게. 조금 늦은 것뿐이었지만 그 조금이란 황하보다 더욱 큰 갈래를 만들어내고 있었다.

문기서의 차가운 대답이 돌아왔다. 대답이라기보다는 퉁명스런 타박이었다.

"그 안에 금이 없다는 데 내 목숨을 걸겠어요. 대신 돌덩어리들이라는 데 만 냥을 걸지요."

"돌덩어리? 돌을 옮기려 용성표국이 그 난리를 피웠다고?"

곽예주의 눈이 동그래졌다.

"용성표국은 표물을 옮긴 게 아닙니다. 옮길 표물을 건네받으려고 온 거죠."

문기서의 대답에 곽예주의 눈과 입이 동그래졌다.

"그럼……."

그제야 알겠다는 듯 지반월이 고개를 끄덕였다.

"그랬군. 함풍장에 물건을 전해주려는 게 아니라 함풍장에서 물건을 빼가려고 한 거야. 그리고 일부러 소문을 퍼뜨려서 군림가를 끌어들인 거지. 우리 요선보의 시야를 가리기 위해서. 돌덩어리를 놓고 군림가와 요선보가 아귀다툼을 벌이는 동안 여유있게 빠져나가겠다 이 말이었군."

지반월의 대답이 아마도 맞을 것이다. 하지만 맞다고 공증해 줄 문기서는 없었다. 소이보의 뒤를 따라 미친 듯 말을 달려갔기 때문이다.

문기서 뒤를 범우가 따르자 곧 삼팔구가 따랐다. 곽예주 역시 얼른 말을 몰아 달려나가며 큰 소리로 물었다.

"그런데 뭘 가지고 빠져나간 거지? 표사 두 명이 가뿐히 들었다면 가볍다는 얘긴데?"

아무래도 곽예주는 황금에 대한 미련을 버리지 못한 듯했다.

문기서가 뒤도 돌아보지 않고 대답했다.

"이미 말씀하셨지 않습니까. 황제라고!"

"……?"

곽예주는 정신이 없었다. 용성표국 모든 사람이 동원될 만한 물건이 뭐냐는 지반월의 말에 분명 자신이 말했다. '금이지! 아니면 황제밖에 없어, 그 궤짝 안에 있을 만한 물건은!' 이라고. 하지만 정말 황제가 들었단 말인가?

문기서가 뒤를 돌아보고 웃었다. 언제나처럼 윤기나는 얼굴에 해맑은 웃음이었다. 바람을 가르고 문기서의 커다란 목소리가 뒤따르는 곽예주 귀로 흘러들었다.

"아니라면 황제보다 더 귀한 그 무엇이겠지요. 우리 마도칠가에게는."

"그런 게 뭐가 있다고……."

곽예주는 말하다 말고 눈을 끔벅거렸다. 그런 게 하나 있기는 했다. 하지만 믿을 수 없었다. 곽예주의 눈이 자신 옆에서 함께 나란히 말을 달리던 지반월을 향했다. 지반월이 곽예주의 생각이 맞다는 듯 고개를 끄덕이고는 나른하게 반쯤 눈을 감은 채 말했다.

"성녀군!"

"그럴 리가!"

곽예주는 고개를 젓다가 문득 한 가지 사실을 깨달았다.

함풍장에 몰래 스며든 두 명의 호교법신!

만약 그 두 명이 호교법신이 아니라면? 아니, 한 명이라도 다른 사람이라면? 호교법신의 행동과 모습을 잘 알고 있는 가까운 사람이 호교법신인 것처럼 꾸민 거라면? 예를 들어 성녀 같은 사람이…….

곽예주가 입술을 꽉 깨물었다.

'눈치는 정말 빠르군.'

곽예주는 자신이 크게 놀랐다는 걸 솔직히 인정해야 했다. 지반월의 말귀 알아듣는 재주와 문기서의 넘겨짚어 아는 재주가 매우 뛰어나다는 것을. 그리고 소이보의 무섭도록 빨랐던…….

'물어봐야겠어!'

곽예주는 입술을 질겅질겅 씹었다. 그리고 소이보가 전에 물었던 질문을 이제야 이해했다.

예영당에서 파견된 호교법신이 성녀와 예영당 중 누구에게 진정 충성을 하겠냐는.

이젠 확실히 대답할 수 있었다. 예영당 쪽이라고. 아니라면 성녀를 납치해 가는 대담한 행동은 하지 않았을 게 분명함으로.

아니, 또 모를 일이었다. 납치가 아닌 도망일지도……

납치라면 제 발로 호교법신처럼 꾸민 채 몰래 함풍장 안으로 들어가 진 않았을 것이기에. 그랬다면 호교법신이 충성을 하는 대상은 예영당이 아닌 성녀여야 했다. 호교법신이 되려면 높은 무공만큼 신앙심이 두터워야 했으니까.

"글쎄……."

곽예주는 미간을 찡그리며 혼잣말처럼 중얼거렸다.

지금 다시 소이보가 묻는다면 호교법신이 예영당과 성녀 중 누구에게 충성하는지 확실한 대답을 해줄 수 없을 것 같았다.

어쩌면 이미 그때 소이보는 지금 같은 상황을 예측하고 있을지도 몰랐다. 그게 궁금했고 꼭 물어보고 싶었다. 정말 알았느냐고.

곽예주의 시야에 소이보가 들어왔다. 얼마 지나지 않아 곧 따라잡을 수 있었다. 한눈에 보기에도 아직 소이보의 말 다루는 솜씨가 서투른 때문이었다.

3

소이보를 처음 맞아온 것은 마삭(馬索)과 등패수(藤牌手)였다.

마삭은 길게 쇠사슬을 묶어 양쪽으로 늘여 잡아맨 것이다. 빠르게 달리는 기마병을 상대하기 위한 것이었지만 지금은 기마병에게 쓰기 위해서가 아니었다. 저들이 노리는 것은 삼팔구였다.

하지만 어쨌거나 마삭을 훌쩍 뛰어넘을 재주가 삼팔구에겐 없었다. 소이보에겐 더 더욱 없었다. 빨리 달리는 말 등에서 떨어지지 않으려 용쓰는 게 고작인 소이보였다.

이미 준비를 철저히 했는지 소이보가 고삐를 잡아채어 멈추기에도 너무 늦어 있었다. 소이보의 판단은 빨랐고, 행동은 더욱 빨랐다.

말 등을 손바닥으로 치고 허공에 몸을 띄웠다. 말은 마삭에 걸려 고꾸라졌지만 소이보는 가볍게 높이 솟아 뛰어넘을 수 있었다.

떨어져 내리는 소이보를 이번엔 등패수가 맞았다.

등패(藤牌)는 손가락 굵기의 등나무 줄기를 엮어서 전체 형태를 갖춘 방패였다. 생긴 것은 성글었지만 나무껍질로 등나무 줄기를 촘촘히 감아 화살과 창날이 뚫고 들어오지 못했다.

등패수는 모두 열둘이었다. 제각기 등패와 던지는 창인 표창(鏢槍), 그리고 한 손으로 휘두르는 짧은 요도(腰刀)를 들고 있었다.

등패는 나무 방패에 비하여 가볍고 습기에 강했다. 만들기도 쉬웠고 구하기도 어렵지 않았다. 언제든 쓸모없어지면 버리기도 아깝지 않았다. 하지만 효과만은 탁월했다. 상대의 긴 무기를 등패로 막고 안쪽으로 들어가 요도로 베고 찌르면 끝이었다. 방패와 함께 운용하는 도법이라 동작 역시 매우 단순했다.

지금도 마찬가지였다. 몸을 깊이 낮추어 등패로 상단을 방어한 채 허공에 뜬 소이보의 다리를 노리고 있었다.

등패의 중앙은 앞으로 튀어나왔고, 가운데는 움푹하며 바깥 테두리는 다시 앞쪽으로 솟아 있어서 화살이 안으로 미끄러져 들어오지 못했다.

하지만 소이보의 다리는 화살이 아니었다.

앞선 두 개의 등패를 밟고 다시 뛰어올랐다. 앞선 두 사람은 두 번 다시 일어서지 못했다. 그대로 주저앉아 피를 게워냈다.

말과 함께 치달려오던 무서운 속도와 소이보의 깊은 내공이 등패에 모두 쏟아졌기 때문이다.

소이보의 앞을 이번엔 네 개의 등패가 맞았다. 허공에서 소이보의 몸이 빙글 돌아가더니 곧 네 개의 방패 위로 화려한 발길질이 퍼부어졌다.

빠바바박!

요란한 소리와 함께 소이보의 몸이 반탄력을 얻어 다시 허공에 떠올랐다.

"선풍각(旋風脚)! 아니, 회류표(廻溜飄)?"

경악성이 소이보 앞에서 토해졌다.

염소처럼 기다란 얼굴이었다. 턱 아래 늘어져 달려 있는 수염 때문에 더욱더 그렇게 보였다.

소이보의 신형이 염소를 향했다. 아니, 쏘아져 간다는 말이 어울렸다.

염소 역시 제법 실력이 있는지 두 손을 가슴 앞에 열십(十) 자로 교차한 채 재빨리 방비했다.

하지만 염소는 입을 딱 벌려야만 했다.

붉은 옷을 우스꽝스럽게 걸치고 하늘을 펄펄 날아오는 소이보를 본 때문이었다. 파랗고 잿빛인 두 눈을 보았다. 그리고 그 두 눈이 살기로 번질거렸다.

"요안?"

소이보를 본 사람이라면 누구든 토해내는 한마디를 염소 역시 어김없이 토해놓았다. 갑작스레 마주쳐서인지 염소의 놀란 목소리는 다른 사람보다 한 뼘쯤 더 높았다. 그리고 소이보의 손이 염소의 손과 얽혔다.

찍고 가르고 풀어 헤쳤다. 단순한 손동작 하나에 염소는 두세 걸음 뒤로 물러섰다.

그제야 소이보가 발끝으로 땅을 찼다. 말에서 뛰어오른 이후로 처음 땅에 발을 디딘 것이다. 하지만 곧 다시 떠올라 팔을 길게 휘둘렀다. 염소를 공격하기 위해서가 아니었다. 옆에 찬 장검을 뽑기 위해서였다. 장검의 새하얀 검날이 햇살에 부딪쳐 눈부신 광채를 만들어냈다. 순간 염소는 눈을 찌푸렸다. 잠시 눈이 부시기도 했지만 그보다는 하얀 광채 사이로 파랗고 잿빛인 무언가가 번뜩인 걸 분명히 본 때문이었다. 가슴이 서늘해져 왔다. 급히 몸을 비틀어 피했다. 다행히 소이보의 공격은 이어지지 않았다. 무언가 급히 서두는 것처럼 염소의 옆을 스쳐 지나갈 뿐이었다.

"막지 마라!"

염소의 귀에 짧고 굵은 힘있는 목소리가 들렸다. 반사적으로 고개를 돌렸을 때 범우의 단단한 몸을 볼 수 있었다. 말의 요동치는 근육보다 올라탄 주인의 근육이 더욱 단단하고 탄력있어 보였다.

"막으면 죽는다!"

범우의 목소리엔 힘이 있었다. 그저 크고 낮게 으르렁댄다고 힘이 느껴지는 것은 아니었다. 실제 말처럼 행동할 수 있는 자가 으르렁댈 때만 느껴지는 힘. 바로 그 힘이 범우에겐 있었다.

범우는 성녀를 이대로 보낼 수 없었다. 요선보의 책임 문제였고, 그

것은 곧 범우의 책임이었다. 적어도 아직까진, 성녀의 배웅이 이루어
지지 않은 지금까지는 성녀의 보호는 요선보의 책임이었다.

보호할 가치가 있어서가 아니라 보호해야 하는 물건이기 때문이었
다. 그래서 범우는 서두를 수밖에 없었다.

염소가 인상을 찡그리고는 손을 들어 올리고 급히 뒤로 물러났다.
다른 사람들 역시 신속히 염소 뒤를 따랐다.

범우가 무서워서가 아니었다. 범우 뒤를 바짝 따르던 예쁜 계집 손
에 커다란 활이 들려 있는 걸 본 때문이었다.

곽예주의 활 실력은 마도칠가 사람이라면 누구든 인정하는 재주였
다. 빠른 화살에 말의 속도까지 더해진다면 막을 사람이 많지 않았다.

준비를 단단히 하고 함정을 파놓았지만 한 놈으로 인해 모두 어그러
졌다. 강한 기세로 마삭을 뛰어넘고 등패수 여섯을 물리친 후 자신 역
시 뒷걸음질치게 만든 것이다. 괴상한 눈동자를 지닌 요안이.

범우가 염소 앞을 빠른 속도로 지나갔다. 곽예주가 생긋 웃으며 지
나갔다. 지반월이 안됐다는 듯 눈을 가늘게 뜨고 혀를 차며 지나갔다.
짧은 순간 잘생긴 한 청년이 해맑게 웃으며 포권을 취했다. 홍안자 부
홍이 얼굴을 붉게 물들이고 스쳐 지나갔을 때였다. 커다란 덩치의 털
북숭이가 큰 소리로 말했다.

"궤짝 안에 들어 있던 거, 그거 니들 가져라! 우린 무거운 거 취미없
으니까!"

둔비가 껄껄 웃었다. 하지만 마주 웃는 사람들은 아무도 없었다. 둔
비의 큰 웃음보다 손에 든 편곤이 더 크게 눈에 들어왔기 때문이다. 그
리고 나머지 혈랑대원들이 지나갔다.

광풍이 휘몰아치다 멈춘 것 같았다. 한바탕 심술을 가득 부려놓고서

는 멀리 도망간 것 같았다. 조금 전 일이 흡사 꿈속처럼 느껴질 정도였다.

염소는 침울한 얼굴로 주위를 둘러보았다. 걸린 건 하나, 마삭에 걸려 넘어진 말 한 마리뿐이었다.

군림가가 또다시 요선보에게 호되게 당한 것이다. 그것도 미리 준비를 단단히 해둔 상태에서.

기습을 준비한 것은 자신들이었지만 도리어 기습을 당한 것이다.

새파랗고 잿빛인 두 눈을 지닌 놈에게서.

"요안!"

염소가 부들부들 떨며 허공을 보고는 크게 외쳤다.

옆에서 눈치를 보던 한 놈이 조심스럽게 물었다.

"어찌 됐든 그 물건은 우리 차지지 않습니까?"

사내의 말은 틀리지 않았다. 삼팔구가 달려나간 곳은 자신들이 노리던 함풍장과는 전혀 다른 방향이었으므로.

하지만 곧 염소의 쏘아보는 시선에 사내는 어깨를 움찔거렸다.

염소, 즉 초의혈수(焦衣血袖) 염량(廉亮)의 성질이 어떤지는 군림가에서 모르는 사람이 없었다. 초의혈수라는 별호답게 진짜로 염량의 옷이 불타오르고 소매에 피가 묻어날지 모를 일이었다. 바로 사내 자신의 피가.

염량이 분에 못 이겨 씨근덕대자 턱 밑 수염이 바르르 떨렸다.

"가자!"

염량의 말에 곧 뒤따를 준비를 하던 사내가 의외라는 듯 고개를 갸우뚱거리며 물었다.

"거긴 냄새 나는 요선보 놈들이 간 방향인뎁쇼?"

염량이 고개를 신경질적으로 돌리고는 사내를 쏘아보았다.

"비적 놈들이 쳐다보지도 않는 보물이 있더냐?"

사내가 목을 어깨 사이에 파묻고는 기어들어 가는 소리로 물었다.

"그럼 그게……."

염량이 다시 고개를 돌려 삼팔구가 달려간 방향을 쳐다보며 말했다.

"비적 놈들이 냄새는 잘 맡거든. 특히 굉장한 물건일수록 그렇지."

염량이 눈을 가늘게 뜨고는 혼잣소리처럼 중얼거렸다.

"뭔가 있는 게 틀림없어. 우리가 모르는."

염량이 손을 쥐었다가 폈다. 몇 번을 거듭해 같은 동작을 되풀이했다. 무언가 손에 잡히는 게 있다면 부숴 버리겠다는 듯한 태도였다. 아마도 머리 속에 조금 전 보았던 요안을 떠올리고 있는 게 틀림없었다.

한동안 생각을 거듭하던 염량이 결정했다는 듯 고개를 끄덕이고는 크게 외쳤다.

"모두 뒤를 따른다! 그놈들 뒤를!"

염량의 입가에 웃음이 떠올랐다. 천천히 뒤를 따르다 보면 언젠간 마주치게 되겠지. 그 괴상한 눈깔을 지닌 요안을. 염량의 웃음에 담긴 뜻이 그랬다.

"이리!"

범우가 말 아래로 몸을 숙인 채 손을 뻗자 그 손을 달려가던 소이보가 잡았다. 두 손이 얽히자 가볍게 몸이 떠올랐고, 범우 뒤에 앉을 수 있었다.

소이보가 곧 범우의 탄탄한 등을 감싸 안았다. 범우의 말을 다루는 솜씨는 이미 알고 있었다. 시굴에서 막 빠져나와 강요맹의 마차를 탔을 때 말을 다뤘던 사람이 바로 범우였다.

범우의 다리는 분명 둘이었지만 말을 탔을 땐 네 개였다. 말이 범우였고, 범우가 말이었다. 말과 사람이 하나로 엮이어 차고, 뛰고, 돌아나가는 모든 행동이 빨랐다.

자신이 몰던 때와는 또 달랐다. 떨어지지 않으려면 이번엔 말이 아니라 범우의 허리를 꼭 껴안아야 했다.

이렇게 가까이에서 범우를 대하기도 처음이었다. 땀으로 젖은 등과 옷 안에서 부풀어 오르다 수축되는 근육의 움직임이 역동적으로 소이보 가슴으로 전해졌다. 말과 범우의 거친 숨소리가 이상하게 편안하게 들렸다. 등에 기댄 소이보 뺨에 범우의 힘찬 심장 고동이 느껴졌다.

말을 다루고 또 급히 몰아대느라 경직됐던 소이보의 근육이 부드러워졌다.

"꼭 잡아라."

범우의 목소리는 다른 때와 달랐다. 아마도 기대느라 범우 등에 귀를 꼭 맞댔기 때문이리라. 범우 돋을 통해 직접 듣는 범우의 목소리는 이상하게 따뜻했다. 딱딱하기는커녕 부드러운 울림으로 전해졌다.

바람처럼 달리던 범우의 말이 기둥처럼 우뚝 멈추어 섰다.

하지만 소이보에게 조금의 충격도 전해지지 않았다.

범우의 말 모는 재주는 소이보의 생각보다 더욱 뛰어난 것이었다.

소이보는 눈을 감은 채 여운을 즐겼다.

'형… 형… 형…….'

소이보는 범우를 불렀다. 한 번도 아닌 여러 번을.

하지만 입을 열어 부른 것은 아니었다.

그저 마음으로만. 마음 깊숙한 곳에서만 울려 퍼지는 목소리였다.

"낙영객잔(樂迎客棧)?"

범우의 목소리가 들리자 그 순간 소이보가 눈을 떴다.

그러자 손가락을 들어 한쪽 방향을 가리켰던 낯선 사내가 곧 묘한 손 모양을 취했다. 검지를 굽히고 엄지를 폈다가 양쪽 손을 묘하게 얽어 괴상한 모양을 취했다.

소이보는 그것이 무엇인지 알았다. 소이보의 생각이 틀리지 않았다면 그것은 인상(印相)이 분명했다. 인계(印契), 밀인(密印), 수인(手印)이라고도 하며 그저 인(印)이라고도 불렀다. 밀교에서 유래된 것으로 손가락으로 여러 가지 형상과 뜻을 나타내었다. 자연히 인상의 종류는 수없이 많았고 종파마다 달라 그 뜻을 모르는 사람은 아예 해석조차 할 수 없었다.

소이보가 불교나 밀교를 잘 알아서 수인을 알아본 것은 아니었다.

뒷골목 깡패, 즉 광곤(光棍)들의 은어이기 때문이었다.

은밀히 행인의 주머니를 털 때 소리 내지 않고 뜻을 전하는 데에는 수인이 최고였다. 술잔을 든 손 모양에서 검지를 까딱이면 죽이자는 뜻이었고, 그 상태에서 새끼손가락을 펴면 좀 더 지켜보자는 뜻이었다.

하지만 지금 손가락을 얽은 채 손을 폈다 쥐었다 하는 사내의 수인은 좀 더 현란했다. 현란한 만큼 복잡했고, 복잡한 만큼 많은 뜻을 전할 수 있으리라.

뜻을 다 전했는지 수결을 맺던 사내가 종종걸음을 걸어 사람들 사이로 사라지는 게 보였다. 아마도 요선보가 박아놓은 첩자일 게 분명했다.

"흠."

범우의 낮은 한숨 소리가 끝날 때쯤에야 나머지 삼팔구 대원들이 도착했다. 범우가 뒤를 돌아보고 말했다.

"비림으로부터 연락이다. 성녀가 사라졌다, 바람처럼."

범우의 말에 역시 그랬다는 듯 문기서가 고개를 끄덕였다. 범우가 주위를 둘러보며 다시 말했다.

"용성표국은 낙영객잔에 있다."

범우가 몸을 돌렸다. 삼팔구가 뒤를 따랐다. 곽예주만이 마음에 안 든다는 듯 종알거렸다.

"제길, 무당 말코도사만 해도 신경 거슬리는데 이젠 소림 땡중까지 상대해야겠군."

아무래도 용성표국이 소림의 속가제자들이 만든 표국이라는 게 신경에 거슬렸다. 하지만 결코 두렵지는 않았다.

상대는 소림이지만 자신들은 요선보였다. 그것도 마도칠가 중 당당히 한자리를 차지하는.

◆第八章◆
추격

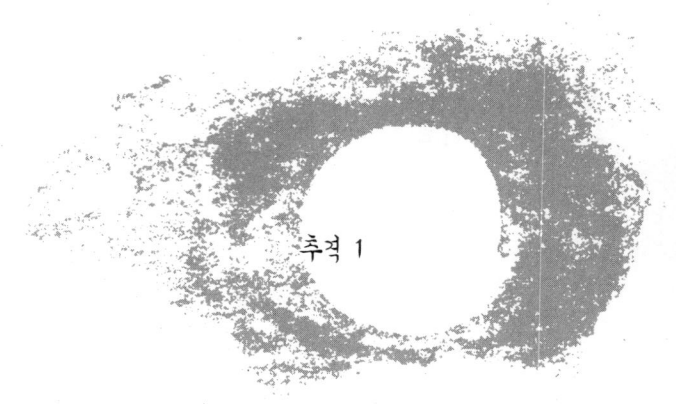

추적 1

낙영객잔은 생각보다 컸다. 총 삼 층으로 이루어졌고 용성표국 사람들은 이층에 머물러 있었다. 굳이 들어가 보지 않아도 알 수 있었다.

들어가는 입구 옆엔 거대한 표거(鏢車) 두 대가 매어 있었고, 이층 난간에는 커다란 깃발이 늘어뜨려져 있었기 때문이다.

깃발엔 용성표국 네 글자가 용이 날아갈 듯 꿈틀거리며 쓰여 있었다. 표국의 상징인 표기(鏢旗)였다. 더구나 그 옆엔 밤에 표기 대신 사용하는 표등(鏢燈)까지 나란히 꽂혀 있었으니 '나 여기 있소' 하고 떠드는 것이나 다름 없었다. 사실 표기와 표등이 그런 용도로 쓰이는 것이긴 했지만.

범우가 말에서 뛰어내리자 소이보가 그 뒤를 따랐다. 곽예주와 둔비 등 나머지 삼팔구 역시 조금 늦게 도착했지만 이층으로 오른 것은 거의 동시였다.

아직 짐을 다 정리하지 못했는지 입구 쪽에 모여 있던 표사 몇이 삼팔구를 보고 눈을 동그랗게 떴다. 범우가 이층으로 올라가는 계단으로 달려가며 손을 활짝 펴 흔들었다.

그 손짓에 뒤따르던 혈랑대원 스무 명이 일제히 낙영객잔을 포위했다. 스무 명으로 포위하기엔 낙영객잔이 너무 컸다. 하지만 의심스런 행동을 하는 사람은 충분히 감시할 수 있을 정도는 되었다.

소이보가 이층에 막 올랐을 때 이미 범우와 용성표국 사람들의 인사가 시작되었다.

"몸소 이렇게 전불(剪拂)을 해주시다니 몸 둘 데를 모르겠구려. 표첩(鏢帖)은 이미 올린 것으로 압니다만……."

정중한 태도와 여유있는 모습이었다. 각진 얼굴 한가운데 온갖 풍상을 겪은 티가 역력한 깊은 눈이 자리잡고 있는 사내였다.

용성표국의 국주인 마진충이 틀림없었다.

마진충은 예의를 한껏 갖추고 있었다.

전불이란 강도가 직접 인사 오는 것을 뜻하는 도둑들의 은어였고, 표첩이란 표국 사람들이 그 지역 녹림 강도에게 인사차 올리는 비단 천이었다. 사실 비단 천보다는 그 안에 끼워져 있는 돈이 더 중요한 문제였지만.

표국의 사람, 그것도 국주 정도 되는 사람 입에서 도둑들의 은어가 튀어나오는 게 우스웠다. 그러나 표국과 도둑이 머무는 공간이 결국 같다는 걸 생각하면 예의에 그리 어긋나는 건 아닌 모양이라고 소이보는 생각했다.

"마 국주를 뵈오."

범우 역시 포권을 취했다. 하지만 짧은 말 후엔 곧 주위를 둘러보는 것을 잊지 않았다.

그것은 마진충 역시 마찬가지였다. 범우 뒤를 따라 올라온 삼팔구 조원들을 둘러보고는 미소를 띠었다.

언젠가 이들이 들이닥칠 거란 걸 알고 미리 준비해 둔 듯한 여유와 미소였다.

"요선보의 혈랑대 식구들이 이 몸을 이토록 극진히 아껴……."

마진충의 말은 이어지지 않았다. 곽예주와 둔비, 그리고 부흥까진 웃으며 봤고, 문기서의 헌앙한 모습엔 고개까지 끄덕이는 여유를 보였 지만 끝내 입을 떡 벌리고 말았다.

소이보를 본 때문이었다. 정확히는 커다란 키와 새하얀 피부, 그래 서 더 두드러져 보이는 새파랗고 잿빛인 두 눈을.

마진충뿐만이 아니었다. 그 뒤에 서 있던 범우만큼이나 단단하게 생 긴 사내는 손으로 두 눈을 문지르고는 부릅떠 다시 소이보를 쳐다볼 정도였다.

뒤늦게 삼층에서 이층으로 내려온 지반월이 낮은 목소리로 말했다.

"없군요."

보통 때는 게으른 모습이었지만 어느새 일, 이층을 스쳐 지나 삼층 까지 훑어본 모양이었다. 하지만 없었다, 자신들이 찾던 궤짝은.

지반월의 말에 범우가 고개를 끄덕였다. 그리고 마진충을 보며 물었 다.

"궤짝은?"

흡사 밑에 부리는 사람에게 묻는 투였다. 어찌 보면 예의에 벗어난 것처럼 보였다. 상대는 용성표국의 국주였으며, 그보다 소림 속가제자 중 세 손가락 안에 들어간다는 고수로 더 유명한 마진충이었다.

하지만 마진충은 개의치 않는다는 듯 미소까지 떠올렸다. 범우의 성격과 무공을 모르는 강호인은 한 명도 없었기 때문이다.

무례한 게 아닌, 원래 그런 사람이라는 것을. 그래서 마진충은 웃으며 대답할 수 있었다. 몇 번 더 흘끔이며 소이보를 신기하다는 듯 쳐다본 후였지만.

"무슨? 아, 그 궤짝 말이오? 이미 표물을 옮긴 후라 필요없어 팔았소만. 값은 꽤 후하게 받았다오. 다행히."

범우는 웃지 않았다. 아니, 더 진지한 태도로 물었다.

"누구에게?"

마진충은 뒤를 돌아보며 물었다.

"아마… 늙은이였지?"

뒤에 서 있던 단단한 사내가 고개를 끄덕였다. 아마도 용성표국의 총표두인 조충이란 자가 틀림없었다.

"예."

하지만 그 뒤로도 대답은 이어졌다. 조충이 아닌, 그 뒤에 서 있던 세 명으로부터. 용성표국의 삼대표두라는 양지, 왕웅, 관승이었다.

양지는 삐쩍 말랐다. 손가락은 길었고 단단해 보였다. 소림 용조수(龍爪手)의 고수였기 때문이다. 말소리 역시 외모를 닮아 카랑카랑했다.

"그 늙은이가 좀 재수없게 생겼었지?"

왕웅이 고개를 끄덕였다. 왕웅은 우연인 듯 지반월을 쳐다보며 대답했다.

"누굴 좀 닮았더군."

옆에 서 있던 관승이 새하얀 이를 내보이며 활짝 웃었다. 그리고는 소이보의 요안을 재미난다는 듯 쳐다보며 말했다.

"좀 지랄맞은 종자들이 이쪽에 많이 사나 봐. 생긴 게 말이야."

소이보가 히죽 웃었다. 윗사람들 사이에서는 제법 예의를 차리지만 그 밑에 있는 사람들까진 아니었다. 서로 어르고 뺨 치고 이죽거리는 솜씨가 보통이 아니었다. 만약 윗사람 눈치를 보지 않았다면 말보다 주먹이 먼저 오갔을 게 분명했다.

소이보는 솔직히 예의를 갖추어 거들먹거리는 것보다 피와 땀 냄새 나는 이런 대화가 도리어 맘에 들었다. 그래서 히죽 웃었다. 별다른 뜻 없이 정말 마음에 들어서였다. 하지만 그 웃음이 상대에겐 다르게 다가간 모양이었다.

양지가 눈을 찡그리더니 다시 묘하게 입 꼬리를 말아 웃으며 말했다.

"저놈은 멍이 이상하게 들었군?"

왕웅이 말을 받았다. 아예 고개까지 외로 꼬아 소이보를 보면서.

"글쎄? 눈 주위에 멍든 건 봤어도 눈동자가 시퍼렇게 멍든 건 처음 봤네그려. 어라? 다른 쪽 눈은 허여멀쑥하게 죽어가는군."

분명 소이보의 요안을 두고 한 말이었다. 소이보는 재미있었다. 아예 뒤로 몰래 돌아 수군덕거리며 '요안' 어쩌고저쩌고하는 말을 들었다면 더 불쾌했을지도 몰랐다. 그래서 웃었다.

이상하게 뒷목의 솜털이 곤두섰다. 그건 살기였다. 마음에선 흥이 치미는데 몸은 살기를 북돋우고 있었다.

곽예주가 한 걸음 앞으로 걸어나왔다.

"그러면 재밌나?"

곽예주의 뾰족한 물음에 관승이 고개를 끄덕이며 답했다.

"당연하지. 만약 내가 털퍼덕 주저앉아 똥구멍을 핥아대면 너 같으면 재미나게 구경 안 하겠냐? 그러고 보니 미친년 짖어대는 것도 못내 재미있구나."

다른 건 몰라도 입심 하나만은 대단한 놈이었다. 또 미친 삼팔구를 앞에 두고 태연히 미친년 운운할 만큼 배짱도 있었다. 만약 무공이 입심과 배짱만큼만 있다면 고수가 틀림없을 거라고 소이보는 생각했다.

곽예주가 입을 동그랗게 말고는 고개를 끄덕였다.

"오호, 그래? 좋아, 좋아."

말로는 좋다며 연거푸 말했지만 곽예주의 속마음은 말과 다른 게 틀림없었다. 좋다는 말과 함께 손이 머리로 가 작은 머리 장식물을 살짝 뽑아 든 때문이었다.

그런 곽예주의 어깨를 누군가 슬쩍 내리눌렀다. 뾰족해진 눈 꼬리와 함께 곽예주의 고개가 돌아갔지만 곧 눈을 동그랗게 떠야만 했다. 자신의 어깨를 누른 사람이 바로 문기서란 걸 알아본 때문이었다.

곧 곽예주가 얼굴이 새빨개지며 버럭 소리라도 지르려는지 입을 벌렸다. 분명 '언제부터 네놈 간덩이가 이리 커졌냐!' 일 게 분명한 호통 소리는 그러나 토해지지 않았다. 문기서가 재빨리 시선을 돌리고는 포권을 취한 때문이었다. 용성표국의 국주인 마진충에게로.

"명성은 우레처럼 들었지만 직접 뵈오니 들었던 우레 소리가 도리어 지나치게 낮음을 알았습니다."

밝고 해맑은 얼굴과 듣기 좋은 목소리였다. 마진충이 얼른 손을 들어 역시 포권을 취하며 웃었다.

"과공(過恭)은 비례(非禮)라오. 얼굴 둘 데를 모르겠구려."

문기서는 당치도 않다는 듯 고개를 젓고는 다시 해맑게 웃었다.

"아니, 세상에 소림사는 몰라도 마 국주를 모르는 사람이 어디 있다고 그런 말씀이십니까? 당치도 않습니다. 못난 이 사람, 오늘 마 국주를 만난 것을 책에 적어 대대손손 내려줄 수 있음을 큰 복이라 여긴답니다."

이 정도 되니 마진충 역시 얼굴을 붉혔다. 지나친 말이었다. 비록 무림에 마진충 세 글자를 뚜렷이 남겼지만 면전에 대고 이런 말을 듣는 것은 낯간지러운 일이었다.

하지만 문기서를 향해 버럭 화를 내며 '네놈이 필히 나를 놀리는 게로구나!' 라고 호통 칠 수도 없었다. 그러기엔 문기서의 얼굴이 너무 밝았으며 활짝 웃는 웃음에서 조롱기란 전혀 느껴지지 않았기 때문이다.

그러나 문기서의 행동에 얼굴이 찌푸려지는 사람은 많았다. 모두 칼밥을 먹고사는 사람이었다. 지나치게 예의를 갖추고 고개를 숙이는 일 따위는 적성에 맞지 않았다.

자연히 왕웅이 엄지손가락을 코에 대고는 흥흥거리며 말했다. 자기 딴에는 문기서의 어투를 흉내 내려 한 게 틀림없었다.

"괜찮습니다아~ 제가 혓바닥에 얼굴의 개기름을 발라 조금 낭창낭창합지요오~"

왕웅이 코에 댄 엄지손가락을 제외한 나머지 네 손가락을 활짝 펴서 흔들었다. 인상까지 찌푸리면서. 문기서의 행동이 너무 구려서 냄새가 날 정도라고 놀리는 것이다.

그러나 화를 내야 할 문기서는 도리어 얼굴을 더욱 활짝 펴며 미소를 짓고는 말했다. 이번엔 자신을 놀린 왕웅을 향해서였다.

"아, 사실 한 가지 물으려 한 것뿐인데 냄새를 피워 죄송합니다. 제가 들으니 궤짝을 사간 늙은이가 아무래도 우리가 찾던 늙은이 같아서요. 아마도 폭삭 늙었겠지요? 그 늙은이 말입니다."

왕웅이 피식 웃었다. 이놈은 아예 밸도 없는지 욕을 해도 웃었다. 더

놀릴 마음도 안 생겼지만 어디까지 참는지 보고 싶었다.

"폭삭 늙었지."

그리고는 옆에 서 있는 관승을 쳐다보며 되물었다.

"아무래도 그랬지? 요선보주만큼이나 늙었지?"

관승이 웃으며 고개를 끄덕이자 왕웅이 문기서를 보며 진지하게 대답했다.

"그렇다는군. 요선보주만큼이나."

문기서가 왕웅의 말꼬리를 잡아채듯 재빨리 물었다.

"그럼 생긴 것도 추레하겠군요. 그놈이 꼭 사기꾼처럼 생기지 않았습니까? 물론 보시기에 우리 요선보주만큼 그랬겠지요? 생긴 것도 지랄맞구요. 물론 보시기에 우리 요선보주만큼이나."

문기서의 말에서 '요선보주만큼이나' 라는 말이 나올 때마다 재미있다는 듯 왕웅이 고개를 끄덕였다. 문기서의 말이 이어졌다. 보통 때보다 훨씬 빠른 속도였다.

"혹시 전에 보신 적이 있나 보군요? 그 늙은이를요?"

"내가 언제 봤겠나. 요선보주만큼이나 재수없는 늙은이는 흔하게 보는 물건이 아니라네."

"아, 처음 보셨다구요? 그럼 앞으로도 보실 일이 없으시겠습니다."

"없겠지. 난 다행이라 생각한다네. 요선보주만큼이나 재수……."

왕웅의 고갯짓은 더욱더 크게 위아래로 흔들렸으나 대답은 항상 같았다. 하지만 대답의 중간을 끊으며 문기서가 물었다.

"키는 크던가요?"

"크지."

"몸은 말랐구요?"

"말랐지."

"수염은 드문드문하겠군요."

"드문드문하더군."

둘 사이에 빠르게 오가는 대화. 숨 한 번 고르지 않고 흡사 대련을 하듯 빠르게 물었고 대답은 더 빠르게 튀어나왔다. 하지만 누구라도 알 수 있었다. 왕웅은 늙은이의 모습을 아무렇게나 둘러대고 있었다.

그저 그렇다고 고개만 끄덕거렸다. 누가 봐도 문기서를 놀리고 있다는 걸 알 수 있었다. 말랐다고 대답하긴 했지만 뚱뚱하냐고 물으면 뚱뚱하다고 그 즉시 대답이 튀어나왔을 게 분명했다. 지금 왕웅의 목적은 대답이 아니라 놀리는 데 있었기 때문이다.

물음은 더욱 빨라졌고 대답은 더 더욱 빨라졌다. 두 사람은 누가 오래 숨을 참고 말을 이어가는지 시합이라도 하는 것 같았다.

"이름도 모르죠?"

"모르지!"

"어디 사는지도?"

"당연히."

"잘됐군요."

"잘됐지."

"잡을 수 있겠지요?"

"운만 좋다면."

"그럼 족쳐 볼 수도 있겠군요."

"족치지! 아니, 족친다구? 자네가? 훗, 그분을?"

순간 왕웅의 비웃음이 딱딱하게 굳어졌다. 실수한 것이다.

문기서의 얼굴에 미소가 떠올랐다. 한눈에 보기에도 푸짐한 미소였다. 그리고 말했다. 이번엔 아주 길게 말을 늘여서.

"오호~ 그렇군요. 이름도, 나이도, 사는 곳도 모르는 딱 한 번 본 늙은이가 감히 용성표국의 표두인 왕웅 어른으로부터 그분이란 호칭으로 불리는군요."

왕웅의 얼굴에 낭패감이 떠올랐다. 상대는 이미 자신이 누구라는 걸 알고 있었다. 용성표국에서 가장 치밀하지 못하다는 평가를 받는 왕웅이었다. 아마도 그래서 미리 점찍고 질문을 시작한 게 틀림없었다.

왕웅이 당황한 듯 마진충 쪽을 흘낏 바라보고는 더듬거리며 말했다.

"그, 그야 나는 항상 늙은이, 아니, 노인 분들을 대접하고 예의를 갖추려 하는 사람이라서……."

변명은 구차했다. 방금 전까지 요선보주를 놀리고 재수없는 늙은이라 크게 말한 게 바로 왕웅이었다. 그래서 왕웅은 더듬거리던 입을 닫고 화가 난 듯 문기서를 쏘아보았다. 문기서가 그런 왕웅을 보며 활짝 웃었다.

둔비가 크게 한 걸음 앞으로 걸어나왔다. 그리고 자신 딴에는 조용히 으르렁댔다.

"어딨냐, 그 늙은이?"

만약 빨리 답을 안 한다면 들고 있는 편곤으로 대가리를 부숴 버리겠다는 뜻을 커다란 두 눈으로 너무도 확실하게 나타내고 있었다.

마진충의 안색이 딱딱하게 굳었다. 굳은 얼굴만큼이나 딱딱한 어투로 말했다.

"노인은 없네. 어디로 갔는지도 모르고."

마진충의 얼굴이 범우를 향했다. 마진충의 눈빛은 강했다. 내가 말했으니 너는 믿어야 한다는 뜻이 그 안에 있었다. 만약 믿지 않으면 단단히 혼내주겠다는 듯 마진충의 눈빛이 번뜩였다.

적어도 용성표국 국주의 말이었다. 아니, 그보다는 소림 속가제자의 말이었다. 거짓이나 허튼 말은 아닐 것이다. 하지만 그 말을 믿는 사람은 아무도 없었다. 단순한 둔비까지도.

어쩌면 마진충이 맡은 역할은 여기까지일지도 몰랐다. 그 이후의 일은 마진충으로서도 모를 게 확실했다. 그보다 더 윗선에서 치밀하게 계획된 일이었으므로.

범우의 콧구멍이 실룩거릴 때 소이보가 한 걸음 걸어나왔다.

히죽 웃고는 껄끄럽고 탁한 목소리로 물었다.

"그럼 여자는?"

마진충의 눈 꼬리가 올라갔다. 새파랗게 어린 놈이 감히 자신에게 반말을 건넨 것이다. 하지만 그걸 따질 시기가 아니었다. 잘못하면 요선보와 한바탕 겨뤄야 하는 것이다. 그 말은 곧 소림과 요선보 사이에 전쟁이 벌어진다는 말과도 같았다. 사소한 감정보다 지금 일을 잘 처리하는 게 우선이었다. 그래서 깊은 심호흡을 해 감정을 추스르고는 대답했다.

"여자는 없네. 살펴봐도 좋네."

그럴 줄 알았다는 듯 소이보가 고개를 끄덕였다. 그리고는 다시 물었다.

"여자가 있었던 적은?"

"역시 없었네."

마진충은 눈을 질끈 감았다. 거짓말을 하지 말라고 가르침을 받았다. 소림사 깊숙한 곳에서 무릎 꿇고 맹세까지 했다. 그래야 속가제자가 될 수 있었고, 지금의 마진충이 만들어졌다.

하지만 거짓말을 해야 했다. 자신이 지켜야 할 신념보다 더욱 중요한 일이었기에.

소이보가 다시 웃었다. 손바닥을 들어 얼굴 앞에 폈다. 손바닥을 천천히 내리며 혀로 핥았다. 마치 음미하듯 천천히. 그리고는 혼잣소리처럼 중얼거렸다. 껄끄러운 목소리가 낮게 깔렸다.

"그년, 특이했어. 냄새가. 몸에서 나는 향내, 그건 절대 잊지 못할 냄새지."

소이보의 말이 무엇을 뜻하는지 용성표국 사람들은 알고 있는 게 틀림없었다. 소이보가 성녀와 가까이 있었고, 뺨까지 때린 사실 역시 알고 있는 듯했다.

용성표국 사람들의 안색이 다시 변하자 왕웅이 콧구멍을 들고 킁킁 냄새를 맡았다.

하지만 다시 얼굴을 딱딱하게 굳히고는 고개를 푹 숙였다.

왕웅의 숙여진 얼굴이 발갛게 달아올랐다.

자신도 모르게 나온 행동이었다. 혹시 성녀가 남긴 냄새가 아직도 남아 있지 않을까 싶어서였다.

하지만 조금 전 행동은 '아직도 냄새가 나던가? 그토록 조심했는데' 하고 자백하는 것과 다름없었다.

혀로 핥던 소이보의 손이 크게 허공에서 도는 듯하더니 어느새 기다란 고검을 손에 들고 있었다.

믿을 수 없도록 빨라 예상한 사람은 아무도 없었다.

검의 끝은 왕웅의 목젖을 노리고 있었다. 소이보가 다시 입 꼬리를 비틀며 히죽 웃고는 말했다.

"어딨어, 그년?"

삼팔구는 다시 미친 듯 말을 몰았다. 곧 인가가 드문 공터가 나왔고, 커다란 강이 가로질렀다. 강이 끼고 도는 산이 노인과 여자가 걸어간 방향이었다. 조충이 식은땀과 함께 더듬거리며 알려준 곳이었다.

비록 노인은 알지 못하고 여자는 노인의 손녀였다는 말도 안 되는 변명이 길게 이어졌지만 알려준 방향은 틀릴 리가 없었다.

범우가 몸을 돌리며 이번에도 헛걸음을 하게 만들면 가만 안 두겠다고 확실하게 말한 때문이었다. 또 속는다면 소림과 전쟁을 벌이겠다는 말 역시 했다. 수틀리면 마도칠가를 모두 동원해서라도 구대문파를 치겠다는 말 역시 했다. 길게 말하진 않았다. 예의도 제법 있었다.

"다시 안 보길 비오."

딱 그 한마디였다. 그 말 한마디에 모든 뜻이 들어 있었다. 마진충은 범우란 사내가 어떻다는 것을 알았고, 그 안에 든 뜻을 충분히 읽었다. 마진충의 낯색이 변했다. 그래서 진지하게 대답했다. 더 이상 속이는 일 따위는 없다. 소림사와 요선보 사이에 전쟁이 없길 바란다. 이 일은 이쯤에서 접는 게 좋겠다. 마진충의 말 역시 길진 않았다. 도리어 짧았다.

"틀림없소."

그 한마디에 마진충의 뜻이 모두 들어 있었다.

두 사람과 그 사이에 오간 단 두 마디. 짧지만 많은 뜻이 담겨 있었고, 그래서 조충이 알려준 방향으로 지금 삼팔구가 미친 듯 말을 몰고 있는 것이다.

경치는 좋았다. 만약 시간이 넉넉하고 소이보 마음에 여유가 있었다면 몇 해 정도는 주저앉아 머물고 싶을 만큼 풍광은 수려했다.

산들은 낮으면서도 살이 통통하게 올라 있었다. 풍수를 볼 줄 아는 사람이라면 육산(肉山)이라 부르는 산들이었고 때마침 얕고 넓은 강이 산들 사이를 적당히 가르며 흘렀다.

산과 강 사이엔 모래가, 둔덕이, 수풀이 아름답게 산과 또한 그렇게 강과 어깨를 겨루며 펼쳐져 있었다.

산은 넓고 평퍼짐했고 강은 탁하지 않았다.

너른 산의 덕(德)은 그림자를 강 위로 풍성하게 드리웠고, 굽이를 도는 강의 마음은 그 그림자를 맑게 씻어 끝없이 펼쳐 놓았다.

바로 그 점이 삼팔구의 다리를 붙잡고 있었다. 다행히 강은 깊지 않아 말을 타고도 건널 수 있을 정도였다. 하지만 몇 굽이를 돌고 나서야 휘적휘적 제 길을 찾아 나서는 강은, 고양이가 쥐를 몰듯 삼팔구의 앞 길을 톡톡 막아서고 있었다.

같은 강을 몇 번이나 타 넘고 그 지류를 건너 가지 친 다른 강을 뛰어넘어서야 풍성한 산등성이를 오를 수 있었다.

산등성이 위에 올랐다 해도 앞을 살피기가 곤란했다. 살집 좋은 산은 몇 번 더 꿈틀거리듯 몸집을 풀어 헤쳤고, 그 풀어 헤쳐진 몸집은 또 다른 둔덕을 이루며 산이 되었다.

그 산 너머를 살펴보기란 여간 어려운 것이 아니었다. 차라리 높은 산이 하나 솟았다면 그 산 위에 올라 살피면 간단한 일이었다. 하지만 산들의 높이는 고만고만하게 이어져 있었다.

앞을 살피려면 또 다른 산을 넘어야 하는데 그래 봐야 비슷한 모양의 또 다른 산일 게 분명했다. 쉽지 않았다.

산을 하나 타 넘으면 또한 강을 만났고, 강을 건너면 또 다른 산이 반갑게 웃으며 맞았다.

그쯤에서야 범우의 말이 발걸음을 멈추었다.

말 위에서 가늘어진 범우의 눈이 주위를 훑었다.

풍성한 산과 너른 강, 그 사이의 둔덕에 작은 마을.

단조로웠고, 또 그래서 아름다웠지만 한가로이 살필 마음은 생기지 않았다.

흔적을 잃어버린 것이다.

늙은이, 어쩌면 늙은이가 아닐지도 모를 그 사람의 발은 무척이나 빠른 게 틀림없었다. 귀찮아졌을 빈 궤짝, 성녀가 튀어나온 이상 쓸모 없어진 궤짝을 어디다 내팽개쳤을 텐데 그것마저도 발견하지 못했다. 만약 버리지 않았다면 짊어지고 갔을 텐데, 그랬다면 사람 눈에 띄지 않을 수 없었다.

치밀하게 사람들의 눈을 피해 길을 밟고 갔다는 증거였다.

곳곳에 심어놓은 요선보의 밀정들도 삼팔구를 만났을 때 눈을 동그 랗게 떴다. 자신들이 살펴야 할 물건이 어떻게 생겼다는 정보도 미처 받아보지 못한 게 틀림없었다. 아니, 살펴야 할 일이 생겼다는 것도 모르는 게 분명했다.

놈은 무척 빨랐고, 빠른 발만큼 눈치 역시 빠른 게 틀림없었다.

말을 타고 추격하는 삼팔구가 너른 들판에선 넓게 퍼져 산개(散開) 한 대형으로 훑었고, 좁다란 강과 계곡을 만나면 좁혀 샅샅이 살폈는데 도 흔적을 찾지 못했다.

하지만 흔적은 전혀 다른 곳에서 튀어나왔다.

산의 허리를 깎아 밭을 일구던 노파를 통해서였다.

굽은 허리를 펴고 눈 위에 손등을 올려 삼팔구를 쳐다보던 노파는 악의없는 웃음을 헤죽 웃었다.

얼굴은 모르지만 입은 옷을 보아하니 요선보 사람임을 알아보겠다는 듯한 표정과 반갑다는 웃음이 동시에 묻어나는 얼굴이었다.

범우가 말에서 내려 노파 곁으로 다가갔다. 그리 크지 않은 범우의 키가 잔뜩 숙여져 노파의 입 옆에 귀를 가져다 대었다.

이빨이 빠져 오물거리는 노인의 주름 잡힌 입이 한참이나 중얼거렸을 때 범우의 눈빛이 반짝였다.

그 모습을 보고 소이보는 고개를 끄덕였다.

요선보는 비적이었다. 곽예주를 통해 들었고, 눈으로 또한 확인한 사실이었다. 비적다운 비적이었다. 비적답지 않은 비적을 본 적이 없어서 또한 비적이 어때야 진정한 비적인지는 몰라도 적어도 이래야 한다는 모습을 요선보가, 또한 삼팔구가 보여주고 있었다.

노파의 방긋 웃는 웃음과 또 기꺼이 고개 숙여 말을 듣는 범우의 표정으로부터 알 수 있었다.

항상 토벌의 대상이었던 비적은 일정한 거처가 없었다. 토벌대가 뜨면 그 즉시 삶의 터전을 버리고 떠나야 했기 때문이다.

하지만 돌려 생각해 보면 그래서 비적의 거처는 수없이 많았다.

비적이 안전하기 위해서는 곳곳에 신뢰와 상호 도움을 주고받는 장소와 사람들이 필요했다.

비적은 빼앗은 물건들을 인근 지역 사람들에게 기꺼이 나누어 주었고, 사람들은 비적들을 숨겨주고 또한 토벌대가 지금 어디를 향하는지 알려주었다. 황제보다 텃밭이, 텃밭보단 자신을 지켜주는 사람들이 더 필요했던 시골 무지렁이들은 비적을 기꺼이 자신들의 가족으로 맞았다.

그래서 두메 골에 작은 밭이나 부쳐 먹던 시골 노파가 붉은 옷의 장정들을 보고서도 웃었고, 기꺼이 자신이 봤던 정보를 나누려 하는 것이다.

말이 끝났는지 노파가 웃자 범우가 감사하다는 듯 노파의 손을 따뜻하게 잡고 흔들었다. 범우의 콧구멍이 씰룩이며 입가의 뺨이 떨렸다. 자기 딴에는 한껏 웃어 고맙다는 모습을 보여주려 한 모양이었는데, 범우에겐 결코 쉽지 않은 일이었다. 아니나 다를까, 몸을 돌려 다시 말에 오른 범우의 표정은 역시나 굳어 있었다. 그리고 얼굴만큼이나 짧고 딱딱하며 멋대가리없는 말을 토해내었다.

"뒤로 돈다. 십 리. 거기서 서북 방향."

길을 되돌아 십 리를 간 다음 방향을 바꿔야 한다는 말을 이토록 무미건조하고, 재미없고, 딱딱하게 할 수 있는 재주도 드물 거란 생각을 하며 소이보가 웃었다.

노파가 행복한 미소와 함께 굽은 허리 위로 힘겹게 쳐든 손을 언제까지나 흔들었다. 작은 노파의 몸이 더욱 작아지다 한 점으로 그치고, 산 그림자 사이로 끝내 사라지는 것을 몸을 돌려 한참이나 쳐다보던 소이보가 범우 등에 얼굴을 기대었다. 말의 힘찬 투레질이 다시 시작되자 말의 발굽이 땅을 박차는 소리가 가슴을 울렸다.

눈을 감았다. 범우의 심장 소리가 다시 들렸다. 말굽이 구르는 소리 사이로 내지르는 '합, 하!' 하는 힘찬 둔비의 소리가 들렸다.

온몸이 나른했다. 하지만 눈을 감은 채 기분 좋은 흔들리는 말의 요동을 느끼면서도 이상하게 잠에 빠져들진 않았다.

범우의 심장은 규칙적으로 뛰었고, 땅을 차는 발굽 소리는 변했다.

소이보는 범우의 등을 통해 생생하게 느꼈다. 단단한 땅과 물을 차고 튀어 오르는 물방울 소리와 부드러운 흙을 밟다가 자갈길로 들어서는 그 미묘한 소리의 차이를 소이보는 온몸으로 느끼고 즐겼다.

앞뒤로 흔들리는 횟수보다 위아래로 흔들리는 횟수가 더 많아진 것을 느꼈을 때 어느덧 깊은 산으로 들어서고 있다는 걸 알았다.

그러고 보면 눈으로 보는 것보다 몸으로 느끼는 세상이 훨씬 정확하고 맑고 투명할 수 있다는 걸 새삼스레 깨달을 수 있었다.

나른한 느낌에 몸을 띄우고 한참이나 부유하고 있던 소이보 귀로 곽예주의 뾰족한 목소리가 들린 것은 그때였다.

"어머?"

가볍게 놀란 목소리였다. 소이보가 눈을 떴을 때 짙은 푸른색이 눈을 가득 채웠다. 숲이었다. 깊은 산에나 어울리는 진한 초록으로 온몸을 치장한 숲이었다.

소이보는 그제야 천천히 범우 등에서 뺨을 떼고 고개를 앞으로 향했다. 그리고 곽예주의 의외라는 탄성을 만들어낸 그것을 보았다.

그것은 한 폭의 그림이었다. 아니, 산과 숲과 계곡과 사람이 그림을 만들어내고 있었다.

산은 절벽을 만들었고, 절벽 한쪽을 짙은 숲이 채웠다.

다른 한쪽은 계곡이 아름답게 굽이치고 있었고, 그 가운데의 공터엔 일남일녀가 한가롭게 술잔을 드리우고 있었다.

사내는 한눈에 보기에도 귀공자였다. 정갈한 백의의 끝을 아름다운 색의 자수가 맞물려 돌아가 마무리를 지었다. 사내의 새하얀 얼굴을 짙은 녹색의 그림자가 가득 채웠다. 맑고 깨끗한 얼굴이었지만 이마

위로 이상한 음영이 드리워져 있는 사내였다.

휜 천을 널따랗게 펼치고 사내는 팔꿈치를 땅에 대어 가슴을 받친 채로 반쯤 기대다시피 누워 있었다.

사내는 웃고 있었고, 그 앞엔 하얀 면사를 쓴 여자가 정성스레 앞에 마련된 술잔에 술을 따랐다. 여자 역시 곱디곱고 귀하디귀하게 자란 게 틀림없었다. 옥으로 만들어진 술병을 차분하게 들고 기품있게 술잔을 채우고 있었다.

그리고 사내와 여인 위로 그림자를 만들어내고 있는 나뭇가지에는 새장이 하나 걸려 있었다. 한눈에 보기에도 값비싸게 장식돼 있는 새장 안에는 이름 모를, 머리는 노랗고 꼬리는 파란 작은 새가 대롱 위에 오도카니 앉아 있었다.

그림에나 나올 만한 아름다운 광경이었지만 아름다운 만큼 이질적인 느낌을 자아내는 묘한 모습이었다.

깊은 산속의 인적 드문 곳에 하늘에서나 만날 것 같은 두 사람을 본다는 것은 삼팔구의 거친 사람들로서는 익숙하지 않은 일이었다.

사내는 여자가 따른 술잔을 높게 쳐들고, 다른 한 손으론 여자의 손을 잡고는 크게 노래를 불렀다.

"필무세는 이렇게 말했다. 한 손엔 게 발을 잡고 한 손엔 술잔을 잡고 술 못에서 첨벙거리며 살았으면 평생에 더 바랄 게 없겠네라고[畢茂世云 一手持 蟹螯 一手持酒柸 拍浮酒池中 便足了一生]."

노래 같지 않은 노래였고, 시구 같지 않은 시구였다.
무엇보다 그렇게 만든 것은 사내의 목소리였다.

한 손엔 가인(佳人)을, 다른 손엔 술잔을 부여 쥔 모습은 그럴듯했지만 탁하고 갈라진 목소리는 고즈넉한 경치를 단숨에 무너뜨리고 있었다. 사내는 그제야 고개를 돌려 삼팔구를 보고는 싱긋 웃었다. 마치 방금 전 내 노래가 어떠냐는 듯한 물음이 그 웃음 속에 있었다.

하지만 정작 그 웃음을 마주 대하는 곽예주의 눈 꼬리는 떨리고 있었다.

3

사내는 독특한 분위기가 있었다. 눈은 크지 않고 콧대는 높되 펑퍼짐하지 않아 날카롭게 보였다. 턱은 좁고 입술도 얇았지만 그렇다고 예민하거나 뾰족한 성격으로 보이지 않았다. 도리어 낮게 가라앉은 우울한 음영이 얼굴 가득 채우고 있었다.

늙은이, 아니, 늙은이라 생각하고 따라온 사람은 아니었다. 빈 궤짝을 사간 사람이 이 사람이라 해도 돈을 치르고 어깨에 짊어지고 오지는 않았을 것이다. 그러기엔 너무도 부유해 보였고, 또한 권태로워 보였다.

부유하다면 하인이 짊어졌을 것이고, 권태롭다면 아예 그런 일을 만들지 않았을 게 분명했다.

소이보가 고개를 돌렸다.

술을 따르던 면사의 여인 역시 성녀가 아니었다. 면사 때문에 얼굴이 보이진 않아도 알 수 있었다. 얼굴형과 면사 옆으로 흘러내린 어깨선, 그리고 술잔을 따르는 손가락까지 성녀와는 전혀 달랐다.

행동도 달랐다. 너무도 익숙한 듯 사내의 술잔이 비면 곧 천천히, 우아하게, 나른한 동작으로 술을 따랐다.

하지만 그 모든 게 이질적이었다. 어딘가 이상했다.

사내가 웃는 얼굴로 세 번째 술잔을 비우고 다시 여자가 똑같은 동작으로 술잔에 술을 채웠을 때야 소이보는 알 수 있었다.

여자의 동작은 한 치 이지러짐이 없었다. 흡사 책에 박아 넣은 그림처럼 손가락의 움직임, 어깨의 흔들림, 술잔을 따르는 손목의 각도까지 너무도 똑같았다. 처음 따를 때와.

사람이라면 그럴 수 없었다. 여자의 손가락 끝에 손톱이 없다는 것도 뒤늦게 알아차릴 수 있었다.

사람으로 생각했을 때는 미처 몰랐던 것을, 의심을 하니 모든 것이 이상했다.

소이보가 흘깃 곽예주를 보았다. 곽예주가 터뜨렸던 경탄성, 그것은 사내를 알고 있어야 터뜨릴 수 있는 그런 탄성이었다.

곽예주의 시선은 사내에게서 떨어지지 않았다. 아니, 다른 모든 사람들 역시 마찬가지였다.

사내의 눈빛, 어깨 동작, 작게 흔들리는 술잔에서 떨어지지 않았다.

흡사 석고로 부어 만든 듯 모든 사람의 행동이 일제히 멎었고, 조심스럽게 숨을 쉬며 사내만을 쏘아보고 있었다.

소이보의 눈이 사내를 향했다. 그때 사내 역시 소이보를 쳐다보았다.

사내의 눈이 커지고 눈썹이 치켜 올라갔다. 고개 역시 반대로 갸우뚱거리며 흔들리고서야 알겠다는 듯 고개를 끄덕였다.

소이보의 요안을 그제야 보았고, 어찌 된 일인지 대강 짐작하겠다는 듯한 몸짓이었다.

사내의 움직임은 마력이라도 깃들었는지 굳어졌던 곽예주의 입술을 열게 만들었다.

한숨과도 같은 나지막한 목소리가 곽예주의 벌어진 입술 사이로 힘없이 흘러나왔다.

"그와 함께라면 절대 잠들지 마라, 네 몸은 땅에 묻히고, 영혼은 지옥에 묻힐지니……. 나추몽마(娜醜夢魔) 팽유(彭杻). 그와 함께라면 절대 내기를 걸지 마라, 이미 네 영혼은 그자의 전낭(錢囊) 안에 들어 있을지니……. 환유도귀(幻幽賭鬼) 강요맹. 그리고 그와는 아예 함께하지도 마라, 마주친 순간 이미 너는……."

곽예주의 말을 사내가 받았다. 마치 즐기는 듯한 미소와 함께.

"죽은 몸이니……. 당소유(唐素留). 필기삼괴(必忌三怪), 필히 꺼려야 할 세 괴물 중 하나가 바로 나 당소유지."

사내는 천천히 몸을 일으키고는 옆에 앉은 면사여인을 향해 부드럽게 말했다.

"너도 피곤하겠구나. 이만 쉬거라."

정이 담뿍 담긴 목소리였다. 갈라진 목소리는 분명했지만 이상하게 마음을 울렸다. 목구멍이 아닌 마음으로 전한 목소리기 때문이다. 정인을 보는 눈동자는 뿌옇게 흐려졌고, 목소리는 조금 떨리는 것처럼 들렸다. 세상 어느 여자라도 저 목소리를 들으면 온몸이 녹아 그 자리에서 쓰러질 게 틀림없을 정도로 사내의 목소리는 부드러웠고, 실제 면사여인은 그 자리에서 고꾸라지듯 쓰러졌다.

벽에 기대어 세워둔 나무토막이 쓰러지듯 한쪽 옆으로 힘없이 무너지듯 쓰러진 것이다. 그리고 쓰러지고 나서야 소이보는 여인이 진짜 나무 인형이었음을 알 수 있었다.

조금 전까지만 해도 호흡하는 사람이라 믿어 의심치 않았던 여인이 쓰러져 널브러진 후에는 생기라곤 느껴지지 않는 나무토막에 지나지 않았다.

진짜 나무를 깎아 모양을 만들고 서로 얽어 굴절되는 관절을 만든 후 색을 칠하고 옷을 입혀 사람으로 꾸민 것이 틀림없었다.

머리로는 이해되고 눈으로도 지켜봤지만 도저히 믿을 수 없었다. 조금 전에 보여줬던 기품있는 태도와 몸짓을 상상하면 선녀가 나무토막 속에 들어와 장난치다가 하늘로 올라가 버린 것이 아닐까 하는 생각까지 들 정도였다.

사내는 쓰러진 나무토막을 정성 들여 어루만졌다. 손으로 풀어진 옷깃을 여미고 정성스레 면사를 내려 여인의 얼굴을 감쌌다. 두 손은 배 위에 조심스레 올려 포개고, 다리는 가지런한 모습으로 나란히 정돈했다. 그러자 나무토막이 다시 여인이 되었다.

곤한 잠에 빠져든 여인의 몸은 너무나 아름다운 굴곡을 만들어내고 있었다. 하지만 소이보에게 있어 그것은 중요한 문제가 아니었다.

일단 그 나무토막이 성녀는 분명 아니라는 것, 그리고 눈앞의 사내는 절대 만만한 상대가 아니라는 것만이 중요한 문제였다.

필기삼괴. 분명 세 명을 두고 뭉뚱그려 이른 말일 게 분명했다.

문제는 그 가운데 요선보 혈랑대의 대주인 강요맹의 이름이 들어 있다는 것이었다. 그렇다면 나머지 두 명 역시 강요맹의 아래가 아니라는 말이었다. 어쩌면 더욱 조심해야 했다.

더욱이 강요맹은 같이 내기를 거는, 그래서 도박을 하지 않는다면 괜찮았지만 사내는 마주치지도 말아야 한다고 했다.

곽예주의 말, 필시 필기삼괴를 두고 이르는 말이 틀림없는 그 말에

서 언급된 사항이었다. 그렇다면 이때까지 마주친 그 어떤 사람보다 더욱 무서운 사내가 틀림없었다.

소이보의 두 눈이 반짝였다.

"아름다운 가인과 멋진 경치에 좋은 술이 함께했지만 도통 떨쳐 버릴 수 없는 생각을 했네. 한 사람에 대해서."

사내, 아니, 스스로 당소유라고 밝힌 남자의 목소리는 얼굴에 드리워진 그림자보다 더욱 어두웠다.

당소유는 정돈된 나무 인형(人形)을 손가락으로 쓰다듬으며 말을 이었다.

"위무제(魏武帝)란 사람을. 바로 연의(演義)에 나오는 조조(曹操) 말이네."

당소유의 손길이 면사를 어루만졌다. 아니, 감히 만지지 못하겠다는 듯 면사 위에 멎어 가늘게 떨고 있었다. 그러나 당소유의 목소리는 떨리지 않았다. 천천히, 느린 속도로 사내 입에서 흘러나왔다. 흡사 책을 읽는 듯한 어조였고 속도였다.

"위무제가 일찍이 사람들에게 '만약 어떤 놈이 나를 몰래 해치려 하면 난 예감으로 미리 알 수 있다'라고 알린 후 가장 가까운 호위병을 불러 말했다. '너는 몰래 무기를 감추고 가장 가까이 내 주위로 오거라. 나는 이상한 예감이 있다고 말한 뒤 너를 불러 체포해 형을 가할 것이다. 너는 다만 끝까지 입을 다물고만 있으면 된다. 만약 그럴 수 있다면 안전한 것은 물론 더불어 큰 상을 내릴 것이다'. 이에 그 병사는 일을 벌여 붙잡혔는데, 무제와의 약속을 믿고 조금도 겁을 내지 않았다. 끝내 그는 참형당했고 모든 사람은 그 안의 일을 알지 못했다. 모두 위무제는 예감이 있다는 게 사실이라 믿고 더욱 무서워했고 반역은 꿈도 꾸지 못하게 되었다."

당소유의 목소리는 갈라져 나왔고 나무 인형, 아니, 너무도 사람 같아 보이는 그것을 정성껏 어루만졌다. 나무 인형의 소매를 정돈하고 손가락을 가지런하게 놓으며 바라보는 당소유의 눈은 어느덧 물기로 한 겹 덮였다. 하지만 입은 닫히지 않고 또 다른 이야기를 꺼내놓고 있었다.

"위무제가 늘 '내가 잠잘 때 접근하지 말아라. 가까이 오면 나도 모르게 사람을 죽인다. 좌우들은 이를 조심하라'라고 말하고는 얼마 후 거짓으로 잠든 척했다. 이를 모르는 신하가 마침 몰래 접근하여 이불을 덮어주려 했다. 이때 무제는 벌떡 일어나 찔러 죽여 버렸다. 이로부터 위무제는 편안히 잠들 수 있었고 그 누구도 가까이 가질 않았다."

무슨 말인지, 또 왜 지금 이 얘기를 하는지 알 수 없었다. 그것도 젖은 눈길로 나무 인형을 보면서 말하기엔 엉뚱하기 짝이 없는 이야기였다. 그러나 눈치를 챈 사람들은 있었다. 소이보가 그 첫 번째였고, 조금 후 두 번째로 눈치를 챈 문기서가 한 걸음 앞으로 걸어나와 물었다.

"그래서 우리가 속았다는 이야기군요. 속아서 끝내 죽고야 말 거라는."

문기서의 맑고 밝은 웃음은 여전했지만 어딘지 모르게 조심스런 태도와 행동이었다. 당소유는 그제야 고개를 끄덕이고는 돌아보았다.

그리고는 천천히, 느리게 말을 꺼냈다. 역시나 책을 읊조리듯 낮은 목소리였다.

"얽매이기 싫어 멋대로 행동해 강동보병(江東步兵)으로 불리던 장한(張翰)에게 어느 날 누군가 물었다. '그대는 이렇게 한세상을 방탕하게 사는데 죽은 후의 명성에 대해서는 생각해 보지 않았소?' 하고. 이에 장한이 대답하길 '죽은 후의 명성이라고 하는 것은 살아서의 술

한 잔만도 못한걸[使我有身後名 不如生時一杯酒]?"

당소유의 얼굴에 씁쓸한 미소가 떠올랐다. 그리고는 마지막 후렴구인 양 한마디를 더 했다.

"인생이 이와 같다네, 친구."

당소유의 미소를 닮은 씁쓸한 외줄기 바람이 당소유의 옷에 매달려 흔들다가 아스라이 한쪽으로 사라져 갔다.

잠시 후, 문기서의 미소가 짙어졌다. 하지만 조심스러운 태도는 여전히 유지하며 말했다.

"저도 위무제에 대해 들은 이야기가 하나 있지요."

문기서가 목을 가다듬고 당소유를 따라 하듯 말을 건네는데, 음율을 맞추어 읊어 당소유보다 듣기가 더욱 좋았다.

"위무제는 소년 시절에 원소와 호탕한 놀이를 즐겨 혼인 잔치가 벌어진 어느 집에 몰래 숨어들어 외쳤다. '도둑이야!' 하고. 그러자 혼인식에 와 있던 많은 사람들이 뛰쳐나왔고, 이때를 틈타 위무제는 방에 들어가 칼을 들이대고 신부를 겁탈했다. 그리고는 원소와 더불어 도망쳐 나왔는데, 곧 발을 잘못 디뎌 탱자 덤불 속에 빠져들었다. 위무제는 빠져나왔으나 원소는 움직일 수 없어 갇혔다. 위무제가 이때 다시 '도둑이 여기 있다!' 하고 소리쳤다. 이에 놀라 원소가 황급히 튀어나와 같이 도망해 화를 면했다. 위무제의 계교가 때로는 사람을 곤란하게도 만들지만 또한 살리기도 한답니다."

당소유 눈에 이채가 어렸다. 문기서의 위아래를 천천히 살펴보고는 싱긋 웃었다. 하지만 그 웃음엔 처연함이 묻어나 있었다.

"자네를 우리 가문에서 발견하지 못한 걸 다행으로 생각하게."

당소유 말에 문기서가 길게 읍하듯 고개를 숙이고 대답했다.

"사천당문(四川唐門)의 데릴사위는 아무나 하는 게 아니라고 알고 있습니다. 만약 그럴 수 있다면 이놈의 크나큰 홍복(洪福)이겠지요."

만약 소이보가 사천당문에 대해 알았다면 지금 크게 고개를 끄덕였어야 했다. 그리고 왜 당소유가 필기삼괴에 들었고, 아예 마주치지도 말아야 할 괴물 취급을 받는지도 알 수 있어야 했다.

사천당문은 멀리 치우쳐 촉(蜀) 땅, 즉 사천(四川)에 있었지만 그 위명은 사해를 덮고도 남았다. 바로 독과 암기로써.

사천당문의 독은 얼마나 지독할지 짐작조차 할 수 없었고 어디서 날아올지 모를 암기는 예측조차 못하는 물건이었다.

그런 사천당문에서도 어려워하고 꺼려하는 인물이 바로 당소유였다.

사천당문에서도 귀하디귀한 작은 주인, 즉 다음 사천당문을 이끌 문주가 바로 당소유였기 때문이다.

하지만 당소유는 차기 문주 자리를 우습게 봤고, 또한 우습게 볼 수 있는 충분한 재주가 있었다. 사천당문의 최고 고수가 바로 당소유였기 때문이다.

자연 당소유의 독을 푸는 재주와 암기를 만들어내는 솜씨는 경지를 넘어서 있었다. 기기묘묘한 온갖 물건을 만들어내는 손이었다. 그래서 나무토막에 영혼을 불어넣는 일 따위는 간단한 일이었다.

귀찮은 일일 뿐 사천당문의 사람들이 마음먹고 덤벼든다면 산도 걷게 만들지도 몰랐다. 아예 어깨를 만들어 덩실덩실 춤을 추게 만들지 몰랐다. 나무 인형의 너무도 자연스러운 움직임은 그래서 하나도 이상할 게 없었다.

그 솜씨의 비밀, 그리고 독의 성분, 또한 암기의 재주는 숨겨져 있어야 위력이 있었다. 밝혀진다면 누구도 알 수 있었고, 두려워하지 않았다.

그래서 사천당문의 여자들은 데릴사위를 얻어야만 했다. 비밀이 새어나가지 않게 하려면 어쩔 수 없었다. 그래서 사천당문의 사위들은 비록 부(富)는 얻어도 대신 자유를 박탈당했다.

당소유가 말한 '우리 가문 사람들 눈에 띄지 않은 걸 다행으로 여기란' 말은 그것을 두고 말한 것이다. 독과 암기엔 무엇보다 똑똑한 머리를 필요로 했기 때문이다.

당소유의 시선이 천천히 흘렀다. 마치 바람이 스치듯, 강물이 흐르듯 한 사람 얼굴에 잠깐 머물다 곧 그 옆으로 흘렀다.

하지만 마주 보는 삼팔구의 얼굴엔 긴장만이 흘렀다. 비굴하거나 겁을 먹어서가 아니었다. 차라리 힘과 힘이 부딪치고 칼과 칼이 부딪쳐 죽는 것을 화끈하게 생각하는 삼팔구였다. 그러나 결코 개죽음을 원하는 것은 아니었다.

왜 그런지 이유도 모른 채 눈앞에 붉고 푸른 그 무엇이 떠다니다가 곧 어지러움과 함께 아득한 심연으로 떨어지는 아찔한 기분의 죽음.

바로 독에 중독되어 죽는 것이고, 그건 삼팔구가 원하는 최후가 정말이지, 아니었다.

삼팔구, 아니, 요선보 사람들 중에 유일하게 안색이 변하지 않은 사람은 항상 그렇듯 딱딱한 표정의 범우와 얼굴이 굳기는커녕 도리어 활짝 웃는 문기서, 그리고 재수없다는 듯 마주 쏘아보는 소이보뿐이었다.

당소유의 시선이 소이보와 부딪쳤다. 허공에서 얽힌 이후 떨어질 줄을 몰랐다. 당소유의 시선은 무심하다 못해 권태로움이 가득하다면, 소이보의 눈동자는 점점 파랗고 잿빛을 토해내며 수축하고 있었다.

뒷머리가 간지러웠다. 미칠 듯이. 손가락으로 파내듯 벅벅 긁으면 시원해질 것만 같았다. 그래서 소이보는 히죽 웃었다. 당소유가 웃었다.

그 웃음 역시 처연했다. 하지만 소이보는 흥미가 당기는지 입을 열었다.

"예전 금안독각(金眼獨脚) 방준(方俊)이란 사람을 만났지. 흥미가 끌려서. 이름답게 여러모로 뛰어난 재주를 가졌고, 또한 그 재주를 철저히 즐기는 자였다더군. 그 결과 적을 많이 만들었고, 끝내 한쪽 다리를 잃었다던가? 그래서 외다리로 콩콩 뛰어다니며 손발을 쓴다고 들었는데, 예전 방준을 알던 자는 방준의 재주가 더욱 늘었다고 평가하더군. 하지만 내가 그에게 흥미를 느낀 것은 그 사람의 한쪽밖에 없는 다리가 아니었네. 그렇다고 끊어진 다른 쪽 다리도 아니었지. 난 그 눈이 보고 싶었네. 금안독각. 그 별명대로라면 금빛으로 빛나는 눈알을 부라리며 콩콩 강시처럼 뛰어다닐 게 아닌가 말이야. 강시는… 우리 집안에서도 몇 구 만들어봤지. 들던 것보다 돈이 많이 들어가고 들어간 돈 값은 철저히 못하는 병신이 태어나기에 그만두었지만 말일세. 아, 그렇군. 지금 얘기가 그게 아니었지?"

소이보는 알 수 없었지만 지금 당소유의 말은 크나큰 비밀을 토해놓고 있었다. 사천당문. 독과 암기로 죽음의 향기를 중원에 뿜어내는 가문. 그것만으로도 구파일방과 마도칠가의 신경을 긁어놓기 충분한데 강시에까지 손을 댔다면 자칫 잘못하면 사천당문의 멸문을 가져올 수도 있었다.

그러나 당소유의 얼굴은 편안해 보였다. 도리어 자세를 바꾸어 편안히 옆으로 누워 팔로 머리를 괴고 있을 정도였다.

그 모습이 더 불안했다. 크나큰 비밀을 태연히 말하고 저렇게 눕는다는 것은 이미 실패한 시도이니 별문제 안 된다고 간단하게 생각하거나 아니면 소문이 절대로 밖으로 새어나가지 않을 거라고 확신하기 때문이었다. 첫 번째면 다행이지만 두 번째 의도였다면 간단히 끝날 일이 아니었다.

살인멸구(殺人滅口).

말을 들은 여기 있는 모든 사람들을 죽이겠다는 말이었으므로. 또한 사천당문의 문제아인, 그래서 내놓다시피 한 존재인 당소유로서는 충분히 그럴 능력이 있었으므로.

다행히 삼팔구가 알고 있는 당소유, 또한 당소유에 대해 강호에 퍼진 소문으로 미뤄본 바로는 첫 번째일 가능성이 높았다.

사천당문이 멸문당하든 말든 전혀 신경 안 쓸 개종자, 동시에 당문의 차기 문주 자리를 지긋지긋하게 싫어하는 사람이 바로 당소유이기 때문이었다.

당소유는 다시 처연하게 웃고는 말했다. 소이보에게 시선을 떼지 않은 채.

"내 얘기는 그걸세. 금안(金眼). 바로 금색으로 빛나는 눈동자를 보고 싶었다는 거야. 하지만 그런 건 없었네. 방준(方俊). 여러 방면으로 뛰어나다는 이름을 가진 그 사람의 눈은 특이하긴 했네만 금안은 아니었지. 단지 금안이라 부르는 이유는 그자의 눈 주위가 누렇게 들떴기 때문이었다네. 어때, 우습지 않나? 간과 신장이 좋지 않을 때 보통 얼굴이 붓고 눈가가 그렇게 되지. 황달과는 또 다르다네. 바로 독을 가까이 하면 그렇게 되거든. 특히 우리 집안에서 다루는 몇 가지 물건이 사람을 그렇게 만든다네. 결국 눈동자는 꺼멓고 흰자와 그 주위가 누렇게 들뜬 사내는 우리 가문 독을 빼내어 거창하게도 무슨무슨 독장(毒掌)이라고 이름 붙이고 열심히, 그것도 아주 많이 수련을 했더군. 그리고 방준은 그 독장에 매우 기대가 컸던 게 틀림없었네. 나를 반가이 맞듯 겅중겅중 뛰어와 얼싸안으려 했으니 말이야."

소이보는 거기까지 듣고는 히죽 웃었다. 반갑기는, 죽이려 한 거겠지. 하지만 실패했겠군. 네놈이 내 앞에서 이죽이는 걸 보니. 안타까운 일이야. 그렇게 생각하면서 소이보는 더 크게 웃었다. 소리없이 입은 벌린 채로.

소이보의 웃음을 보았는지 당소유의 웃음이 더욱 짙어졌다. 웃음과 함께 당소유 얼굴에 음울한 그림자가 더욱 짙어졌다.

"아무튼 그렇단 얘기지. 결론은 금안독각은 눈을 감고 죽었다네. 이마는 붉고 뺨은 하얗고 목은 까만색이 돼서 죽었지. 나는 정말 최선을 다해 아름다운 색으로 얼굴을 치장시켜 주려고 했어. 비록 금안이란 이름엔 어울리지 않는 얼굴이었지만 죽어서는 가장 화려한 얼굴을 가질 수 있도록. 하지만 눈만은 누루죽죽했다네. 만성 독에 중독되어서 그곳만은 색을 바꾸지 못했지. 내 능력이 그만큼 모자란단 얘기고, 그렇게 죽은 방준의 얼굴이 꼭 너구리를 닮아서 나를 더 슬프게 했다네."

거기까지 말한 당소유의 얼굴에 처음으로 생기라고 부를 수 있는 그 무엇이 떠올랐다. 권태로운 눈이 반짝이며 당소유는 곧 몸을 일으켜 허리를 세우고는 앉았다. 당소유는 그제야 강렬한 시선으로 소이보를 보며 말했다.

"금안은 그렇게 세상에 없었지만, 요안은 세상에 있군. 어떤가, 정말 재미있는 세상이지 않은가?"

재미있다, 재미있어. 소이보 역시 고개를 끄덕이며 웃었다. 그리고 나서야 예전에 사천당문이란 네 글자를 들었음을 기억해 냈다.

금 대야(金大爺). 황석(黃石)에서 제법 아랫배에 힘을 주고 걷던 몇 안 되던 인물. 겉으론 사람 좋아 보이는 웃음을 짓지만 밤엔 칼을 든 미친 강도라는 사실을 황석 사람이라면 다 알고 있었다. 하지만 그 힘과 재주가 너무 높아 아무도 어쩌지 못할 때 금 대야께선 서둘러 북망산에 올랐다. 나이 마흔. 너무도 이른 나이였고, 평소에 느긋했던 성격을 미루어보면 너무 빨리 서두른 감이 있었다.

그리고 며칠 후부터 은밀히 떠돌던 소문, 그리고 그런 소문일수록 잘 들어맞는 소곤대던 이야기를 소이보는 얻어들을 수 있었다.

중독사(中毒死).

하지만 독의 흔적은 발견되지 않는 괴상한 죽음.

금 대야의 너무도 빨리 서두른 북망산 길은 나름대로 이유가 있었고, 그 이유를 만들어낸 게 당문의 독이라고 했다. 그때 소이보는 그저 그 독의 이름이 당문이겠거니 하고 생각했었다.

지금에 와서야 비로소 알았다. 저 괴상한 웃음을 웃는 귀공자의 집 안에서 흘러나온 독임을, 그래서 요선보의 난다 긴다 하는 마적들이 모두 발걸음을 굳힌 채 서 있다는 것을.

당소유가 소이보를 보다가 불쑥 말했다.

"어떤가, 이 모진 세상에서 그래도 재미 하나를 만들어낸 자네에게 내 기꺼이 술 한잔을 올려야 하지 않겠나?"

소이보는 웃었다. 그걸로도 모자라 고개를 끄덕였다.

그리고는 말했다. 갈라진 당소유의 목소리보다 더욱 껄끄럽고 탁한 목소리로.

"마땅히. 자네의 명복을 빌어야 할 테니."

소이보는 당소유의 말투를 흉내 냈지만 영 어울리지 않았다. 도리어 어색하기 짝이 없었다. 하지만 당소유는 마음에 든다는 듯 활짝 웃었다. 묘하게 그 웃음엔 잿빛 그림자가 가득 내려앉아 있었다.

◈ 第九章 ◈
한 잔의 글

소이보가 고개를 끄덕이며 막 한 걸음 걸어 앞으로 나갔을 때였다.

"위험해. 놈은 독과 암기를……."

곽예주의 뾰족한 목소리가 소이보의 뒷목을 잡아채듯 토해져 나왔다. 그리고는…….

뾰뾰롱~ 뾰롱~

곽예주의 목소리를 닮은 예쁘장한 목소리가 조롱(鳥籠)에서 흘러나왔다. 머리는 노랗고 꼬리는 파란, 작은 목소리만큼이나 예쁜 새였다.

그리고는 다시 적막이 찾아들었다.

숨을 두세 번쯤 들이켰다 내쉴 시간이 흐른 후에 소이보는 다시 히죽 웃었다.

이미 알고 있었다. 놈은 금 대야쯤은 몇 수레로 퍼 나른다 해도 죽일 수 있을 것이다. 어쩌면 소이보 자신 역시 금 대야와 별다르지 않는 신세일 게다.

언제 어떻게, 왜 죽는지도 모르고 죽을지 몰랐다. 독 또는 암기에.

하지만 이대로 걸음을 멈출 수는 없었다. 성녀는 이미 멀리 갔을 것이다. 그 걸음을 뒤따라야 했다. 만약 이대로 보낸다면 지금이 아니라 나중에 죽는다. 정확한 이유는 대지 못했지만 소이보의 머리 속에선 그렇게 속삭이고 있었다.

정확히 계산된 계획보다 어떨 때는 느낌이 더 확실할 때가 있음을 소이보는 알았다. 본능이 시킨.대로 느끼고 철저히 생각했으며 계획대로 행동했다. 그리고 살아남았다.

그래서 한 걸음 앞으로 더 내디뎠다. 다른 쪽 발을 신중히 앞으로 끌어당기고 다시 한 걸음 더 내디뎠다.

천천히, 아주 느리게…….

이대로라면 죽었다. 아니, 이미 반쯤은 죽은 것이다.

생사를 나누는 일에선 기세가 가장 중요한 것. 기세의 날이 곤두서면 운도 저절로 따라주는 법이었다. 어차피 가만히 서 있으나 가까이 다가가나 똑같았다. 그렇다면 기세를 내 것으로 삼아야 했다.

그래서 소이보는 걸었다. 한 발 그리고 또 한 발.

곽예주는 저도 모르게 한숨을 내쉬며 생각했다. 바보 같은 놈. 하긴 그래서 좋아하는 것일지도. 곽예주는 그래서 고개를 숙여 보폭과 길이를 쟀다. 소이보와 당소유 사이엔 스무 걸음 정도가 남았다. 일 장 밖. 그것을 확인한 곽예주가 천천히 한쪽 팔을 앞으로 폈다. 숨을 참고 신경을 곤두세우고는 한쪽 눈을 감았다.

곽예주의 헝클어진 머리카락이 감은 눈 위로 쓸려 내려왔다. 곽예주의 머리를 정돈하던 예쁜 장신구가 어느새 작은 각궁으로 변해 당소유를 향하고 있었기 때문이다.

먼 거리와 힘이 필요할 때는 허리에 찬 강궁을 썼겠지만 지금은 힘과 거리보단 민첩함과 정확도가 필요했다. 그래서 머리를 쓸어 내렸고, 그래서 손에 각궁을 쥐었다.

당소유가 흘낏 곽예주를 쳐다보았지만 시선은 곧 소이보의 파랗고도 잿빛인 두 눈에 멈춰 있었다. 그렇게 눈으론 소이보를 본 채 앞에 내려져 있던 술병을 집어 들고 다른 한 손으론 술잔을 나누었다. 자신 앞에 하나, 그리고 소이보가 와 앉을 자리 앞에 하나.

그러면서 중얼거렸다.

"내가 어느 가문 사람인지 기억하지 못하는군. 내가 비록 쫓겨… 아니, 내팽개치고 왔지만 우리 가문에 두 가지 물건이 있다는 건 기억한다네. 그중 하나는 먼 거리, 그러니까 예쁜 아가씨가 허리에 차고 있는 물건보다 두 배는 족히 넘는 거리에 있는 적을 칠 때 쓰이는 것이지. 비록 명중률은 높지 않지만 많이 쏘아 보내면 몇 개는 꼭 맞더군. 또 하나는 작고 소리도 없는 그런 물건이라네. 하지만 십 장 안에 있는 물건은 그게 설령 바늘 끝에 붙은 작은 벼룩이라도 여지없이 맞추고야 말지. 이건 두 개 쓸 필요도 없다네. 하나만 쏘아 보내도 빗맞은 적이 없으니. 단 한 가지 아쉬운 점이라면 그 두 가지 효용이 서로 달라 하나는 멀리 떨어진 적에게, 또 하나는 가까운 적에게 쓰일 뿐 한데 합쳐질 수 없다는 점에 있지. 하지만 중요한 건 이거네. 그 두 가지 모두를 사용해도, 또한 그 두 가지를 몇십 번 거푸 사용해도 날 어쩌진 못했다는 것. 그거 하나만은 알아두었으면 하네."

곽예주가 천천히 숨을 토해내 가슴을 비운 후 다시 청량한 공기를 폐 속으로 가득 채워 넣고는 숨을 멈추었다. 과연 그럴까? 암기 따위의 물건보다 내 화살이 못할까? 그럴지도 모르지. 독과 암기의 제왕인 사천당문 사람이니까. 또한 저 말이 사실일 수도 있고. 하지만 난 적어도 그 말에 당황하거나 겁을 내는 사람은 아니거든. 내 눈으로 확인하기 전까진. 그렇게 생각하며 곽예주는 입술을 꽉 깨물었다.

지반월이 나른하게 눈을 감고 손을 가슴 앞에 교차시켰다. 두 손 사이, 정확히는 손가락 사이마다 새하얀 물건이 꽂혀 있었다.

둔비 역시 가만있지 않았다. 편곤을 가슴 앞에 비스듬히 세운 후 왕방울만한 눈을 뒤룩뒤룩 굴리고 있었다.

부홍은 옆으로 게걸음을 걸어 둔비 뒤로 돌았다. 발걸음은 느렸지만 이빨 사이로 구겨 넣은 손톱을 깨무는 속도는 점점 빨라지고 있었다.

사검정은 장검을 가슴에 품었다. 그 자세로는 도리어 검을 빼내기 힘들지 않을까 싶었지만 사검정의 깊은 눈은 더욱 깊이를 더해가고 있었다.

삼팔구는 그렇게 같은 곳을 보았다. 그러면서 정작 보는 것은 달랐다.

곽예주가 본 것은 당소유가 있는 경치였다. 곽예주가 다시 숨을 다듬고 지금 보고 있는 것에서 산을 지웠다. 천천히. 다시 계곡을 지우고, 숲을 지우고, 소이보를 지운 다음 당소유 하나만을 남겨놓았다.

당소유 하나가 남자 곽예주는 다시 숨을 길게 토하다 멈추었다.

당소유의 다리가 사라졌다. 곧 배가, 가슴이, 양팔이 사라지고 얼굴 하나만 남았다 싶었을 때 끝내 얼굴마저도 지워 버렸다.

그리고 양쪽 눈썹 사이, 코와 이마 사이, 사람들이 미간이라 부르는 그곳만이 남았다. 그것마저 지워 버리면 활은 떠날 것이다. 우주 저편으로, 죽음의 세계로 누군가의 영혼을 꿰어찬 채 그렇게 멀리 날아갈 것이 틀림없었다.

지반월은 곽예주와는 달랐다. 지반월이 모두 지우고 남은 것은 열두 개였다. 양 손목과 팔꿈치, 그리고 어깨였다. 그 아래엔 양 발목과 무릎, 그리고 사타구니 옆, 흔히 고관절이라 부르는 곳이었다. 그렇게 열두 개만을 남기고 다시 하나하나 지워 나갔다. 그중에서 여덟 개만 남기면 되었다. 손가락은 모두 열, 그 사이는 모두 여덟, 그래서 비도는 여덟 개였기 때문이다. 지반월의 눈이 더욱 가늘어졌다.

사검정이 보는 것 또한 달랐다. 사검정이 지우는 것은 하나도 없었다. 그저 한데 섞었다. 처음에 산과 계곡을 섞었다. 힘들었지만 성공하자 다음엔 거기에 숲과 당소유를 섞었다. 그렇게 모두 섞이고 끝내 선 하나만 남으면 그때서야 검을 뽑아 들 것이다. 뽑아 든 그대로 한 점에서 한 점 사이, 눈앞에 남은 단 하나의 선을 따라 그을 것이다.

그 선 안에서 안 베어지는 것은 없었다. 사검정은 자신을 믿었고, 검을 믿었고, 또한 이때까지 그렇게 베어나간 경험을 믿었다.

둔비는 더운 숨을 양 콧구멍을 벌렁거리며 뱉었다. 눈앞에 뭘 그리고 또 지우다가 한데 합치는 일 따위는 하지 않았다. 그저 눈앞에 뭔가 보이면 편곤을 들고 때려 부수면 그만이었으니까.

부흥이 몸을 떨었다. 문기서는 더욱 해맑게 웃었으나 범우의 표정엔 조금도 변화가 없었다. 나머지 혈랑대원들은 멀리 뒤에서 숨죽인 채 지켜보고 있었다. 바로 그때 당소유가 웃으며 말했다. 양 술잔에 술을 따르면서. 소이보와의 거리가 열여덟 걸음 남았을 때였다.

"온몸이 근질근질하군. 살기 때문에. 난 믿지 않는 말이 하나 있네. 마시는 물에 따라 심성이 달라지고 산세에 따라 기질이 달라진다는 말. 그렇다면 난 그 빌어먹을 가문이 있는 험한 사천 땅과 탁한 물을 닮았다는 말 아니겠는가?"

한가로운 몇 마디의 말, 그리고 술을 따르는 손길에 이는 가는 떨림, 고개를 외로 꼬고 웃는 처연한 미소. 그것들이 조화를 부렸다.

이때까지 숨죽여, 아니, 숨을 쉬지 않고 누워 있던 인형이 벌떡 일어난 것이다. 나무 인형은 그렇게 표홀히 서서 사람들을 훑어보았다. 정말 눈으로 보는 듯했다. 얇은 면사를 뚫고서.

목이 천천히 돌아가며 알겠다는 듯 고개를 끄덕였다.

그러자 곽예주의 콧등에 땀이 배었다. 지반월의 감기다시피 한 눈이 깜빡였다.

이때까지 숨죽여 지워왔던 모든 것이 한데 뒤섞여 눈앞에 나타난 것이다. 눈앞에 당소유의 미간이 사라지고 얼굴이 나타났다. 얼굴에 몸통이 붙고 뒤로 떡하니 산이 솟고 숲이 자랐다. 찰나의 순간, 인형이 몸을 일으킨 바로 그 순간이었다.

그것은 사검정 역시 마찬가지였다. 이때까지 힘들여 그었던 작은 선이 순간 일그러진 것이다.

당소유는 다른 건 몰라도 이런 싸움, 즉 한 수에 목숨을 나누는 일엔 익숙한 게 틀림없었다. 작은 변화로 모든 것을 흩뜨려 놓은 것이다.

곽예주와 지반월, 그리고 사검정은 모두 필사적으로 그림을 다시 되돌리려 노력하고 있었다.

그리고 소이보와 당소유 사이엔 단지 열여섯 걸음만 남았다.

그때였다.

뾰로로롱~

새가 다시 울었다. 사람들이 만들어내는 긴박감, 팽팽한 긴장감, 그리고 그 두 개를 축축이 적셔놓는 번질대는 살기에 새는 목이 터져라

단말마 울음소리를 내었다.

당소유는 흘낏 새를 바라보고는 웃었다. 당소유의 나이는 이제 겨우 서른 정도? 아니, 어쩌면 한참 아래일 수도 있었고 그보다 훨씬 많을 수도 있었다.

창백하게 질린 얼굴은 젊은 나이를 만들어냈고 창백한 피부 위로 드리워진 암울한 음영은 늙은이의 것과 다름이 없어 나이를 가늠하기가 힘들었다.

'어쩌면 젊은 나이에 노회한 경험일지 모르지. 새를 키우는 것 역시.'

소이보는 그렇게 생각했다. 그 어떠한 경험은 사람을 늙게도 노숙하게도 만든다. 그 둘의 차이는 음식이 썩느냐, 아니면 숙성되어 발효가 되느냐의 차이보다 더 컸다. 늙으면 죽음밖에 없었다. 아니, 죽음보다 더 비참하게 되었다. 특히 젊은 나이에 빨리 늙어버린 사람들은 더욱 그랬다. 그리고 그런 사람들은 모두 너무나 빨리, 일찍 고개를 숙인 사람들이었다. 목숨과 한 끼 식사에 자존심을 팔아치운 사람이었다.

그러나 그 경험을 뼈에 새기고 살에 파 넣은 사람들은 노회하다고 말할 수 있었다.

늙음과 노회함, 그 둘의 차이는 죽음보다 못한 삶이냐, 아니면 또 다른 삶이 기다리느냐의 차이였다.

당소유라 밝힌 사람 역시 마찬가지였다. 부잣집 공자 흉내를 내는 것은 아니었다. 흉내가 아니라 철저히 머리부터 발끝까지 돈 냄새를 풍기고 있었다. 굶주린 뒷골목 출신들만이 그 냄새를 맡을 수 있었고, 그래서 소이보는 확신했다. 저놈은 진짜 부자 중의 부자라고.

그래서 어설피 새를 키우는 것은 아닐 것이다. 새란 늙은이나 지체 높은 사람들만이 가질 수 있는 취미이기 때문에.

늙은이, 아니, 삶의 여유가 너무나 많아 시간을 죽여야 하는 사람들이 특히 그랬다. 아침에 한 손에 새장을 들고 어슴푸레한 어둠을 헤치고는 공터에 모여든다. 어떤 이는 검을, 어떤 이는 화려한 옷을 갖춰 입고서. 주인을 따라 나온 새들은 다른 새들과 인사를 나누는 양 예쁜 목소리로 지저귀고 주인들은 제각기 검법을 연마하고, 권각법으로 건강을 기르며, 그것도 무료해지면 책을 읽거나 차를 앞두고 담소를 나누다가, 그것도 지치면 그저 쓸데없이 앞뒤로 천천히 오간다.

그걸 고아한 풍미라고 부르는 사람들도 있지만 소이보는 미친 짓거리라 불렀다.

당소유가 입을 열었다. 그리고 그 순간 열네 걸음이 남았다.

"울지 않는 새를 어떻게 지저귀게 만드는지 아는가?"

"몰라."

"내 알려줌세."

당소유는 자세를 고쳐 앉고 느린 걸음 때문에 소이보는 이제 겨우 한 걸음을 더 걸었다. 소이보는 고개를 숙여 파랗고도 잿빛인 두 눈으로 당소유를 쳐다보았다.

"새장을 까만 보자기로 덮는 것이네. 대부분 그렇게 하지. 그 또한 얼마나 슬픈가 말이야. 자유를 잃고 대자연의 풍족함을 잃고 새장 속에 구속된 새는 입을 다물지. 그 어떤 겁박(劫迫)과 회유(懷柔)에도 절대 작은 부리는 열리지 않는다네. 상등(上等)의 품격을 지녔으되 울지 않으니 하품(下品)의 값밖에 나가지 않지. 인간들의 안목이 그렇게 낮고 돈이란 또한 그렇게 세상을 팍팍하게 만들곤 한다네. 아무튼 울지 않는 새를 그렇게 보자기로 덮어 산에 오르지. 새는 듣는다네. 예전 동무였던 새들의 찬란한 지저귐을. 새는 어리둥절하지. 그때 보자기를 확 걷는 걸세. 바로 그 순간 찬란한 숲의 광채가 새의 눈을 감싸고 싱싱한 수풀의 냄새가 새의 깃털을 보듬을 때 새는 미친 듯 운다네. 친구를 부르고 또한 헤어진 연인을 부르면서. 깃을 세우고 목에 피가 나는 것처럼 목 놓아 울지. 이때 우는 소리를 들었나? 너무도 아름다운 울음이라네, 그건."

"아니."

소이보가 다시 한 걸음을 걸었다. 당소유가 손에 작은 돌멩이를 잡고 힘없이 던진다 해도 곧 소이보의 아랫배에 닿을 수 있을 정도의 거리였다. 하지만 당소유는 이야기에 잔뜩 빠진 듯 계속 입을 열었다.

"아름다운 가인이 눈을 즐겁게 하고 그 가인의 숨결이 코를 즐겁게 하고 그 가인이 따른 좋은 술이 입을 즐겁게 하지만, 그 울음소리만큼은 가인의 웃음소리보다 더 귀를 즐겁게 한다네. 그러나 곧… 새는 고개를 떨군다네. 날개를 펴고 날아보려 하지만 여전히 조롱 안에 갇힌 신세란 걸 뒤늦게 깨달은 거지. 그 과정을 몇 번 더 거치면 새의 가슴엔 파란 멍이 든다네. 절망으로 머리는 노랗게, 밖의 세상에 대한 그리움은 꼬리를 파랗게 물들이며 멍이 들지. 그 이후 새는 구슬프게 운다네. 그제야 새의 값은 오르고 상등의 값을 받지. 새의 멍든 가슴으로 울어대는 그 슬픈 노랫소리 말이네. 그래서… 그 새를 건네받은 사람들은 새장을 결코 열지 않는다네. 문이 열리면 새는 곧 죽거든. 너무도 벅차서, 아니, 또 한 번 속고는 결코 계속 살아갈 수 없기에. 새는 그렇게 작은 부리를 가슴에 묻고 죽는다네."

소이보가 다시 한 걸음 걸었다. 당소유는 다시 말했다.

"내 말, 알겠는가? 그 말이 왜 싫은지. 마시는 물에 따라 심성이 달라지고 산세에 따라 기질이 달라진다는 말 말이네. 결국 나를 믿지 못하는 이유는 단 한 가지, 내가 사천당문 사람이란 것이지. 사천 땅의 공기를 마시고 사천 땅의 곡식을 먹으며 사천 땅의 물을 마신다는 그 한 가지 이유로 사람들은 날 믿지 못한다네. 내가 권하는 술을 악귀처럼 여기고 내가 하는 말은 악마의 속삭임으로 듣지. 내가 손가락만 까딱해도 유부명귀를 만난 듯 펄쩍 뛰어 달아난다네. 세상은 넓지만 내가 가진 건 하나도 없다네. 새장 속에 갇힌 새처럼 말이네. 그저 슬픈 노래만 부르는 그 새처럼 말이야."

당소유는 거기까지 말한 뒤 두 눈에 슬픔을 가득 담아 소이보를 쳐다보았다. 하지만 소이보는 그 슬픔에 동화될 수 없었다.

팽팽한 균형, 아니, 일방적으로 당소유에게 기울어진 무게 추를 끊어야 하기 때문이었다.

소이보가 힐끗 당소유 뒤에서 서성이는 그녀, 정확히는 목각 인형을 바라보았다. 무언가 계기를 만들어야 했다. 그래서 소이보가 말했다.

"저 여자… 역시 새장 속에서 죽었나 보군."

당소유 눈에 기광이 어렸다. 그리고 여자를 본 뒤 탄식처럼 말했다.

"연(燕)아, 연아, 내 어찌 이 사람을 싫어할 수 있겠느냐. 종자기가 백아를 알듯 백락이 천리마를 보듯 내 마음을 이리도 잘 아는 친구에게 어찌 술을 안 권할 수 있겠느냐."

당소유의 처연하면서도 밝은 웃음 속에서도 곽예주는 미친 듯 그림을 지워 나갔고, 범우의 콧구멍이 처음으로 벌렁거렸다.

"자, 이 술을… 자네에게 결코 해가 되지 않을……."

당소유가 손을 들어 술잔을 가리켰을 때였다. 소이보의 눈이 폭발할 듯 반짝였다. 독과 암기. 그 두 가지는 모두 손에서 주로 나왔다. 살기가 온몸을 갈기갈기 찢고 긴장은 온몸의 뼈를 가루로 만들듯 증폭될 때 범우가 뛰어들었다.

아예 고슴도치가 될 걸 각오한 듯한 행동이었다. 범우의 단단한 몸이 소이보를 가리는 것과 동시에 단단하게 뭉친 주먹이 당소유 얼굴로 쏘아졌다. 당소유의 암기 솜씨가 얼마나 재빠른지 몰라도 범우의 주먹 속도보다 그리 빠르진 않을 게다. 지켜보는 사람들은 모두 그렇게 믿었고, 사실 무시무시한 속도였다. 그러나 불행히도 그 주먹이 결코 당소유의 얼굴에 맞는 일 따위는 없을 것이다.

그렇다면 남은 사실은 단 한 가지였다. 범우는 죽고 다른 사람들은 산다. 물론 몇몇이 더 죽을는지도 몰랐다. 당문의 독과 암기는 늘 상상을 초월했으므로. 그러나 운만 좋다면 모두 살지도 몰랐다. 재빨리 공격하고 뒤로 미친 듯 물러난다면 목숨을 구할 수도 있었다. 범우만 죽는다면. 삼팔구 대신, 아니, 정확히는 소이보 대신 죽어준다면…….

빽!

하지만 괴상한 소리와 함께 그 누구도 죽지 않았다. 제일 먼저 곽예주의 화살이 범우의 손등을 스쳤고, 지반월의 단도가 범우의 겨드랑이와 오금을 스치듯 지나가서는 다시 하늘로 치솟아 기묘한 궤적을 그려내었고, 사검정의 검이 뽑혔다. 언제 뽑아 들었는지 몰랐지만. 그러나 그 검은 내려치지 못했다. 곽예주의 화살도, 또한 지반월의 비도도 헛되이 바람 소리와 함께 허공에서 춤추다 땅에 곤두박질치고 있었다.

상대가 사라진 때문이었다. 눈으로 놓친 것은 아니었다. 놈의 흔적은 하나하나 모두 눈에 들어오고 있었다. 몸을 뒤로 물리고 바람처럼 날아가는 그 모든 모습이. 기묘한 신법으로 피했기 때문은 아니었다. 그저 범우의 검고 뭉툭한 주먹이 당소유 코에 너무도 잘 들어맞았고,

그 결과 한줄기 핏줄기만 남긴 채 고개 젖힌 당소유가 뒤로 튕겨 나간 때문이었다.

곽예주가 다시 활시위를 매기자 지반월은 자리를 박차고 뛰어나와 한 바퀴 구른 후 한쪽 무릎을 꿇고 앉아 눈을 감다시피 했다. 손가락 사이엔 다시 여덟 개의 하얀 비도가 쥐어져 있었다. 사검정은 재빨리 다음 선을 눈앞에 그렸다.

그러나 그걸로 끝인 듯 모든 것이 멈춰 있었다.

이제 상황은 자신들 편이었다. 독을 풀거나 암기를 쏘아낼 그 어떤 수상한 행동에도 대처할 수 있었다.

길목을 막고 앉아 이미 지세와 시기를 장악했던, 그래서 소이보로 하여금 목숨을 걸고 기세를 펼치게 만들었던 당소유는 한쪽에 개구리처럼 엎어져 있었다.

맞아도 너무나 잘 맞은 일격이었다.

범우마저 믿지 못하겠다는 듯 쏘아낸 주먹을 허공에서 멈추고 멍하니 바라보았다.

갑자기 목표물을 잃어버린, 아니, 너무도 괴상한 모습을 보여준 목표물 때문에 삼팔구조차 멍한 눈으로 쳐다보고 있었다.

당소유는 천천히 꿈틀거리며 일어나려다가 다시 비척거리며 쓰러졌다.

그래도 어떻게든 몸을 일으킨 당소유의 코 아래엔 두 줄기 코피가 쏟아지고 있었다. 창졸간에 쏘아 보냈어도 범우의 주먹은 매서운 걸로 정평이 나 있었다. 당소유는 적어도 한 가지는 가문에 고마워해야 했다. 머리뼈를 단단하게 낳아준 자신의 아버지를 향해서.

그리고는 처연히 웃었다. 목각 인형 쪽을 바라보며.

"연아, 연아, 세상은 왜 내 말을 믿지 않는 것이냐."

그 목소리엔 아득한 한이, 슬픔이, 좌절과 절망이 깃들어져 있었다.

2

소이보가 웃었다. 당소유가 따라놓았던 술잔을 들고. 소이보의 웃음
은 항상 같았다. 소리는 내지 않고 입 꼬리는 양쪽으로 활짝 벌려 크게
웃는. 하지만 지금은 달랐다. 같은 표정의 다른 느낌. 왜 또 어떻게 다
른 것인지는 몰라도 확실히 달랐다.

술잔을 입에 가져다 댄 소이보가 고개를 젖혔다. 천천히, 아주 느리
게. 그렇게 한 잔을 마신 뒤 고개를 숙이고는 소이보가 당소유를 바라
보며 말했다.

"넓은 세상에 술 한 잔은 허락하겠지. 하늘도 나에게는."

슬퍼서 곧 통곡을 할 것 같던 당소유의 얼굴이 일그러진 채 소이보
를 보았다. 천천히 일그러진 근육들이 풀리고 활짝 웃었다. 처연한 웃
음은 똑같았지만 그 안엔 진정으로 기뻐하고 반가워하는 기색이 있었
다. 간절히 원했지만 그저 꿈에서나 그려봤던 일이 눈앞에서 실제 벌
어진 것을 보고 기뻐하는 듯한 웃음과 표정이었다.

뒤에 떨어져 있던 문기서가 한숨을 돌리는지 '휘유' 하는 바람 소리
를 입에서 내다가 눈을 동그랗게 떴다. 그리고는 소이보가 목을 꺾고
술잔을 입에 가져다 대 울대를 크게 움직이며 한 잔의 술을 마시는 것
을 보자 입까지 멍하니 벌렸다.

소이보가 웃고 당소유가 따라 웃는 모습을 번갈아 지켜보던 문기서의 얼굴이 뒤틀렸다.

문기서가 뛰었다. 소이보가 걸어왔던 걸음을 한순간에 뭉개고 급히 다가와 허리를 굽혔다. 소이보가 마신 술잔 앞에 놓여진 또 다른 술잔, 당소유가 스스로 따라놓은 술잔을 들고 재빨리 마셨다.

안심이라는 듯 또 한 번 휘유 하는 한숨을 불어내고는 해맑게 웃었다.

그 모습을 지켜보던 당소유가 안됐다는 듯 고개를 젓고는 말했다.

"그 술은 자네에게 허락된 것이 아니네. 불행히도."

그 말이 끝나기가 무섭게 문기서의 얼굴에 검은 그림자가 드리워졌다. 안색이 굳어짐과 동시에 믿을 수 없게도 문기서의 얼굴이 붉게 변했다.

화가 나거나 당황해서가 아니었다. 말 그대로 붉었다. 아니, 새빨갛게 변했다. 흡사 주사(朱砂)를 물에 개어 얼굴에 바른 듯했다.

문기서의 뒤틀린 얼굴이 소이보의 손에 들린 잔에 멎었다.

문기서가 빼앗듯 잔을 채어가자 소이보는 그저 무심히 문기서를 바라보았다.

빈 술잔을 들어 올리고 문기서가 재빨리 핥았다. 혀를 길게 빼내어 잔의 구석구석, 아예 뒷면까지 깨끗하게 핥고서야 다시 한숨을 불어내었다.

하지만 한숨은 오래가지 않았다. 이번에 문기서 얼굴은 붉게 변하지 않았다. 도리어 그 반대였다. 진청색의 빛깔이 문기서의 얼굴을 덮고 있었다. 교단서의 푸르스름한 얼굴과도 달랐다.

하늘을 쪼개어 그 안에 든 파란 무엇을 얼굴에 한 겹 덮은 듯 푸른색은 짙었다.

"어디에?"

혀가 마비됐는지 문기서의 발음은 명확치가 않았다. 하지만 뭘 묻는 지는 모든 사람이 알 수 있었다. 어디에 해독제가 있느냐는 물음임을.

처음엔 술에 해독제가 있는 줄 알았다. 그게 아니라는 것은 빨라진 심장 고동과 오그라드는 뒷목의 느낌으로 알 수 있었다.

그렇다면 술잔이었다. 술잔에 해독제를 바르고 그 위에 술을 부은 것이 틀림없었다. 그래서 소이보의 술잔을 빼앗았고 혀로 핥았다. 그 러나 이번엔 온몸이 타오르는 불에 잠긴 듯했다. 한편으론 얼음이 얇 게 깔린 한겨울 강에 몸을 들이민 듯했다. 그렇게 상반된 느낌이 아주 빠르게 교차되는 것을 알고서야 문기서는 자신의 생각이 틀렸음을 인 정해야 했다. 당문의 독을 푸는 재주는 과연 남달랐고, 그만큼 고명했 다.

삼팔구의 안색이 일제히 변했다. 처음엔 몰랐지만 잔까지 혀로 핥는 문기서를 보자 확실히 알았다. 어느새 자신들은 중독돼 있다는 것을. 단 한 명, 술을 마신 소이보만 제외하고.

어느새…….

그렇게…….

"알았나?"

"그게 지금 무슨 상관이지?"

조금 시간이 흐른 후 당소유가 물었다.

"하긴 소용없는 일이지. 친구 하나 얻었다는 게 더 귀한 일이지."

당소유가 웃었다.

한참 뒤에서 편곤을 비스듬히 들고 있던 둔비가 눈을 찡그리며 물었다.

"무슨 일이지?"

이상한 일이었다. 적을 만나면 삼팔구는 하나가 되었다. 손발이 합쳐지고, 화살이 날며, 비도가 허공을 가르고, 장검이 그 가운데를 쑹덩 잘라냈다. 그리고 자신은 찢겨지고, 갈라지고, 비틀려 버린 상대를 부숴 버리면 끝이었다. 물론 최후는 당연히 부흥이 책임을 졌고.

오랜 기간 손발을 합쳐 온 경험이 그렇게 만들기도 했지만 그것보다는 서로의 마음이 통했기 때문이다.

그러나 지금은 그게 깨져 있었다.

곽예주의 활과 지반월의 비도, 그리고 사검정의 검이 모두 빗나가거나 쏘아지기도 전에 멎어버렸다.

물론 왜 그런 것인지는 자신도 안다. 너무도 시원하게 잘 들어맞은 일격, 그리고 뒤로 튕겨 날아간 당소유가 너무도 의외였기 때문이다.

하지만 그리고 난 뒤가 문제였다. 소이보가 술을 먹고 문기서가 남은 술을 털어 넣고는 소이보의 잔까지 뺏어 핥은 것도 이해가 갔다.

배가 고픈 사람은 항상 그런 모습을 보여줬고 둔비, 역시 잘 처먹는 종자 중에 하나였기 때문이다. 그러나 그 후 일제히 온몸을 굳히고는 아예 움직일 생각을 안 하고 있었다. 모든 사람이.

물론 문기서의 뒷모습만을 보아 지금 어떤 표정인지, 또 얼굴색이 어떤지 보지 못한 탓일지도 몰랐다.

삼팔구 간에 오가던 생각과 마음의 줄이 뚝 끊긴 듯 이어지지 않고 있었다. 물론 이런 일은 가끔 있었다. 특히 생각이 이어지지 않는 일은 많았다.

둔비는 그것을 자신이 멍청해서라기보다 사고하는 방식의 차이라고 굳게 믿고 있었다. 그러나 그런 때에도 마음의 끈은 이어졌었다.

지금처럼 굳게 식은 마음이 아니었다. 지금 상황은 식었다기보다 아예 죽어 굳어버린 마음이었다.

답답한 마음에 둔비가 다시 버럭 고함을 질렀다.

"뭔 짓들이냐구!"

그리고 한 걸음을 걸었다.

"어어?"

둔비의 콧구멍에선 다시 이상한 비음이 튀어나왔다.

무릎이 스르륵 꺾였다. 몸이 기울었다. 편곤을 옆에 꽂고 몸을 지탱했지만 땅에 박힌 편곤은 스르륵 기울어지고 있었다.

둔비의 눈이 커졌다. 황당한 일이었다. 이런 일, 특히 몸의 중심조차 못 잡아 기우뚱거리는 일은 결단코 없었다.

큰 몸에 커다란 편곤을 휘두르려면 힘보다는 중심을 잡는 게 더 중요했다. 무겁고 커다란 편곤을 휘두르다 보면 내공은 곧 고갈되기 일쑤였다. 그것을 중심을 이동하고 또 옮기면서 보완하는 것이다.

'독?'

처음 머리 속을 스치는 생각이었지만 어림없는 이야기였다.

어디 한 군데 가렵거나 쑤시거나 차거나 뜨거운 느낌은 없었다.

그렇다고 마비된 곳도 없어 머리 한 올부터 발바닥 끝까지 모든 신경이 살아 펄떡이고 있었다.

"가만있어. 움직이지도 말고. 숨 역시."

범우의 나지막한 목소리. 뒤도 돌아보지 않고 굳은 채 내뱉는 목소리에 둔비는 히죽 웃었다.

'암만해도… 중독인가 보네.'

자신에게 아마도 조금은 맹한 구석이 있을지 모른다는 생각을 그때서야 처음 해보는 둔비였다.

소이보는 둔비가 쓰러졌음을 알 수 있었다. 구태여 뒤를 보지 않아도 한쪽 무릎이 땅을 짚는 쿵 하는 소리를 통해 알 수 있었다.

소이보의 눈이 반짝였다. 그리고 조금 전처럼 한 걸음 걸었다.

당소유는 옷자락으로 코피를 닦고는 말했다.

"그건 독이 아니라네. 독은 비싸고도 귀하거든."

"그래서?"

소이보는 껄끄러운 목소리로 물었다. 구태여 대답을 원하는 것은 아니었다. 이제 자신이 해결해야 했다. 범우가 자신을 가로막고 시도했던 것을 자신이 해야 했다. 그래서 목소리는 더욱 껄끄러워지고 파랗고도 잿빛인 두 눈은 요사스럽게 반짝이고 있었다.

당소유가 그런 소이보를 보고 다시 처연히 웃고는 말했다.

"소림에 소환단(小還丹)이란 걸 들어봤나? 귀하지. 먹으면 뼈만 남은 사람도 벌떡 일어난다네. 하지만 불과 몇 알 없지. 왜 그런지 아나? 돈이 많이 들기 때문이네. 일 년 시줏돈을 탈탈 털어 만들어도 불과 한 알도 채 못 만들지. 그런 게 소환단이라네. 십 년 시줏돈을 탈탈 털어야 만드는 게 대환단(大還丹)이고. 이때까지 세 알을 만들었는데 두 알은 쓰고 한 알 남았다더군. 시줏돈과 면세전(免稅田)에서 나오는 돈을 다 투자하고 나면 중들이라도 굶어 죽거든. 그래서 그런 것이라네."

"그런데?"

소이보가 되물었다. 물론 구태여 대답을 원한 것은 아니었다. 소이보의 말은 열두 걸음 앞에서 시작하여 당소유 앞에서 끝났다.

'그'에서 발을 떼고 열두 걸음을 한순간에 수축시키면서 '런' 자를 내뱉었다. 하지만 마지막 '데' 자는 분명치 않았다. 전혀 다른 이질적인 소리에 묻힌 때문이었다.

뻑!

소이보의 오른손이 당소유의 얼굴에 쑤셔 박혔다. 순간적으로 당소유의 뒤통수로 소이보의 주먹이 튀어나오는 것처럼 보일 정도로 잘 맞은 주먹이었다. 하지만 당소유의 신형은 이번엔 뒤로 퉁겨 나가지 않았다. 소이보의 왼손이 당소유의 멱살을 쥐고 있었기 때문이다.

소이보는 한 걸음에 열두 걸음을 지웠다. 별림에 있는 노인의 그림자를 밟는 것보다 더 쉬운 일이었다. 아니, 지금 소이보의 모습을 보았다면 노인이 입을 크게 벌리고 고개를 끄덕였을 것이다. 긴장한 몸에 재빠른 몸놀림. 그래야 했으므로, 그래야 살아남았기에 소이보의 몸은 자신이 낼 수 있는 최대한의 속도를 냈기 때문이다.

당소유의 머리가 뒤로 크게 젖혀졌다가 그 속도만큼 빠르게 앞으로 튀어나왔다. 그 속도를 이기지 못하고 아예 푹 숙여져 턱과 가슴이 맞닿고는 다시 뒤로 젖혀졌다. 몇 번 더 그렇게 까딱거린 당소유의 머리가 흔들거리며 제자리를 찾았다. 눈동자가 순간 멀겋게 변하며 초점을 잃었다.

당소유는 자신이 싫어하는 자신의 가문에, 아니, 정확히는 선조들에 대해 감사할 것이 또 하나 늘었다. 단단한 목뼈. 웬만한 목뼈였다면 이미 머리통이 저만치 나가떨어져 통통 굴렀어도 하나 이상할 것 없는 잘 맞은 주먹이었다.

"잘했어. 저놈 대가리는 고생 좀 해야 해!"

시원하다는 듯 지켜보던 둔비가 커다랗게 감탄성을 토해내었다.

쇠종이 깨지는 듯한 소리에 잠깐 정신을 차렸는지 당소유의 눈동자에 겨우 초점이 맺혔다. 갈라진 목소리가 이젠 조각조각 부서진 것처럼 당소유의 입에서 흘러나왔다.

"독은… 독은 그것보다 더 귀하지. 쓸 만한 독은. 강하면 다루기 힘들고 약한 것은 효과가 없다네. 독을 쓰면 누가 썼는지 쉽게 알아차리고, 그 흔적을 지울 수 있는 독은 정말 구하기 어렵고 비싸거든. 그런 게 독이라네. 아무리 당문에 돈이 많아도 요선보 사람들을 흔적없이 중독시키려면 당문 사람들 허리띠를 졸라매고 오 년은 견뎌야 할걸? 그래서 안 썼단 말일세. 그저 요선보 사람들이 그 자리에 오래 있어서 그런 거지 몇 발자국 앞으로만 나왔어도 지금 저 꼴은 안 됐을 거라고. 물론 조금 손을 본 것은 있어도 그건 독이 아니기에 생명에 지장은……."

당소유의 말은 이어지지 않았다.

소이보의 팔꿈치가 크게 뒤로 향하는 듯하더니 여지없이 또 한 번 주먹이 튀어나간 때문이었다.

빽!

앞선 두 번의 충격음을 합한 것만한 격타음이었다.

당소유의 고개가 다시 젖혀졌다. 이번엔 정신을 잃은 듯 당소유의 머리통이 왼쪽 어깨와 오른쪽 어깨 사이를 힘없이 오가고 있었다.

소이보가 멱살을 쥔 왼쪽 손을 앞뒤로 흔들었다.

당소유의 머리가 거기에 운율을 맞추듯 앞뒤로 한참이나 흔들렸다.

"한 방 더 먹여 버려!"

둔비가 신이 난 듯 크게 외쳤다.

뾰로로롱~

둔비의 목소리에 놀란 듯 새가 크게 울었다.

당소유의 머리가 그제야 조금 힘을 얻은 것처럼 위로 쳐들렸다.

둔비의 커다란 목소리 때문인지, 아니면 아끼던 새의 지저귐 때문인지는 몰라도 당소유는 조금 정신을 차린 듯 소이보의 눈을 쳐다봤다.

파랗고 잿빛인, 그리고 그 빛이 조금 더 강해진 두 눈을.

소이보가 아무런 감정이 깃들지 않은 목소리로 물었다.

"내가 묻는 건 그런 게 아냐."

무표정한 얼굴이 더 무서울 때가 있듯 감정없는 탁한 목소리는 묘하게도 섬뜩한 느낌을 만들어내고 있었다.

소이보의 두 주먹은 절대 범우 아래가 아니었다. 범우 입으로부터 쓸 만하다고 인정을 받았고, 강요맹의 어깨뼈를 어긋나게 만든 주먹이었다.

둔비가 무릎을 꿇은 자세로 지켜보다 툴툴 웃으며 말했다.

"금안에 실망하고 요안이 재밌다더니 끝내 스스로 청안(靑眼)이 돼버렸네?"

굳이 둔비의 말이 아니더라도 지금 당소유의 얼굴은 엉망이었다. 눈주위는 부풀어 올라 거의 감기다시피 했고, 그 색 또한 검푸른색이었다. 코뼈가 부러진 듯해 보였지만 알아볼 수는 없었다. 코도 부풀어 얼굴 중앙을 가득 채우고 있었기 때문이다.

입술 역시 부풀었는데 그 사이로 축 늘어진 혀가 꿈틀거렸다.

그 혀가 분명치 않은 말소리를 만들어내고 있었다.

"내가 자네를 죽이지 못한다고 생각하나?"

당소유의 물음에 소이보가 히죽 웃었다.

"해봐."

소이보의 짧은 말이 끝나자마자 당소유의 손이 움직였다.

방금 전까지 정신을 놓았던 사람이라고는 믿기지 않을 정도로 민활하고 또 민첩했다.

오른손이 왼쪽 소매 쪽을 향했다. 소이보의 오른손이 그 손목을 잡고 비틀었다. 당소유가 손을 뒤집어 손톱으로 긁으려 했지만 소이보의 손은 어느덧 밑으로 돌아가 다시 손목을 잡아챘다.

소이보의 손이었다. 다른 사람도 아닌 별림의 노인과 매일 손과 발을 얽었던 바로 그 소이보의 손이었다.

당소유의 손이 품속을 뒤지려 하면 그보다 먼저 도달해 당소유의 맥문을 잡아갔다. 독사의 대가리를 잡고 제압하듯 간단하고 간결한 손짓이었다. 몇 번의 시도가 무위로 돌아가자 당소유가 포기한 듯 히죽 웃고는 두 손을 축 늘어뜨렸다. 늘어뜨린 손의 바닥으로 땅을 짚고는 천천히 몸을 뒤로 끌었다. 앉은뱅이의 몸짓처럼 다시 손을 뒤로 돌려 땅을 짚고는 몸을 뒤로 끌었다. 한 번에 움직여지는 거리는 짧았지만 몇 번을 되풀이하자 끝내 멱살을 잡은 소이보의 손을 뿌리칠 수 있었다.

소이보의 두 눈이 그렇게 풀어준 자신의 손을 보았다.

움직일 수 없었다. 손가락과 몸을 이어주던 신경과 근육이 끊긴 것처럼 조금도 움직일 수가 없었다. 그저 손에 쥔 모래가 주먹 틈으로 흘러내리듯 당소유의 옷깃이 손을 빠져나가 뒤로 물러서는 것을 물끄러미 쳐다볼 뿐이었다.

분명 당소유의 모든 시도, 몸 안에 감춰둔 독을 풀려 한 그 모든 몸짓을 막았다. 혹시나 손톱 사이에 독을 감췄다가 튕겨낼까 봐 세심하고 섬세하게 방비하며 눈을 떼지 않았다.

그럼에도 중독된 것이다. 어느새.

소이보는 천천히 온몸을 움직여 봤다. 하지만 소용이 없었다.

맨 처음 손가락에서 출발한 그것이 손목을 타고 올라 어깨를 먹어치웠다. 가슴을 내리누르고 허리까지 올라탔다. 다행히 목과 다리는 조금 움직일 정도였지만 그 외엔 등나무 가지에 꽁꽁 매인 것처럼 조금도 움직이지 못했다.

대략 두 걸음 정도 뒤로 물러난 당소유가 그제야 웃었다. 매우 슬프다는 듯 미소는 처연했고, 두 눈엔 습기가 차 올랐다.

당소유는 지친 사람처럼 두 손을 뒤로 짚고 퍼질러 앉아 하늘을 보았다. 흘러가는 구름을 보다가 어이없다는 듯 다시 웃고는 입술을 내밀고 우물거렸다.

"더럽군, 더러워. 술을 권하니 주먹이 날아오는군. 좋아, 내가 다시 말하지. 난……."

하지만 당소유의 말은 이번에도 이어지지 않았다.

쓰러진 당소유의 멱살을 잡고 들어 올리느라 한쪽 무릎을 꿇고 앉아 있던 소이보의 몸이 용수철이 튕겨 오르듯 앞으로 향했기 때문이다. 그리고 소이보의 이마가 당소유의 얼굴에 정확히 들어맞았다.

쾅!

앞서 세 번의 소리와는 전혀 다른 소리와 함께 당소유의 신형이 뒤로 데굴데굴 굴렀다. 소이보의 신형도 당소유와 얽혀 함께 굴렀다.

손은 제대로 움직이지 못했고, 다리 역시 앞으로 뛰어나간 후엔 움직이지 못했다. 그나마 움직이는 허리를 바싹 당소유 몸에 들이밀어 붙이고는 함께 데굴데굴 구르는 게 전부였다.

한참이나 구른 당소유가 하늘을 보고 널브러졌다. 그리고 그 옆에 소이보가 엎드린 채 바싹 붙어 있었다.

당소유의 목을 물고서.

두 사람은 아무런 말도 없었다. 아직 소이보의 이빨이 당소유의 멱을 파고들지도 않았다. 하지만 당소유가 움직이는 조금의 기미만 보여도 언제든 물어뜯을 준비를 하고 있었다.

소이보의 거친 숨이 당소유의 울대 위를 뜨겁게 데웠다.

언제든 당소유의 살점을 파고들어 기도와 그 옆을 흐르는 동맥을 물어뜯고 갈가리 헤쳐 놓을 것이다.

당소유의 눈이 하늘을 향했다. 위를 보고 큰대 자로 누워 있으니 당연한 일이었다. 부푼 눈두덩이 위의 얇게 떠진 눈꺼풀 사이로 왠지 더욱 슬퍼 보이는 눈동자가 한참이나 허공에 멎어 있었다.

"물지 마······. 그럼 넌 죽어······."

낮게 갈라진 목소리가 당소유 입에서 튀어나왔다. 그 목소리는 이미 우아한 격식을 버린 살아 으르렁대는 짐승의 목소리를 닮아 있었다.

맨몸뚱이를 지닌 살아 숨 쉬는 인간, 그것도 죽음을 바로 눈앞에 둔 사람만이 이런 목소리를 낼 수 있었다. 비단 옷에 좋은 음식, 그리고 고아한 풍도를 지닌 사람은 절대 낼 수 없는 목소리였다.

그래서였다. 당소유가 소이보의 눈을 보고도 웃을 수 있었던 것은.

당소유가 두려워한 것은 죽음이 아니었다. 도리어 그것은 삶이었다.

편하고 안락한 삶을 당소유는 두려워하고 있었다. 도리어 죽음을 갈망하는 것처럼 보일 정도였다. 그래서 웃을 수 있었던 것이다. 요안을 마주 대하고도.

'이제야 겨뤄볼 만하군.'

거친 숨 속에서도 소이보의 눈이 반짝였다. 이제야 한 판 붙는 재미가 느껴지는 것이다. 진짜 죽음을 앞에 둔, 그래서 처절하게 몸부림치는 생명과 어울려 싸워볼 만한 것이다. 입으로 나불대지 않는.

소이보의 이빨에 힘이 들어갔다. 벌린 입 사이로 침이 흘러나와 당소유의 하얀 목을 타고 흘렀다. 소이보의 거친 숨에 당소유 목엔 소름이 돋아 있었다.

그때 당소유의 손이 꿈틀댔다. 천천히, 아주 느리게 위로 솟구치는 듯하더니 곧 땅에 털썩 떨어졌다.

기운이 빠진 듯한, 아니, 아무것도 하기 싫다는 듯한 권태로움이 손에 묻어 있었다.

그러나 소이보는 어느새 자신의 손이, 팔이, 어깨가 움직이고 있는 걸 느꼈다. 드디어 온몸을 자유롭게 움직일 수 있는 것이다.

당소유의 간단한 동작, 손짓도 아니고 그저 팔을 잠시 들어 올린 그것이 소이보의 독을 없앤 것이다.

하지만 소이보는 당소유의 목에서 이빨을 떼지 않았다.

이미 상대의 실력은 온몸으로 뼈저리게 느낀 후였다.

도리어 팔을 옆으로 가져가 배 아래 깔려 있는 검을 천천히 빼내었다.

검이 다 빠져나오고 손에 들린 검끝이 당소유의 심장 위에 살포시 얹혀질 때 당소유는 도리어 툴툴거리며 웃었다. 허허롭고 허탈한 웃음소리였다.

"연아, 연아, 내가 곧 네 곁으로 가겠구나. 연아, 연아, 내가 곧 너를 보겠구나."

조금 전 갈라지긴 했어도 날카로웠던 목소리와는 다른 처연한 목소리였다. 왠지 그 울음과도 같은 웃음소리가 조롱 안 새의 울음과 비슷하게 들렸다.

당소유의 가슴을 살짝 파고들던 검끝이 멎었다. 당소유 가슴 위에서 빨간 꽃이 피었다. 그 꽃은 한 점에서 시작해 어느덧 동전 크기만큼 커졌다. 피었다. 피가 배어 나와 당소유 옷을 적시고 있었다.

소이보의 눈이 옆으로 향해 천천히, 하지만 아름답게 번지는 피를 보았다. 붉은빛은 아름다웠다. 붉은색은 꼭 별림에 피던, 그래서 아름다운 여름을 향기로 채우던 꽃을 닮아 있었다. 그러자 노인이 생각났다. 텅 빈 입을 위아래로 가득 열고는 소리없이 웃던 노인.

소이보가 머리 속으로 그려낸 노인의 모습이 겹쳤다. 당소유가 마지막까지도 부르는 연이란 이름의 여자와.

얼굴도 모르고 뭘 하던 여자인지도 몰랐지만 그 이름을 듣자 왠지 자꾸만 노인의 모습이 소이보 머리 속을 채웠다.

붉은 점 한가운데를 찌르던 검이 천천히 뒤로 물러섰다.

그때 당소유가 말했다.

"소쩍새, 이 밤을 피맺혀 우는 것은 가는 봄 되돌릴 수 없음을 믿지 않아서일 테지[子規夜半猶啼血, 不信東風喚不回]……. 친구, 내 피를 조심하게나. 내 피는 사람을 죽이는 피라네……."

그제야 알 수 있었다. 당소유가 목을 물지 말란 말을. 또한 그러면 소이보가 죽는다는 말을.

죽이고 싶은 마음에 으르렁댔던 게 아니라 소이보의 목숨을 염려해서 한 말이라는 것을.

하지만 왜 그 소리가 그토록 번질거리는 기묘한 색깔로 번뜩이며 다가왔는지는 몰라도 왜 그 말을 했는지는 잘 알 수 있었다. 당소유의 피는 이미 독이기 때문이었다.

"아까 자네에게 튄 피는 내가 처리했으나 이젠 그것도 힘겹다네……."

갈라진 목소리로 흥얼흥얼 노래를 부르듯 낮게 중얼거리고는 당소유가 눈을 감았다.

'연아' 라는 이름. 당소유에게 있어 마지막으로 머리 속에 떠올린, 그래서 끝내 입술 사이를 비집고 토해놓은 이름이었다.

그렇게 허공에 이름 하나를 내놓고 후회없다는 표정으로, 아니, 진작 이랬어야 한다는 듯 후련하고도 조금은 행복해 보이는 표정으로 당소유는 눈을 감았다.

소이보에게도 그런 이름이 있었다.

아니, 정확히는 이름이 아닌 '할아버지' 란 명칭이었지만.

죽는 순간에 떠올릴, 그래서 목메어 부를 이름이 있다는 게 행복할 수 있다는 것, 그걸 그때 처음 알았다.

지켜보던 둔비가 질렸다는 듯 중얼거렸다.

"저런 개싸움도 없겠군……."

지반월이 눈을 가늘게 뜨고 맞장구를 쳤다.

"그래, 개들이 좀 커서 그렇지."

소이보와 당소유. 어떻게 보면 뒷골목 하오배 무리들도 그런 싸움은 하지 않을 것이다. 처절하게 목을 물어뜯는 사람이 요안 소이보이고, 그렇게 목을 내놓고 있는 사람이 대사천당문의 소가주란 걸 도저히 믿을 수 없었다. 아니, 그래서일지 몰랐다. 삶과 죽음을 가르는 일을 절대 장난으로 생각지 않는 우아함과 기품, 그리고 아름다움 따위는 이미 버린 사람들이기 때문일지 몰랐다.

그래서 정말 개싸움처럼 엉겨 붙었지만 그게 우습다거나 눈살을 찌푸리게 만들지는 않았다.

그때였다. 누군가 갈라진 목소리로, 아니, 갈라진 당소유의 어투를 흉내 내어 목구멍을 좁히고 목소리는 높혀 중얼거렸다.

"연아, 연아, 아프냐? 연아, 연아. 해독약은 어디에 있느냐? 연아, 연아, 네 목이 부러지면 어떤 소리가 나겠느냐?"

어투는 당소유와 비슷했지만 그것은 분명 문기서의 목소리였다.

파란색이 얼굴 전체를 감싼 문기서가 한 손으론 목각 인형의 목을 부여잡고 다른 손으론 칼을 꺼내 목에 가져다 대고는 웃고 있었다.

어찌 보면 비틀대는 몸을 간신히 목각 인형 몸에 기대어 버티고 선 듯해 보였지만 충혈된 붉은 눈과 파랗게 질린 입술은 웃고 있었다.

다른 사람에겐 이미 생명이 없는 한낱 나무토막에 대고 을러대는 것이 우습기도 했겠지만 단 한 사람만은 절대 그럴 수 없었다.

"연아!"

어디서 그런 힘이 솟았을까. 당소유의 몸은 꿈틀대며 일어나고 있었다.

하지만 문기서의 힘없는, 그래서 떨리는, 그러나 자신의 목숨줄은 이것밖에 없다는 듯 손이 무언가를 움켜쥐었다. 목각 인형의 얼굴을 가렸던 면사였다.

하얗고 정갈한 천이었다. 숨결없는 목각 인형의 얼굴을 가렸던, 그래서 목각 인형을 더 신비하게 만들던 천이었다.

"안 돼!"

당소유의 입술을 비집고 다시 커다란 비명이 토해졌다. 소이보의 가슴을 밀고 급히 일어서려다가 곧 그렇게 다시 쓰러졌다. 땅에 얼굴을 처박고.

하지만 다시 온몸을 떨며 고개를 쳐들었다. 그것만은 볼 수 없다는 듯 부풀어 감기다시피 한 두 눈으로 문기서를 쳐다보았다.

그때 소이보가 천천히 몸을 일으켰다. 몸을 돌리고 걸음을 걸었다. 저벅저벅 울리는 발걸음이 왠지 문기서의 가슴을 무겁게 눌렀다.

문기서는 목각 인형 옆에서 가늘게 떨리는 무릎으로 간신히 지탱한 채 더듬거렸다.

"나… 난 해독약을……. 그래야 성녀의 뒤를 쫓고 그래야 네가……."

정신이 없었다. 차가운 이성은 뒷덜미를 둔중하게 울리는 그 무엇이 갈가리 찢어버린 듯 아무런 생각도 해낼 수 없었다.

그 와중에도 용케 목각 인형을 붙잡고 당소유를 협박하는 꾀를 낸 것이 신기할 정도였다. 하지만 거기까지였다.

자신을 향해 묵묵히 걸어오는 소이보의 두 눈엔 분노가 가득 담겨 있었다. 그래서 더 차가웠다. 심혼까지 얼려 버릴 듯한 차가운 파란색과 지옥에서나 맞닥뜨릴 죽음의 회색 빛이 거기 있었다.

언젠가 저런 눈을 보았다. 문기서는 혀로 감각없는 입술을 핥았다.

그래, 거기였다. 시굴. 그 절망의 시간과 장소. 죽음의 어둠이 가득한 곳에서 마주쳤던 눈빛이다. 문기서에게 최초로 한계를 느끼게 했던 두 눈빛이 저기 있었다. 아무런 온도도 느껴지지 않는 그 두 눈이.

"나… 나는……."

문기서는 아찔한 현기증을 느꼈다. 독 때문일 거라 생각했다.

소이보가 건조한, 그래서 팍팍한 느낌까지 주는 목소리로 말했다.

"볼일이 있으면… 저놈에게 직접 물어."

소이보의 차가운 분노의 이유였다. 만약 누군가 자신의 몸에 칼을 꽂고 크게 웃어도 괜찮았다. 그래서 넘어진 자신의 몸 위에 오줌을 내갈겨도 괜찮았다. 하지만 노인은 아니었다. 할아버지의 몸에 누군가 작은 상처를 낸다고 상상만 해도 견디지 못했다. 절정의 고수인 노인 몸을 그렇게 만들 사람도 없겠지만 노인은 소이보의 목숨보다 더 귀한 존재이므로…….

그래서 소이보는 당소유의 마음을 이해할 수 있었다. 그게 비록 나무토막에 지나지 않더라도.

사실 따지고 보면 노인 역시 그리 보기 좋은 물건은 아니었다. 혀는 썽둥 잘려 나갔고, 얼굴은 추레했으며 잔주름은 가득했다. 늙었고 볼품없는 그 사람이 소이보에겐 가장 귀중했다.

문기서는 정신없는 중에도 용케 그 뜻을 이해한 모양이었다. 아니, 깊은 속은 몰라도 목각 인형에게서 손을 떼어야 한다는, 그래야만 한다는 소이보의 눈빛은 읽을 수 있었다. 그래서 뒤로 물러났다. 온몸의 진력이 다한 듯이 엉덩방아를 찧었다. 가쁜 듯 숨을 몰아쉬었다. 머리를 받칠 힘도 없는지 고개가 옆으로 기우뚱 돌아갔다.

하지만 문기서의 손엔 하얀 면사가 잡혀 있었다. 목각 인형의 얼굴에 씌여 있던.

소이보의 고개가 돌아갔다. 연이란 이름의 여자, 당소유의 목숨보다 더 귀한 여자의 얼굴을 보기 위해서였다.

하지만 거기엔 아무것도 없었다.

이름처럼 제비가 허공을 차고 날렵하게 떠오르는 것을 닮아야 할 콧대 따윈 아예 없었다. 당소유의 모든 것을 빼뜨렸을 깊은 늪 같은 눈 역시 없었다. 은밀한 사랑의 속삭임을 전했을 입술도 없었다.

그저 나무토막이었다. 나무를 베어낸 그대로, 더구나 가운데엔 나무테까지 선명히 도드라져 있었다. 나무를 잘라낸 뒤 드러나는 나무 밑동의 그루터기를 보는 듯했다.

섬세한 굴곡이 흐르는 몸과는 전혀 달랐다. 그래서 더욱 이질적이었다. 소이보는 솔직히 조금 충격을 받았다. 아주 예쁘진 않더라도 얼추 사람 비슷한 얼굴은 있으리라고 믿은 때문이었다.

소이보의 멈춰진 뒷모습을 보며 당소유가 웃었다. 갈라진 메마른 웃음과 함께 당소유가 말했다.

"그녀는… 작은 새처럼 그렇게 죽었네. 내가 조롱을 열어주었지만 그녀는 작은 부리를 가슴에 대고 죽은 새처럼 그렇게 죽었네. 너무 늦은 건지, 아니면 너무 일찍 조롱을 연 것인지 모르겠어. 아직도……. 그렇게 그녀가 죽고… 아니, 죽었지만 난 그녀를 떠나보낼 수 없었지. 항상 내 곁에 두고 싶었네. 그래서 내 기억 속의 그녀를 깎고, 붙이고, 움직였지. 가능하더군. 사랑했으니까. 그래서 발을, 손을, 가슴을, 배를 만들었네. 정확히 일 년이 걸렸네. 그 각각을 만들 때. 다 만들자 어느새 십 년이 지났더군. 그리고 얼굴이 남았네. 하지만 우습지? 얼굴이 기억 안 나는 거야. 눈을 감으면 생생히 떠오르는데… 손만 뻗으면 잡을 것 같은데… 눈을 뜨고 조각도를 잡으면 아스라한 연기처럼 사라지는 걸세. 자네, 물 알지? 매일 마시는 물 말일세. 눈을 뜨면 물이 보이지. 마실 수도 있고 물속에 손을 넣고 움직이면 느낄 수도 있다네. 하지만 결코 그릴 수는 없지. 대접에 담긴 물을 어떻게 그리는 줄 아는

가? 그저 물을 남겨놓고 그 옆에 그림자만 그린다네. 물을 그릴 수 없으니 그림자로 나타내는 거지. 내게 연이는 그렇게 남았네. 그림자로만. 하지만 그릴 수는 없었지. 아무리 노력해도."

당소유는 앉은 자세에서 다리를 가슴으로 모았다. 양손을 들어 손바닥으로 얼굴을 감쌌다. 감싼 얼굴을 무릎에 묻었다. 당소유의 어깨가 가늘게 떨렸다.

"난… 이제… 연아의 얼굴도 모르겠네……. 눈을 감아도… 꿈을 꿔도… 연아의 얼굴이 기억나지 않아……."

◈ 第十章 ◈
홍안자, 그리고 혈면수리

홍안자, 그리고
혈면수라 1

독은 그렇게 풀렸다. 애당초 어떻게 중독된 것인지, 또한 그것이 당소유 말대로 정말 독이 아니었는지 확인해 볼 방법은 없었지만 지금 현재는 움직이는 데 아무런 불편이 없었다.

문기서가 퍼런 얼굴을 숙이고 쭈그려 앉아 머리털을 뽑듯 부여잡았고, 당소유가 목각 인형의 얼굴을 손으로 어루만지다가 끝내 한참이나 뺨으로 부비고 난 후 다시 면사를 씌워주었다. 그러자 독이 풀렸다.

어떻게 하독했는지 궁금했지만 해독 과정은 더욱더 이해가 가지 않았다. 뺨을 부빈 것과 해독은 아무런 관련도 없어 보였지만, 또 누가 알겠는가. 그 일을 만들어낸 사람이 당소유였고, 사천당문의 최고수라면 혀만 살짝 깨물어도 몇백 명은 중독될 수 있을 터인데……

문기서의 혈색이 다시 돌아오고 나머지 혈랑대원들이 시험 삼아 제자리 뛰기를 마친 후 아무런 이상이 없다는 표정으로 고개를 끄덕이자 소이보가 물었다.

"그년은?"

"모아~"

"네놈도 여기에 끼었나?"

"아이, 어쩌다 보이까."

"몇 놈이나 이 일에 꿰인 거지?"

"모아."

소이보의 물음에 당소유가 대답했다. 시간이 지날수록 당소유의 얼굴은 더욱더 부어올라 이젠 아예 눈과 코, 그리고 입술도 분간 못할 지경이었다. 부어터진 입과 얼굴로 대답하는 게 그 모양이었다.

"우릴 이쪽으로 유인하게 만드는 게 네 몫이었지?"

끄덕끄덕. 당소유는 이젠 말하기도 벅찬지 그저 힘없는 고갯짓으로 뜻을 나타냈다. 추격 중 만난 이빨 빠진 할머니의 말에 이쪽으로 발걸음을 돌렸으니 당소유를 앞세운 목적은 충분히 달성된 셈이다.

고갯짓으로는 충분치 못했는지 당소유는 어깨를 으쓱해 보이며 말했다.

"원래 내가 좀 특이하이까."

소이보가 물었다.

"누가 주동자지?"

"모아."

"시킨 놈은 있을 거 아냐."

"이찌. 아마 그분이 명령하믄 요선보주도 들을 걸세. 나도 어쩔 수 업썹다구."

"그게 누군가?"

범우가 끼어들며 물었다. 이 일을 획책한 사람이 얼마나 대단하기에 감히 요선보주까지도 명령을 받는다는 건지 궁금했다.

당소유는 히죽 웃었다. 부어오른 얼굴이 한차례 출렁거리더니 곧 부어터진 입술 옆으로 침이 흘렀다. 소매로 침을 닦고는 대답했다.

"곧 만나게 될 건데 뭘. 말하든 내 얼굴이 아니라 아예 머리통이 날아가. 이해해 주게."

범우의 콧구멍이 몇 차례 벌렁거렸지만 더 이상 묻지 않고 고개를 돌렸다.

지켜보던 곽예주가 한쪽 눈을 찡그리며 말했다.

"그 얼굴 좀 어떻게 하지? 보기 그렇네."

독을 잘 다룬다는 말은 곧 약을 잘 다룬다는 말과 같았다. 독의 쓰임새를 연구하려면 또한 사람의 몸을 잘 알아야 하니 의학에도 정통하기 마련이었다.

문기서의 얼굴을 순식간에 빨간색에서 퍼런색으로, 다시 본래의 얼굴로 바꿀 정도의 실력이라면 자신의 부어오른 얼굴 정도는 손쉽게 가라앉힐 수 있었다.

하지만 당소유는 고개를 저었다.

"냅두게. 내가 이 얼굴로 나타나야 자네들을 막지 모한 잘모슬 이해받을 수 있네."

소이보는 당소유의 말을 한 번 더 머리 속에서 굴린 이후에야 '막지 못한 잘못'이라고 말한 것임을 알 수 있었다.

아마도 당소유는 지키라는 명령이 탐탁지 못했고, 그래서 막을 생각이 애당초 없었던 게 분명했다. 그렇다고 하기 싫다고 말할 수도 없었을 것이다. 그래서 가장 적당한 핑계, 이를 테면 막고 싶어도 엄청 센 놈이라 얻어맞고 보내줬다는 이유를 만든 것이다.

이때까지 당소유의 태도를 보면 분명하고도 확실했다.

그것이 조금 전 범우가 더 캐어묻지 않고 고개를 돌린 이유였다. 당소유 성격은 이미 들은 대로였고, 사실 듣던 것보다 더하다는 것을 직접 눈으로 확인한 때문이었다.

당소유의 성격상 뒤에서 비밀스럽게 성녀의 실종을 꾸미는 일 따윈 안 했을 것이다. 어쩌다 보니 이 일과 연계되었을 뿐 깊숙한 내막 따위는 모를 게 틀림없었다.

그렇다고 그나마 알고 있는 걸 토해놓으라고 목에 칼을 들이밀고 물어봐야 소용없었다.

당소유는 얼씨구나 좋다 하고 목을 더욱더 잡아 뽑아 들이댈 게 틀림없었다. 입으로는 연신 '연아, 내가 드디어 네 곁으로 갈 수…' 를 외치며.

골치 아픈 일이었다. 만약 그러다 진짜 당소유를 죽이는 일이라도 벌어진다면 소가주의 죽음에 길길이 날뛰는 사천당문의 독종들과 드잡이질을 해야 했는데, 그것은 꿈에서라도 원하지 않는 일이었다.

당소유를 인생 편하게 제멋대로 사는 괴물이라 생각하고 아예 신경 쓰지 않는 게 좋았다.

중요한 것은 누군가, 그것도 당소유란 괴물을 움직일 만한 사람이 성녀의 실종과 깊숙이 연관되어 있다는 점이었다.

소이보는 다시 머리를 굴렸다.

이 일에 얽힌 사람, 아니, 만들어낸 사람이 움직인 세력은 지금껏 둘. 하나는 용성표국이었고, 다른 하나는 당소유였다.

그 둘은 그저 그런 표국 하나와 보통 사람 하나가 아니었다.

하나는 대소림사의 속가제자들이었고, 다른 하나는 사천당문의 소가주가 아닌가.

천하 쟁패를 말할 수 있는 두 세력을 움직이는 것으로도 모자라 이번엔 마도칠가 중 하나인 요선보주까지 움직일 수 있는 사람이 과연 누가 있을 수 있나 싶어 문기서를 쳐다보았다.

하지만 문기서는 곰곰이 생각에 잠겨 있을 뿐 아무런 말도 없었다.

문기서는 한 번에 떠오르지 않는 듯 두 눈을 감고 알지 못할 콧김을 낮게 한참이나 내쉬었다.

소이보가 간단한 일이라는 듯 고개를 끄덕이며 말했다.

"잡으면 알겠지."

소이보가 말에 올라타며 고삐를 범우에게 맡겼다.

범우가 고삐를 가볍게 채고는 발을 굴러 탄력있는 공처럼 소이보 앞에 앉았다. 곽예주 역시 말 위에 올라 머리 정리를 한 후 당소유를 쳐다보았다.

무엇이 그토록 마음에 안 들었을까? 당소유를 보는 곽예주의 표정은 좀처럼 펴지지 않았다. 뭔가 말하려는 듯 입을 쫑긋거리던 곽예주가 다시 눈살을 찌푸리고는 정면으로 시선을 돌렸을 때였다.

"가치 가도 되겠지? 여긴 왠지 사람을 슬프게 만들어."

웅얼거리듯 당소유가 말했다. 두 눈에 슬픔을 가득 담고서.

곽예주는 보기 싫다는 듯 당소유 쪽으론 고개도 돌리지 않았다. 그리고는 짜증난다는 듯 말했다.

"암기고 화살이고 다 피한다더니? 분명히 그랬잖아."

당소유가 씁쓸하게 웃었다. 어깨를 으쓱이고는 양 손바닥을 앞으로 펴며 말했다.

"오래전 이야기라네. 내가 이미 마음으로부터 죽기 전에."

곽예주는 당소유의 대답이 마음에 들지 않은 게 분명했다.

당소유에겐 들리지 않을 정도로 나지막이 혼잣소리처럼 중얼거렸다.

"그 모습을 그녀가 봤다면……."

거기까지 말하다가 고개를 젓고는 고삐를 들어 말의 엉덩이를 세차게 내려쳤다. 말은 앞다리를 들고 크게 히힝거리더니 곧 앞으로 내달리기 시작했다. 이미 오래전에 혼기를 놓친 처지였지만 여자인 건 숨길 수 없나 보다. 한 여자를 사랑했고 잊지 못해 마음과 몸이 모두 죽어가는 사내를 지켜보기엔 곽예주의 마음이 너무 여렸다.

상대가 독의 명인이라는 것, 그래서 조금 전까지만 해도 긴장한 채 활시위를 먹였던 것 따위는 까마득히 잊어버린 것이 틀림없었다.

하지만 곽예주는 멀리 가지 못했다. 계곡을 벗어나 평야와 맞닿은 길 끝에 멈춰서 눈을 가늘게 뜨고 앞을 바라보고 있었다.

그 옆을 범우와 소이보가, 그리고 그 옆을 지반월과 둔비, 그리고 홍안자 부홍이 말 머리를 나란히 하고 멈추어 섰다.

그 뒤에 혈랑대원들이 일제히 긴장을 한 채 멈추어 서고 나서야 어슬렁거리며 뒤따라온 당소유가 머리를 긁으며 말했다.

"저건?"

"군림가!"

곽예주가 짧게 답하고는 당소유를 돌아보며 씨익 웃었다. 예쁜 목소리와는 어울리지 않게 살기 짙은 목소리로 다시 한마디를 꺼내놓았다.

"염효 새끼들이지! 죽으려고 발버둥 치는!"

소이보는 그런 모습을 처음 보았다.

저 멀리 얕은 구릉을 지나 피어오르는 먼지구름.

그와 동시에 은은하게 가슴을 두드리던 말발굽 소리가 점점 커지다가 곧 시커먼 사람 그림자들이 먼지구름 사이로 얼비쳐 보이고 긴장된 어깨와 부릅뜬 눈, 그리고 창과 도 등을 한 손에 힘껏 부여 쥔 사람이 끝내 먼지구름을 뚫고 튀어나올 때의 장관.

'합!', '하!' 하는 장쾌한 기합 소리를 내뱉으며 막는 모든 것은 베고, 쓰러뜨리고, 짓밟아 버리겠다는 듯 치달려오는 모습은 소이보의 피를 데웠다.

황색의 먼지구름과 땀으로 젖은 짙은 회색 빛 무복, 그리고 그 사이로 하얀 날 위에서 부서지는 햇빛이 너른 땅과 높은 하늘을 갈라놓고 있었다.

하지만 소이보의 감상과 달리 곽예주는 더욱 뾰족해진 목소리로 옆을 보며 물었다.

"몇 놈쯤 되지?"

눈을 더욱 가늘게 뜨고 왼쪽에서 오른쪽으로 쭉 한차례 둘러본 지반월이 낮은 목소리로 대답했다.

"이백은 넘는 것 같군."

"좋아, 그쯤은 돼야지!"

둔비의 호기로운 호통 소리가 지축을 울리는 말발굽 소리를 내리눌렀다.

범우가 뒤를 돌아보며 고개를 끄덕이자 삼팔구와 혈랑대원들은 일제히 몸을 돌려 수풀 사이로 뛰어들었다.

넓은 구릉과 맞닿은 계곡의 끝이었다. 엄폐물을 찾아 하나씩 뛰어들자 이길 수는 없지만 그렇다고 쉽게 지지는 않는 형세를 만들어낼 수 있었다.

 넓은 곳에 몸을 드러낸 많은 사람을 맞아 상대하기엔 수풀 사이에 숨어 상대하는 게 가장 좋기 때문이었다.

 범우와 소이보, 그리고 둔비와 문기서만이 남았다. 둔비를 숨길 만한 숲은 없을 것이고, 휘두르는 병기 역시 가까이 붙어 드잡이질을 하기에 적당한 물건이라 애써 숨을 필요가 없었다.

 소이보로부터 몇 걸음 뒤 한쪽으로 치우친 자리에 당소유가 고개를 끄덕이며 서 있다가 갑자기 갈라진 목소리로 시를 읊었다. 한유(韓愈)의 만춘(晚春)이란 시였다.

 "꽃나무들, 봄이 금세 가는 줄 아는지라[草樹知春不久歸], 알록달록 갖가지 꽃 피우며 한껏 뽐내네[百般紅紫鬪芳菲]. 버드나무, 느릅나무는 별 재주 없어[楊花楡莢無才思], 그저 온 하늘에 버들 솜 눈송이만 날린다네[惟解漫天作雪飛].

 비록 장소와 때가 맞지 않는 느닷없는 시였지만 당소유의 갈라진 목소리는 이상하게 지금 상황과 어울려 보였다.

 당소유 눈엔 달려오는 군림가 사람들이 그저 분분히 피어오르는 꽃과 버들 솜으로 보이는 모양이었지만 요선보 사람들로서는 그럴 여유가 없었다.

 당소유의 읊조림이 끝날 즈음에야 말은 소이보 앞 십여 장 앞에서 멈추었다. 온몸을 두들기던 말발굽 소리가 멎자 흥분에 찬 말의 투레질 소리가 요란하게 울렸다.

 말은 멈추었지만 말과 함께 달려오던 황색 먼지는 계속 달려와 소이보와 범우의 몸을 휘감고도 계속 밀려 뒤로 사라졌다.

그제야 사람들의 모습 하나하나가 눈에 들어왔다.

제일 앞에 나선 사람은 모두 셋이었다.

그리고 그중 맨 왼쪽에 서 있는 사람은 눈에 익었다.

마르고 긴 얼굴에 턱 밑에 배배 꼬아놓은 수염이 더욱더 염소처럼 보이게 만드는 사내, 바로 초의혈수(焦依血袖) 염량(廉亮)이었다.

기습을 준비하려다가 도리어 황망한 꼴을 당해야 했던 염량이 무언가 찾는지 주위를 두리번거렸다.

염량은 범우 뒤에 앉아 있는 소이보를 뒤늦게 발견했는지 눈을 동그랗게 떴다가 곧 손가락으로 가리키며 말했다.

"저놈입니다! 요안!"

가운데 앉아 있던 사내가 알겠다는 듯 고개를 끄덕였다.

각진 턱에 짙은 눈썹, 그리고 검은 피풍의를 온몸에 두른 기골이 장대한 사내였는데, 보기만 해도 왠지 위축감이 들게 하는 눈빛을 가지고 있었다.

사내가 범우를 보며 포권을 취했다.

"오랜만이오."

범우 역시 마주 포권을 취하고는 고개를 끄덕였다.

"향 당주를 뵙소."

그러나 인사말과는 달리 범우의 얼굴은 딱딱하게 굳어 있었다.

2

요선보가 요선보주 아래로 강요맹, 교단서, 이화림을 두듯 군림가 역시 군림가주 아래로 두 개의 당을 두고 있었다.

백골당(白骨堂)과 백사당(白沙堂).

백골과 백사란 모두 소금을 뜻하는 염효들의 은어였으니 이름이 그 모양인 것은 이상한 일이 아니었다.

단지 요선보 사람들이 '개뼈다귀 놈들' 과 '한 줌 거리도 안 되는 놈들' 이라고 부르는 놀림감이 된 이름이었지만 실제 개뼈다귀를 이루는 사람들의 면면은 만만치가 않았다.

그것을 증명이라도 하는 것처럼 지금 범우가 말을 나누는 상대는 철 웅패권(鐵雄覇拳) 향문월(向文越)이었다.

사내답고, 실력 좋고, 능력 또한 높아 요선보 사람들도 고개를 끄덕 이는 사람이 바로 향문월이었는데, 그자가 바로 군림가에서 백골당의 당주를 맡고 있었다.

어찌 보면 군림가에서 가주를 제외하고는 첫 손가락에 꼽는 자라 해 도 손색이 없는 사람이었고, 범우보다는 강요맹과 급수를 맞춰야 할 사 내가 바로 향문월이었다.

범우가 향문월의 깊은 눈을 쳐다보았다. 웬일로 여기까지 행차를 했 느냐, 장강과 황하의 물은 서로 침범을 하지 않는 법인데 너희 영역을 벗어나 여기까지 오다니 담이 매우 크구나 하는 물음과 질책이 범우의 눈에 담겨 있었다.

향문월이 씨익 웃더니 말했다.

"성녀를 잃어버려서……."

그제야 범우가 고개를 끄덕였다. 군림가의 이인자가 여기까지 온 데에는 이유가 있었다.

성녀를 배웅한 사람이 요선보의 이화림이듯 맞으러 나온 사람 역시 예의를 표하기 위해 향문월을 내보낸 것이다.

하지만 정작 성녀는 연기처럼 사라져 버리고 사라진 성녀를 찾는답시고 이렇게 이쪽저쪽 좌충우돌하며 달리다 여기까지 온 것이 틀림없었다.

물론 그 이면엔 초의혈수 염량의 고자질, 즉 삼팔구가 쫓는 다른 물건이 있다는 말을 들었을 것이고, 삼팔구의 행방을 쫓아 여기에 온 것이 보다 정확한 이유이겠지만.

범우가 향문월을 다시 쳐다보았다. 그 눈동자에는 '그래서?' 란 말이 똑똑히 새겨져 있었다. 향문월 역시 그 눈빛을 보았는지 다시 턱을 만지며 웃었다.

"성녀를 쫓는, 아니, 찾는 모양인데… 도움이 될까 해서……."

뒤끝을 묘하게 흐리는 독특한 말투였다. 하지만 그게 놀란다거나 기분 나쁘게 들리지 않았다. 단지 생긴 것과 다르게 겸연쩍음을 그렇게 표현하는 모양이었다.

범우의 고개가 좌우로 돌아가고 짧고 둔탁한 목소리로 말했다.

"필요없소."

"요선보, 아니, 삼팔구의 실력은 우리도 믿지만……."

향문월은 이런 말은 하기 싫다는 듯 인상을 찡그리고 한참이나 말을 늘였지만 끝내 나머지 말도 마저 토해놓았다.

"글쎄… 예영당 놈들이… 어떻게 생각할는지는……."

굳이 향문월의 말이 아니더라도 일이 미묘하게 변한 것은 틀림없었다.

두 눈으로 보지 않아도 알 수 있었다.

이화림과 향문월이 만나 예의를 갖추어 한바탕 으르렁거리고 난 뒤 건네주기 위해 성녀의 가마 문을 열었을 때 정작 있어야 할 성녀가 없다는 걸 발견하고는 당황했으리라.

하지만 성녀의 인수인계 과정에서 성녀가 빠져 있으니 건네주는 사람도, 받아가야 하는 사람도 책임이 불분명해진 것이다.

"필요없소."

범우가 다시 고개를 젓고는 향문월을 쏘아보았다.

어찌 됐든 건네지 못한 것은 요선보 책임이니 자신들이 알아서 하겠다는 뜻이었다.

하지만 향문월은 더욱더 곤란하다는 듯, 아니, 곤란해진 요선보 처지가 재미있다는 듯 묘한 웃음과 함께 턱을 쓰다듬으며 말했다.

"예영당의 주인도 당주라 불리고… 나 역시 당주로 불리긴 하지만… 그놈들 머리 속은 우리랑 다르니……."

그 뒷말은 분명 '어떻게 생각할는지 우리도 모르겠다'는 말이 틀림없었다.

또한 예영당이 이 일을 빌미로 군림가를 괴롭히려 들지도 모르니 자신들도 무관한 처지는 아니라는 말을 하고 싶은 모양이었다.

범우가 향문월의 눈을 한참이나 쳐다보다가 검지로 아래를 가리켰다.

"요선보의 땅!"

다시 검지를 치켜들어 위를 가리키며 말했다.

"요선보의 하늘!"

이번에 검지를 돌려 가리킨 것은 범우 자신이었다.

"요선보가 찾는다!"

굳은 표정과 딱딱한 말투였지만 향문월에겐 통한 것 같지 않았다.

향문월은 도리어 피식 웃고는 말했다.

"말이야 물론 그렇지만… 그게 말처럼 되는 게 아니라서……."

향문월은 고개를 돌려 한쪽 뒤에 서 있는 당소유를 바라보며 말했다.

"얽힌 사람도 많고……."

향문월은 당소유를 한눈에 알아보았지만 염량은 뒤늦게 알아차렸는지 눈을 동그랗게 뜨고는 외쳤다.

"당소유! 필기삼괴!"

당소유는 목각 인형이 다치는 건 못 보겠다는 듯 뒤로 돌려 그 앞을 가로막고는 내가 왜 여기 와 있는 건지 자신도 모르겠다는 듯 처연하게 웃었다.

부어터진 얼굴과 깨끗한 옷엔 핏자국까지 덕지덕지 묻어 있었지만 쉽게 알아볼 수 있었다. 당소유가 아니라 당소유가 뒤에 숨긴, 그렇다고 숨겨지지 않는 목각 인형 때문이었다. 거기다 다른 손에 들린 화려한 새장. 그 둘이라면 한눈에 알아보기 충분했다.

당소유는 흘낏 고개를 돌려 목각 인형을 보고는 다시 염량을 보며 처연하게 웃었다.

'어쩌다 보니 나 여기 있는데 나랑 전혀 상관없는 일이에요. 난 그저 구경만 할 거라구요' 라고 말하는 듯했지만 곧이곧대로 믿을 사람은 아무도 없었다.

사천당문의 소가주, 그것도 필기삼괴 중 한 사람이 잔뜩 쥐어 터진 얼굴로 하필이면 지금 바로 이곳에 서 있다는 것은 너무나 이상한 일이었기 때문이다.

얼굴이 부어서 자신의 뜻을 못 알아볼지도 모르겠다는 생각을 했는지 당소유가 다시 얼굴을 씰룩거리며 퉁퉁 붓어 터진 입술을 한껏 쪼개어 웃어봤지만 염량의 눈은 더욱더 부릅떠질 뿐이었다.

곧 장포 자락을 들어 입과 코를 가리고는 고삐를 잡아채 뒤로 물러서다가 향문월을 비롯한 다른 사람이 제자리에 가만히 있는 것을 보고는 얼굴을 발갛게 물들였다.

향문월이 흥미롭다는 듯 당소유를 바라보다가 혼잣말처럼 중얼거렸다.

"나를 중독시킬 수야 있겠지만… 군림가 전체는 곤란하지 않을까? 더구나 우리 천추군림가(千秋君臨家)를 건드린다면… 마도칠가가 가만히 있지 않을 터이고."

향문월은 말을 마치고는 고개를 돌려 범우를 보고 씨익 웃었다.

그 웃음과 눈빛엔 여러 가지 뜻이 들어 있었다.

너희와 우리는 서로 미워해도 같은 마도칠가다. 마도칠가라면 저런 놈과 함께 있을 이유가 없다. 뭔지 몰라도 참 재미난 걸 뒤로 은밀히 꾸미고 있었구나 하는 여러 가지 뜻과 추궁이 들어 있었다.

문기서가 나와 포권을 취하며 말했다.

"뜻이 같지 않아도 오가다 스치는 거야 하늘의 뜻이지 어찌 사람의 뜻이겠습니까. 깊은 밤 외진 골목에서 맞닥뜨린 낯선 사람 모두가 어찌 도둑이겠습니까. 단, 그렇게 우연히 마주친 낯선 사내가 다른 뜻이 있어 손에 칼을 쥐었다면 모르겠지만……. 더욱이 내 집 담을 타 넘은 사람이라면……."

문기서의 말끝은 향문월을 닮아 있었다. 그리고 그 안에 든 뜻 역시 같았다.

당소유는 우연히 만났다. 네놈이 의심을 품을 일은 아니다. 난 도리어 묻는다. 왜 네놈들은 손에 병기를 들고 우리 앞에 섰느냐? 여긴 분명 요선보의 땅이다. 네놈들이야말로 다른 뜻을 품은 놈들이 아니냐라는 물음과 힐책이었다.

향문월이 의아스럽단 눈으로 문기서를 쳐다보았다.

젊고 잘생기고, 사람 좋아 보이는 웃음을 얼굴 가득 매단 사내.

하지만 기억에 없었다. 자신이 아는 요선보 사람들 중에 저렇게 잘난 사내는 틀림없이 없었다. 그러나 붉은 옷을 입었고, 보아하니 삼팔구와 어깨를 나란히 하는 걸로 봐서 틀림없이 혈랑대, 그중에서도 삼팔구에 들어 있는 놈이 틀림없었다.

기억을 더듬느라 고개를 왼쪽으로 꼬았을 때였다.

아까부터 신경에 거슬리던 범우의 뒤에 앉았던 놈이 고개를 옆으로 빼내고는 불렀다. 파랗고 잿빛인 두 눈을 반짝이며.

"어이!"

향문월의 고개가 소이보를 향했다. 향문월의 각진 턱이 좌우로 움직였다. 어이가 없었기 때문이다. 감히 요선보의 졸자가 자신을 똥개 부르듯 부르다니……. 하지만 어이없는 일은 그 뒤에도 계속되었다.

요상한 눈을 가진 놈이 자신에게 물어온 때문이었다. 그것도 히죽웃으면서.

"할 말이 남았나?"

향문월의 턱이 크게 원을 그리며 돌아갔다. 턱 끝에 관절이 턱이 도는 것에 따라 도드라져 나왔다가 꺼지기를 반복할 때였다.

소이보가 다시 히죽 웃으며 말했다.

"우리가 좀 바쁘거든."

향문월이 웃었다. 어이가 없었다. 이건 대놓고 '꺼지라'고 말하는 것보다 더하질 않는가.

소이보의 말에 참지 못한 것은 향문월이 아니었다. 그 옆에서 밉살스럽다는 듯 쏘아보고 있던 염량이었다.

"이익!"

분을 못 이기겠다는 듯 발로 말의 배를 차고 기세 좋게 튀어나왔다.

그 순간 무언가 햇살 사이로 반짝였고, 염량은 곧 말 등을 손바닥으로 치고 하늘로 치솟았다.

이히힝!

말이 고통에 찬 울부짖음을 토해내며 앞으로 고꾸라졌다.

고개를 땅으로 처박은 말은 곧 일어서려고 버둥대다가 옆으로 쓰러졌다. 앞발로 허공을 몇 번 긁으며 거품을 입으로 토해놓고는 곧 모든 움직임을 멈추고 목이 축 늘어졌다. 말의 눈에서 피가 흘러 황토 흙을 벌겋게 물들였다.

그제야 땅에 내려선 염량이 나무가 우거진 수풀 쪽을 바라보며 크게 외쳤다. 분노를 가득 담아서.

"곽예주!"

화살이, 그것도 작고 앙증맞기까지 한 화살이 그쪽에서 날아왔음을 분명히 본 때문이었다. 염량이 쏘아보고 있는 방향에서 뾰족한 대답이 울렸다.

"다음엔 염소 대가리를 꿰뚫을 거야!"

분에 못 이겨 씨근대는 염량과 죽어 나자빠진 말의 시체를 번갈아 보던 향문월이 턱을 긁으며 말했다.

"일을 복잡하게 만드는군."

향문월의 말이 아니라도 소이보는 일이 정말 복잡하게 될 거란 예감을 했다.

염량이 튀어나가고, 빛이 번뜩이고, 말이 쓰러지는 그 순간까지 군림가의 이백여 무인은 어깨도 움찔거리지 않았다.

앞에서 무슨 일이 벌어져도, 자신들 위에 칼이 떨어져도 눈 하나 깜빡이지 않는다는 것. 그것은 정예 중에 정예를 뽑아왔다는 말로 정예를 상대해야 하는 소이보에겐 정말 곤란함을 느끼게 만드는 일이었다.

향문월이 좌우를 돌아보았다.

분명 자신의 왼쪽엔 염량이, 그리고 오른쪽엔 고력(古力)이 서 있었다. 향문월은 고개를 끄덕이고는 다시 뒤를 돌아보았다. 정확히 백 하고도 구십이 명이 나란히 도열해 향문월의 고갯짓 한 번에 언제든 뛰어나갈 준비를 하고 있었다.

향문월의 고개가 다시 돌아 소이보의 눈을 쳐다보았다.

재미있다는 듯 웃고는 어깨를 펴고 목을 세우고는 턱을 당겼다.

'자, 내가 이 정도인데 넌 뭘 믿그 까부느냐?' 라는 엄포와 기백이 그 눈 안에 들어 있었다.

그래서 소이보가 말했다.

"목에 너무 힘주지 마라."

낮게 으르렁거리는 껄끄러운 목소리에 향문월의 눈이 조금 커졌을 때였다.

"그러다 목 부러질라."

소이보는 남은 말을 마저 뱉고는 웃었다.

향문월이 고개를 들어 하늘을 쳐다보았다. 무엇을 생각하는지 잠시 말이 없던 향문월의 고개가 다시 소이보를 향하며 그가 한 손을 들어 올렸다.

뒤에 서 있던 이백여 무인이 그 손짓 한 번에 무언가를 들어 올려 앞을 가렸다.

등패였다. 적어도 곽예주의 화살과 지반월의 비도는 막아낼 수 있었다. 비록 막지 못해 몇 명이 죽는다 해도 그사이 가까이 다가갈 수 있다면 이미 끝난 것과 다름이 없었다.

향문월은 그렇게 손바닥을 소이보 쪽으로 들고는 히죽 웃었다. 소이보의 웃음을 흉내 낸 듯 한쪽 눈까지 찡긋하면서 물었다.

"어때? 내란다면… 재밌겠지?"

하지만 정작 대답은 소이보 뒤에서 튀어나왔다. 쩌렁쩌렁한 목소리와 함께. 둔비였다.

"죽으려면 뭔 지랄을 못해!"

향문월의 눈빛이 반짝였다. 다시 다른 손으로 턱 밑을 긁고는 말했다.

"곤란한 일을… 벌여야……."

향문월의 쳐든 손이 곧 아래를 향해 내려지려 할 때였다. 소이보의 눈빛이 빛을 발하고 문기서의 해맑은 웃음이 짙어질 때 정작 전투는 다른 곳에서 시작되고 있었다.

향문월의 손이 내려지려는 순간 수풀 속에서 한 여인이 튀어나왔기 때문이다.

"핫!"

커다랗고 뾰족한 음성은 분명 곽예주의 것이었지만 곽예주가 튀어나올 이유가 없었다. 활이란 거리를 필요로 하는 법인데, 이렇게 급히 거리를 스스로 없애가며 뛰어나오는 모습은 이해하기 어려웠다.

곽예주의 모습은 아름다웠다.

허리 뒤로 돌려 찬 동개에 꽂은 긴 화살이 곽예주의 몸 뒤로 공작의

꼬리처럼 활짝 펼쳐 있었다.

머리를 질끈 묶어 한쪽에 틀어 올린 채 붉은 옷은 바람에 휘날리며 한 손엔 고삐를, 다른 손엔 또 다른 한 사람을 들고는 힘차게 달려오고 있었다.

그리고 곽예주의 손에 멱살을 붙잡힌 채 끌려오는 인물이 홍안자 부홍임을 알아보자 소이보의 눈빛이 순간 흐려졌다. 이해할 수 없었다. 저런 겁쟁이에 부끄럼쟁이를 손으로 질질 끌다시피 들고 급히 달려오는 이유를.

하지만 범우가 말을 채어 뒤로 몇 걸음 물러나고, 둔비 역시 씨익 웃으며 뒤로 물러서자 그 가운데로 곽예주가 뛰어들었다.

향문월조차 의외라는 듯, 아니, 재미있는 것을 구경하는 것처럼 한 손을 쳐들고는 곽예주를 쳐다보고 있을 뿐이었다.

곽예주는 빠르게 거리를 좁혀오다가 범우와 향문월 사이로 파고들자 가볍게 말에서 뛰어내렸다.

한 손엔 부홍의 뒷덜미를 잡아챈 채 발을 굴러 다시 하늘 높이 솟아올랐다.

허공에서 부홍을 들지 않은 다른 손으로 등 뒤의 화살을 잡아채고는 대오를 갖추고 정렬해 있던 군림가의 무인들을 향해 뛰어들었다.

맨 앞에 서 있던 무인이 등패를 들었다.

곽예주가 뛰어오른 기세 그대로 무인이 타고 있던 말의 얼굴을 밟고 다른 발로 등패를 찼다. 등패가 위로 들려지자 곽예주가 그 사이로 화살을 꽂아 넣었다.

말을 타고 달려와 뛰어내리고, 그 뛰어내린 자세에서 발로 땅을 구른 뒤, 다시 뛰어올라 말의 얼굴을 밟고 등패를 차고는 화살을 꽂아 넣기까지는 단 한 동작이었다.

하지만 그것이 만들어낸 것은 기묘한 광경이었다.

화살은 무인의 목에 꽂혀 있었다.

곽예주의 한 발은 말의 머리에, 등패를 차낸 다른 발은 뒤로 돌아 한 마리 새처럼 우아하게 뻗었다.

한 손엔 부홍을 다른 손엔 화살을 목에 꽂아 넣은 채로 곽예주는 예쁘게 웃고 있었다.

향문월의 미간이 찌푸려졌다.

염량조차 의외였는지 그저 '어어' 하는 신음만 흘렸다.

곽예주의 행동은 엉뚱했고, 또한 그만큼이나 갑작스러웠기 때문이다.

그러나 다른 군림가의 무인들은 아무런 행동을 보이지 않았다.

바로 옆에서, 또는 바로 앞에서 동료의 목에 화살이 꽂히는 일을 목도하고도 어떠한 흔들림조차 없었다.

도리어 응축된 그 무엇, 분노로 불러야 할 그 감정이 이백여 무인 어깨 위로 무겁게 가라앉아 있었다.

곽예주는 예쁘게 웃는 얼굴로 종알거렸다.

"선물이야."

곽예주가 말과 함께 목에 꽂혔던 화살을 뽑아 들었다.

그제야 화살에 의지해 건들거리던 무인의 몸이 뒤로 스르륵 쓰러지며 사내의 목에선 핏줄기가 솟았다.

곽예주는 그 피를 받으려는지 한 손을 앞으로 내밀었고, 그 손엔 부홍이 들려 있었다.

목에 있는 동맥을 다쳤는지 사내의 목에서 힘차게 뿜어져 나오는 피는 고스란히 부홍의 얼굴 위로 쏟아졌다.

그제야 곽예주는 부홍을 놓고 뒤로 크게 뛰어내려 와 발을 구르고는 자신의 말에 올랐다.

향문월의 눈이 부홍을 향했다.

땅에 힘없이 떨궈진 부홍은 무릎을 꿇은 채 얼굴을 감싸고 있었다.

곽예주의 말대로라면 저놈을 두고 '선물'이라고 말한 모양인데 향문월로서는 이해가 가지 않았다.

얼굴과 몸에 피칠을 한 채 학질이라도 걸린 것처럼 온몸을 떠는 이 '괴상한 종자'를 보는 향문월의 처음 느낌은 그랬다.

그 뒤 '선물'이 꺽꺽거리는 숨넘어가는 소리를 목구멍으로 토해내며 얼굴을 들어 하늘을 봤을 때야 뭔가 이상한 것을 깨달았다.

두 눈이 시뻘건색으로 변해 있었다. 흰자위에 가닥가닥 얽혀 있던 혈관이 충혈되어서 그렇게 보인 거란 걸 뒤늦게서야 깨달을 수 있었다.

'선물'은 곧 활시위처럼 무릎을 굽힌 채 허리를 뒤로 뉘었다.

입가에선 계속 꺽꺽거리는 소리를 냈고, 입가로는 허연 거품을 물었다.

곽예주가 부홍의 괴상하게 변한 모습을 보고는 작게 외쳤다.

"됐어!"

곧 소이보 쪽을 바라보며 곽예주는 은밀하게 속삭였다.

"뭐 해? 튀어!"

굳이 곽예주의 말이 아니더라도 범우와 둔비는 이미 알고 준비를 해둔 모양인지 곧 말 머리를 돌렸고 앞으로 달렸다. 그 뒤를 문기서가 따랐다.

하지만 향문월은 그쪽은 쳐다보지도 않았다.

언제든 곧 뒤를 쫓아 따라잡을 자신이 있었기 때문이다.

그래서 지금 현재 땅바닥에서 온몸을 비틀며 거품을 무는 괴상한 선

물만을 쳐다보고 있었다.

항문월은 부홍을 쳐다보며 곧 천천히 입술을 떼었다.

"공······."

분명 '공격'일 게 분명한 말이었지만 입에서 온전하게 말이 되어 나오진 않았다.

곽예주가 뛰어와 한 명의 생명을 앗아가면서까지 강제로 안긴 선물이 움직였기 때문이다.

바닥을 굴러 앞에 서 있던 말의 아래쪽으로 기어들어 갔다.

눈으로 보고서도 믿지 못할 귀신같은 몸놀림이었다.

하지만 더 놀랄 일은 그 뒤에 일어났다.

쭈아악!

몇 겹을 겹친 비단 천을 단 한 번에 찢을 때의 굉음과 함께 선물이 위로 치솟아올랐다.

땅 위를 구르다 발을 굴러 위로 솟는, 그 속도 그대로 말의 뱃속을 파고들었다.

하지만 선물이 찢은 것은 말의 몸통뿐만이 아니었다.

말 위에 서 있던 무인의 양다리와 배가 갈라지고 가슴께에서 부홍의 작은 몸이 튀어나왔을 때야 무슨 일이 벌어졌는지 비로소 알 수 있었기 때문이다.

쏟아낸 내장 위로 말이 쓰러졌고, 그 위로 가슴부터 양쪽으로 갈라진 무인이 핏물 속으로 쓰러지자 허공으로 치솟았던 선물이 천천히 떨어져 내렸다.

선물은 한쪽 무릎을 세운 채로 앉아 번질거리는 붉은 눈과 함께 웃고 있었다. 길게 자란 손톱을 핥으며······.

그제야 곽예주가 던진 선물이 무엇인지 알아본 무인 중 한 사람이 혼잣소리처럼 중얼거렸다.

"혈면수라(血面修羅)……."

향문월은 그 말을 듣는 순간 누군지 몰라도 별호 하나는 잘 지었다는 생각을 떠올렸다.

한 사람의 피를 덮어쓰고 다른 한 사람과 말의 몸을 찢고 나온 부홍의 몸은 핏빛 그 자체였기 때문이다.

그리고 혈면수라가 뛰어들었다. 이백여 무인 속으로.

3

부홍은 무서운 게 없었다. 단 하나만 제외하고는.

부홍을 미치게 하는 것은 없었다. 단 하나만 제외하고는.

부홍은 싸움을, 사람을 무서워하는 게 아니었다.

싸움을 하고 사람이 다치면 그 단 하나, 자신이 두려워하는 그것이 뿜어져 나오기 때문이었다.

부홍은 그것만 보면 미쳤다. 기억을 잃었다. 세상을 잊었다.

그래서 피하고, 두려워하고, 다툼을 무서워했다.

당소유는 눈을 부릅떴다. 부은 눈으로 들어오는 세상은 얇았고, 그래서 보고 있는 광경을 믿을 수 없었다.

위 눈꺼풀 위로 사라진 부홍이 곧 땅 아래로 꺼지고 종횡으로 가로

질렀다.

말들이 부르짖는 소리, 당황해 내지르는 커다란 호통 소리 사이로 붉은, 아니, 피로 범벅이 된 작은 몸뚱이가 가로지르고 있었다.

홍안자, 아니, 이젠 혈면수라로 불리워야 할 부홍이 일직선으로 달렸고 달리는 모습 그대로 허공의 한 점에 멈추어 머무는 듯하다가 곧 방향을 비틀어 직각으로 방향을 바꾸고는 튕겨 올라 허공을 긁었다.

이해할 수 없는 불가사이한 몸놀림이었다.

그제야 무인들 대열이 흐트러졌다.

등패 따위로 막을 상대가 아니었다.

가로막는 것이라면 커다란 말의 몸통이 되었든 그 위에 사람의 몸이든 가리지 않고 파고들었고, 곧 사라진 부홍의 몸이 그 반대편으로 빠져나왔다. 더욱 짙어진 핏빛과 함께.

부홍이 종횡으로 두세 번 오르내리지 않아 부홍의 몸은 더욱 새빨간색으로 변했고 쓰러지는 사람들은 늘어났다.

혈면수라 부홍이 죽인 사람은 벌써 다섯으로 늘었고, 넘어진 말들은 다른 군림가 무인이 움직이는 데 방해가 되었다.

"외오방(嵬澳防)!"

염량이 크게 외쳤다. 갑작스런 변화에 놀란 듯 목소리는 떨려 나와 염량을 더욱 염소처럼 보이게 했다.

하지만 소용없었다.

곧 무인들의 진열을 바꾸어 부홍을 가운데로 몰아넣는 진법을 펼치란 명령은 이루어지지 않았다.

부홍의 현란하고 믿을 수 없는 몸놀림이 붉은빛으로 변해 휘도는 가운데로 하얗고 기다란 물건들이 쏟아져 내렸기 때문이다.

한참을 달려간 뒤 뒤로 돌아선 곽예주의 활에서 쏘아진 화살이었다.

곽예주는 구태여 조준할 필요도 느끼지 않았다.

호흡을 멈추고 높이를 가늠한 후 쏘아 보내면 영락없이 맞았다.

이백여 무인은 한데 뭉쳐 있었고, 화살은 빠르고 날카로웠다.

"산개(散開)!"

향문월의 꽉 깨문 어금니 사이를 뚫고 커다란 목소리가 튀어나왔다.

말이 떨어지게 무섭게 흐트러졌던 대열이 넓게 퍼졌다.

향문월은 어금니가 깨질 듯 물었다.

부흥에 신경을 쓸 때가 아니었다.

이미 기세에서 밀렸고, 군림가 무인들은 혼란에 빠져들었다.

이럴 때는 단 한 가지 방법밖에 없었다.

적의 장수를 베어버리는 것. 그것도 빠른 시간 안에.

향문월이 말의 배를 걷어차자 말은 크게 울부짖으며 빠르게 앞으로 튀어나갔다.

향문월은 햇빛이 반짝이는 것을 느끼고는 몸을 숙였다.

쒸융~

공기를 가르는 파공성이 바로 위, 조금 전 자신의 이마가 자리잡았던 공간을 뚫고 울려 퍼졌다.

하지만 곽예주의 화살을 피해 엎드린 향문월의 전면에 또 다른 물건이 날카롭게 파고들고 있었다.

소리도 없고 흔적도 없었다.

하지만 그 물건의 임자가 누군지는 충분히 짐작되고도 남았다.

'지반월!'

향문월의 결단은 빨랐고, 곧 말의 배를 타고 아래로 몸을 빙글 돌렸다.

히히힝!

지반월의 비도가 말의 몸통에 박혀들고 곧 말의 비명이 울리는 그 순간, 향문월은 말에서 내려 달리는 속도 그대로 몸을 띄운 채 범우를 덮쳤다.

하지만 이번엔 또 다른 것을 보게 되었다.

곽예주의 작은 화살도, 지반월의 소리없는 하얀 비도도 아니었다.

그것은 파랗고 잿빛인 눈알 두 개였다.

향문월이 다시 고개를 숙였다.

쒸융~

향문월의 머리 위로 기다랗고 얇은 그 무엇이 지나가고 나서야 숨을 토한 향문월은 그제야 볼 수 있었다.

기다란 장검을 들고 히죽 웃고 있는 요안을.

『귀령마안』 3권에 계속…